DIE GESCHICHTE DES DRACHEN
DAS GEHEIMNIS VON DRAGON POINT
BUCH EINS

EVE LANGLAIS

Copyright © 2022 Eve Langlais

Englischer Originaltitel: »Becoming Dragon (Dragon Point Book 1)«
Deutsche Übersetzung: Noëlle-Sophie Niederberger für Daniela
Mansfield Translations 2022

Alle Rechte vorbehalten. Dies ist ein Werk der Fiktion. Namen, Darsteller, Orte und Handlung entspringen entweder der Fantasie der Autorin oder werden fiktiv eingesetzt. Jegliche Ähnlichkeit mit tatsächlichen Vorkommnissen, Schauplätzen oder Personen, lebend oder verstorben, ist rein zufällig.
Dieses Buch darf ohne die ausdrückliche schriftliche Genehmigung der Autorin weder in seiner Gesamtheit noch in Auszügen auf keinerlei Art mithilfe elektronischer oder mechanischer Mittel vervielfältigt oder weitergegeben werden.

Titelbild entworfen von: Yocla Designs © 2022
Herausgegeben von: Eve Langlais www.EveLanglais.com

eBook: ISBN: 978-1-77384-372-8
Taschenbuch: ISBN: 978-1-77384-373-5

KAPITEL EINS

»Was zum Teufel hast du mit mir gemacht?« *Ich bin ein Monster.* Es gab kein anderes Wort für das, was er geworden war. Der Spiegel log nicht.

»Du bist ein Soldat für die Zukunft. Ein leuchtendes Beispiel dafür, was aus jedem werden kann.« Der Mann, der ihm das angetan hatte, hatte nicht einmal den Anstand, sich zu schämen. Er rechtfertigte seine abscheuliche Tat.

Weil er will, dass wir ihn töten.

»Warum sollte jemand so etwasss werden wollen?« Die Worte waren ein scharfes Zischen, da seine Zunge gespalten war, um mehr der einer Schlange als der eines Menschen zu ähneln. Er hob die Finger und bemerkte ihre Veränderung, die Krallen an den Spitzen, die raue und schuppige Haut. Kein Teil von ihm war unangetastet geblieben. Er wagte nicht, einen Blick in seine Hose zu werfen.

Komm, Echse, Echse. Er ignorierte die andere Stimme.

»Wer würde sich nicht dazu entscheiden, stärker und schneller zu sein? Du solltest mir für die Verbesserung danken. Vor allem, weil es dich nichts gekostet hat.« Sein Onkel starrte ihn mit demselben kalten Blick an wie immer, aber sein Mund war zum Anflug eines Grinsens verzogen. Ein Grinsen, das Brandon ihm am liebsten aus dem Gesicht wischen wollte.

Wenn man bedachte, wie aufgeregt er gewesen war, als sein reicher Verwandter vor Monaten zu Besuch gekommen war. *»Willst du für mich arbeiten?«* Wie sehr er sich wünschte, er hätte stattdessen getan, was seine Mutter ihm empfohlen hatte, als sie Onkel Theo aus seinem Luxuswagen steigen sah. *»Nimm die Schrotflinte und erschieß den Schädling.«* Aber Brandon entschied sich, der finanziellen Verlockung zu folgen, die die elegante Klamotten und das teure Fahrzeug seines Onkels versprachen.

»Du machst dir was vor, wenn du glaubst, dass ich dir dafür danken werde, mich zu einem Frrr-eak gemacht zu haben.« Brandon fiel es schwer, sein Lispeln zu kontrollieren. Er hatte keine richtigen Lippen mehr und seine Zunge war nicht mehr die, mit der er geboren worden war – die, mit der er die Mädchen geküsst hatte, damit sie ihre Höschen für Küsse an anderer Stelle fallen ließen.

Jetzt wollen sie vermutlich keinen Kuss. Er hielt seine Lippen zusammengepresst, um nicht zu zischen. Nicht zum ersten Mal wünschte er sich, die Dinge hätten sich nie verändert.

Ich wünschte, ich hätte mich nicht verändert.

Nichts an ihm war mehr so, wie es einmal gewesen war, bis auf seine Augen. Diese strahlend braunen Augen wirkten innerhalb seines monströsen neuen Gesichts völlig fehl am Platz. Er konnte nicht aufhören, es im Spiegel anzustarren. Die schuppige Haut, die dicken Wulste auf seinen Wangen, die fremdartigen Züge. Schockierend. *Ich sehe nicht mehr menschlich aus.* Andererseits war er nie ganz menschlich gewesen, nicht einmal bei seiner Geburt.

»Herzlichen Glückwunsch, es ist ein Alligator«, hatte die Hebamme, auch bekannt als seine Tante Darlene, verkündet, nachdem sie geholfen hatte, seinen *Riesenschädel* auf die Welt zu bringen, wie seine Mutter ihn voller Zuneigung – und wahrheitsgemäß – bezeichnet hatte. Alle Mercer-Jungs hatten einen großen Kopf. Das war auch gut so, da sie viel herumgeschubst wurden – voneinander, die Freuden einer großen Familie. Was Ma anging – warum sollte sie ihnen eine verpassen, wenn sie nur ihren bösen Blick auf sie richten musste, damit sie sich benahmen? Er sollte womöglich anmerken, dass bei ihrem Benehmen der Maßstab vielleicht etwas tiefer lag als der übliche, an den sich die anderen, zivilisierteren Leute hielten.

Brandon war ein Alligator-Gestaltwandler und stammte von einer langen Reihe von Sumpf-Alligatoren ab. Die meisten von ihnen waren Schurken. Nicht wenige saßen im Gefängnis oder waren gerade erst entlassen worden. Und Brandon hatte genau hineingepasst. Zumindest war es früher so gewesen. Jetzt wusste er mit seiner Mutantengestalt nicht mehr, wer er war. *Was bin ich?*

Besser. Der kalte Gedanke war nicht sein eigener, also ignorierte er ihn.

»Verwandle mich zurück«, forderte Brandon. So konnte er nicht leben.

»Nein.« Eine ausdruckslose, einsilbige Antwort, die seine Wut entfachte.

Er wirbelte herum, um seinen Onkel zu konfrontieren, den schmierigen Mistkerl in seinem maßgeschneiderten Anzug und mit seinem frisierten Haar. Verdammter Schlappschwanz. Er trug sogar einen mädchenhaften Duft, der jedoch nicht den Geruch nach Arschloch überdeckte.

Eine gefleckte grüne Faust schoss hervor, als er Onkel Theo am Revers packte und hochhob. Er brachte sein Gesicht nahe an ihn heran und knurrte: »Bring mich in Ordnung.« Brandon unterstrich die Forderung mit einem

Schütteln – was er als ziemlich zurückhaltend empfand, da sein erster Impuls war, den Mistkerl in Stücke zu reißen.

Tu es. Friss das Fleisch unseres Feindes. Knack.

Nein. So ein Monster war er nicht.

Noch nicht.

In Theos Blick war keine Spur von Angst zu sehen. Seine Miene blieb ausdruckslos. »Hast du die Bedingungen unserer Abmachung vergessen?«

Natürlich hatte er das nicht. Es hatte alles eine Woche nach dem Verschwinden seiner Schwester begonnen, und es hatte sich herausgestellt, dass Theo sie hatte. Brandon erinnerte sich an das Gespräch.

»Du lässt uns ein paar Experimente durchführen und deine kleine Schwester kommt frei.«

»Werden diese Tests wehtun?«

»Würde ich meiner Familie wehtun?«

Brandon hätte es besser wissen müssen, als dem breiten Lächeln mit den weißen, verkronten Zähnen zu trauen.

Es stellte sich heraus, dass Onkel Theo seine Familie verletzen würde und *konnte*. In seinem Streben nach Macht hatte er kein Problem damit, seine Nichten und Neffen für das Vorantreiben seiner Pläne zu benutzen, die nach außen hin darin bestanden, die Lage der Gestaltwandler zu verbessern und Durchbrüche auf dem Gebiet der experimentellen Behandlungen zu erzielen. In Wirklichkeit wollte Theo hybride Gestaltwandler erschaffen, Soldaten-Gestaltwandler, die er an die Meistbietenden verkaufen konnte. Aber sein Wahnsinn hörte damit nicht auf. Er hatte sogar Pläne, Menschen zu verwandeln, die dafür bezahlen konnten.

»Ich erinnere mich an unsere Abmachung, aber dem hier habe ich nicht zugestimmt.« Brandon zeigte mit einer Hand auf seinen Körper, der mehr Echse auf zwei Beinen als

DIE GESCHICHTE DES DRACHEN

Mann war. Die Flügel an seinem Rücken flatterten durch seine Erregung.

Flügel. Verdammte Flügel. Vögel flogen, nicht über einen Meter achtzig große Männer – es sei denn, jemand schleuderte sie bei einer Kneipenschlägerei quer durch den Raum.

»Hör auf zu jammern. Jetzt ist es zu spät, um zurückzukehren. Die Veränderungen können nicht mehr rückgängig gemacht werden. Deine DNA wurde gespleißt, zu etwas Neuem verschmolzen. Das ist, wer du jetzt bist. Gewöhn dich daran.«

Der Zorn, der Brandon erfüllte, brauchte ein Ventil. Er schüttelte seinen Onkel. »Ich werde mich nicht daran gewöhnen. Du hast mich zu einem Monster gemacht.«

»Und ich werde auch deine Schwester zu einem machen, wenn du mich nicht loslässt«, schrie sein Onkel, der schließlich die Fassung verlor.

Sue-Ellen wehtun? Die Drohung ließ Brandon erstarren. Er ließ seinen Onkel fallen, obwohl er innerlich kochte, eine dunkle Wut, die Gerechtigkeit verlangte.

Brauchhhht Blut. Die kalte Präsenz seiner Bestie sprach sehr klar zu ihm, da sie in dieser Form jetzt noch stärker war. Das war nicht unbedingt etwas Gutes, denn seine tierische Seite sah die Dinge auf grundlegendere – alias gewalttätigere – Art. Sein Alligator ging nicht auf Zuneigung ein.

»Wage es nicht, meiner Schwester wehzutun.«

Theo strich das Revers seines Jacketts glatt. »Benimm dich, und sie muss nie ein Labor von innen sehen. Ich habe andere Pläne für sie.«

»Wenn du es wagst, sie in irgendeiner Form anzurühren ...«

»Warum sollte ich das tun? Sie gehört zur Familie. Und ich brauche sie noch.« Sein Onkel lächelte, und obwohl in seinen Adern Mercer-Blut fließen mochte, war es wölfisch, nicht Alligator. Sein Onkel war ein Wolf, der große böse Wolf. »Es gibt einen Grund, warum ich als der Kluge in der Familie gelte. Ich gefährde meine Vermögenswerte nicht, aber ich dulde auch keinen Ungehorsam. Du wirst mir gehorchen.«

»Lutsch meinen Schwanz.« Zumindest hoffte Brandon, dass er noch einen hatte. Er hatte noch keinen Blick darauf geworfen.

»Wir haben andere Pläne für dein Sperma, lieber Neffe. Eine weitere Phase unserer Pläne sieht vor, Frauen mit deinen modifizierten Spermien zu schwängern. Wir wollen sehen, ob deine neuen Gene sich auf deine Nachkommenschaft übertragen.«

»Du bist krank.«

»Ich bin ein Mann, der sich auf die Zukunft freut. Eine Zukunft, die wir besitzen werden. Es ist an der Zeit, dass unsere Art aufhört, sich im Schatten zu verstecken. Es ist an der Zeit, dass wir unsere Plätze an der Spitze der Regierungen einnehmen. Lykaner und andere Gestaltwandler sind die Raubtiere dieser Welt. Wir sind dazu bestimmt zu regieren.« Allein Theos Worte waren Verrat an allen Gestaltwandlern.

»Du bist ein Wahnsinniger.«

»Ich bevorzuge den Begriff *Visionär*. Wenn du mich jetzt entschuldigst, ich habe noch etwas anderes zu erledigen.«

»Was ist mit mir? Was passiert jetzt?« Nach Hause zu gehen kam nicht infrage. Seine Familie würde durchdrehen, wenn sie ihn sähe.

»Du wirst unter Beobachtung bleiben. Der genetische Spleiß scheint erfolgreich zu sein, aber es bleibt abzuwarten, ob dein Verstand damit umgehen kann.«

»Was meinst du damit, ob mein Verstand damit umgehen kann?«

»Wir hatten Probleme mit anderen Versuchspersonen. Geringfügige Rückschläge. Die Menschen, die wir modifiziert haben, scheinen sich alle in hirnlose Tiere zu verwandeln. Sie sind schwach und können mit der Bestie nicht umgehen.«

»Was ist mit den Gestaltwandlern? Was passiert mit ihnen?«

»Das hängt von dir und deiner Bestie ab. Aber nur für den Fall, dass du den Kampf verlierst, müssen wir Vorkehrungen treffen.«

Sein Onkel drehte sich zu einem Tisch und öffnete die Kiste, die darauf stand. Brandon reagierte in keiner Form, als sein Onkel sich ihm mit einem aufklappbaren Metallring in der Hand zuwandte.

Dasss ist nicht gut, mahnte seine kalte Seite. *Sollten ihn beißen.*

Er würde ganz sicher nicht zubeißen – es sei denn, er wurde in die Ecke gedrängt. Eine Ecke, die verdammt nahe war, da sein Onkel den Ring hochhielt und sagte: »Leg es an.«

»Nein.« Auf keinen Fall würde er sich ein Halsband anlegen. Ein Halsband würde einen Sklaven aus ihm machen. Es würde ihm jegliche Kontrolle nehmen. Es war nicht nur Braveheart, der nach Freiheit geschrien hatte. Der Instinkt jedes Mannes und jeder Bestie war es, sich von niemandem fesseln zu lassen.

»Entweder du legst das an oder ich lasse es dir von meinen Leuten anlegen. Du hast die Wahl.«

»Nur zu, versuch es. Ich werde eher sterben.«

»Sterben? Oh nein, nicht nach der Mühe, die ich mir gemacht habe, um dich zu verbessern. Aber auch wenn ich dich nicht sterben lassen werde, sehe ich keinen Grund, meinen Mitarbeitern zu sagen, dass sie sanft sein sollen.

Die Ärzte sind neugierig, ob deine Heilungsfähigkeit sich verbessert hat.«

»Hast du denn überhaupt kein Gewissen, wenn du das tust? Wurdest du als Kind nicht umarmt? Warst du das kranke Kind, das Spinnen die Beine ausgerissen hat?«

»Eigentlich waren es die Beine von Fröschen, und sie waren wirklich köstlich, besonders wenn Grand-Mère sie paniert und frittiert hat. Und um deine Frage zu beantworten: Mein Gewissen ist rein. Ich handle für das übergeordnete Wohl meiner Art.«

»Das ist nicht zu unserem Wohl.«

»Für mich schon, da es Macht und Geld bedeutet.«

Der Mann war ein geistesgestörter Irrer. Brandon konnte ihn nicht mit seinem Plan durchkommen lassen. Er würde sie alle in Gefahr bringen. »Ich werde das nicht zulassen!« Brandon stürzte sich auf Theo und schaffte es, den Metallring zu umklammern. Er hatte die Absicht, ihn dem Griff seines Onkels zu entreißen und ihn Theo um den Hals zu legen.

Es brauchte nur einen Namen, um ihn in die Knie zu zwingen. »Sue-Ellen.«

Es raubte ihm den Kampf. Seine Finger wurden schlaff und er ließ die Arme an seine Seiten fallen, während er unterwürfig den Kopf senkte.

Nein. Opfere den Jüngling. Tu dasss nicht. Beiß ihn. Kämpfe.

Die Liste der brutalen Vorschläge wurde fortgesetzt, aber er würde der einsickernden Kälte in seinem Inneren nicht nachgeben. *Ich bin kein Monster.*

Seine Knie schlugen auf den Boden.

Nein. Die Wut in seinem Kopf zischte und tobte, aber auch wenn er äußerlich wie eine Bestie aussah, war Brandon immer noch ein Mann. Ein Mann, der alles für seine kleine Schwester tun würde.

DIE GESCHICHTE DES DRACHEN

Es war schwer, nicht zusammenzuzucken, als sich das Metall um seinen Hals schloss und ihn daran erinnerte, was er jetzt war.

Ein Nichts. *Ich bin niemand.*

Und in den nächsten Wochen lernte er schnell, Befehle zu befolgen, selbst die abscheulichen, denn die Elektroschocks, die sie durch seinen Körper jagten, waren eine harte Strafe. Ungehorsam war keine Option.

Also tat er Dinge.

Schreckliche Dinge.

Er hasste sich selbst, aber noch mehr hasste er seinen Onkel, weshalb er sich, als der Tag der Abrechnung gekommen war und Brandon die Ketten der Gefangenschaft zerbrach, die ihn hielten, auf die Suche nach Theo und seiner Schwester machte.

Die Dunkelheit in ihm verlangte nach Rache – und nach einem Abendessen. *Knack.*

KAPITEL ZWEI

»Haariger, dreihodiger, vögelnder Sohn eines Sasquatch, was zum Teufel macht dieser Idiot?«, schrie ihre Zwillingsschwester Adrianne.

Da das ziemlich oft vorkam – das Geschrei, nicht die Bigfeet mit einem dritten Hoden –, schenkte Ami dem keine große Beachtung. Ihre hitzköpfige andere Hälfte verbrachte die meiste Zeit damit, etwas anzuschreien. Oder jemanden. Was man fürchten musste, war die Stille.

»Die gottverdammte Apokalypse ist da. Schnell, Aimi, schnapp dir den Schlüssel für den Suburban. Wir müssen in die Stadt fahren und uns im Großmarkt eindecken. Es wird hässlich werden. Wirklich verdammt hässlich.«

»Es wird noch hässlicher werden, wenn du weiter so fluchst. Oder hast du so schnell vergessen, was Tante Yolanda das letzte Mal getan hat, als sie hörte, dass du dich nicht damenhaft benimmst?«

Seife galt als nicht stark genug für dreckiges Mundwerk. Sie mussten mit Rizinusöl gurgeln.

Schauder.

»Ich wette, sogar Tante Yolanda lässt sich zu solchen Worten hinreißen, wenn sie von dem Idioten hört, der gerade der ganzen Welt erzählt hat, dass Gestaltwandler echt sind.«

»Guckst du wieder diese Bigfoot-Jäger?«

»Nein. Das ist auf CNN.«

»Was?« Die Erwähnung des Nachrichtensenders erregte Aimis Aufmerksamkeit. Sie bewegte sich auf ihre Schwester zu und richtete den Blick auf den Fernsehbildschirm. Das Bild war zwar grießig, aber sie konnte erkennen, wie mit einer unruhig gehaltenen Kamera eine verrückte Szene aufgezeichnet wurde. Tiere kämpften gegeneinander; Alligatoren, Bären und Wölfe und auch einige Menschen mit Gewehren. Ein chaotisches Durcheinander, durch das sogar ein Elch stürmte. Der Nachrichtenticker und der Hintergrundkommentar waren sogar noch seltsamer.

»Das ist ein Teil des Videomaterials, das wir anonym erhalten haben, kurz bevor die Reporter auf dem privaten medizinischen Gelände eintrafen, das nur ein paar Kilometer von den Everglades entfernt liegt. Das Bittech-Institut ist angeblich eine medizinische Forschungseinrichtung, aber ersten Berichten zufolge war es mehr als das. Es wurde von ... Gestaltenwandlern betrieben?« Die Nachrichtensprecherin auf dem Bildschirm konnte sich den ungläubigen Tonfall nicht verkneifen. »Ernsthaft?« Die Frau schüttelte den Kopf samt blonder, steinhart gegelter Frisur, aber als echter Profi fuhr sie fort: »Laut Theodore Parker, dem Firmenchef von Bittech, leben Gestaltwandler schon seit Tausenden von Jahren unter uns, größtenteils unentdeckt.«

»Weil Menschen Schwachköpfe sind, die nie weiter blicken als bis zu ihren eigenen Defiziten.« Ihre Schwester warf eine Handvoll Popcorn auf den Bildschirm, was einen Fettfleck auf dem Glas hinterließ und dem Boden eine weitere Schicht Krümel hinzufügte. Als Kinder hatten sie versucht, Haustiere zu halten, damit diese das heruntergefallene Essen fraßen. Allerdings waren sie alle weggelaufen. Seltsam, wie das passiert war.

»Warum musst du so eine Chaotin sein?«

»Sei nicht so eine Sauberkeitsfanatikerin. Ich trage meinen Teil dazu bei, die Wirtschaft anzukurbeln, indem ich Arbeitsplätze für Reinigungskräfte schaffe. Es sind Leute wie du, die hinter sich aufräumen, die Menschen arbeitslos machen. Du leistest gute Arbeit darin, deine Mitbürger zu hassen.«

»Ist das die Stelle, an der ich mich bei dir dafür bedanken soll, dass du so chaotisch bist?«

»Ich denke nur an die kleinen Leute«, sagte ihre Schwester voller Ernst und mit der Mentalität einer verwöhnten Prinzessin in einem Punkrocker-Körper. Die Kette, die von ihrer Nase bis zu ihrem Ohr reichte, war eine hübsche Note.

Aber eine Tatsache änderten die Piercings und der bunt gefärbte Kurzhaarschnitt nicht. »Du bist der Inbegriff einer reichen Zicke, das weißt du doch, oder?«

Ihre Schwester grinste, ihr perfektes Lächeln schimmerte. »Ja, danke. Ich tue mein Bestes. Immerhin habe ich von der Meisterin persönlich gelernt.« Auch bekannt als Zahra, ihre Mutter. »Genug von meiner Großartigkeit. Wir haben etwas viel Wichtigeres zu besprechen. Das Ende der Welt.«

»Warum das Ende? Hat jemand eine Bombe gezündet? Haben sie einen Meteor gefunden? Überhitzt sich der Erdkern und jagt uns bald in die Luft?« Möglicherweise war Aimi ein klein wenig süchtig nach apokalyptischen Filmen.

»Nichts von alledem. Ich spreche von der Tatsache, dass die Gestaltwandler mit der Menschheit in einen Krieg geraten werden.«

»Wir wissen nicht, ob das passieren wird.«

Ihre Schwester drückte auf die Fernbedienung und spulte die Nachrichtensendung dorthin zurück, wo die Tiere praktisch Amok liefen und in mindestens einem Fall einen Menschen angriffen.

Okay, es bestand also die Möglichkeit, dass die Menschen ein wenig schießwütig werden könnten. Oh, wen wollte sie auf den Arm nehmen? Die Menschen würden ausflippen und auf Werwolfjagd gehen.

Ich sollte schnell meinen Börsenmakler anrufen und ein paar Silberaktien kaufen. Außerdem sollte sie in Knoblauch investieren. Aus irgendeinem Grund fielen die Menschen, wenn sie abergläubisch wurden, auf das Wesentliche zurück.

»Du denkst daran, Geld zu machen, nicht wahr?«, beschuldigte ihre Schwester sie.

»Du nicht?«

»Natürlich.« Ihre Schwester rollte mit den Augen. »Ich habe mich auch um deine Sachen gekümmert. Ich sage voraus, dass der Silberpreis durch die Decke schießen wird.«

Es gab nichts Besseres, als ihr Vermögen zu steigern, um sich wohlig warm ums Herz zu fühlen.

»Also, willst du mit mir zum Laden fahren, um das Nötigste zu kaufen?«

»Dir ist schon klar, dass Mutter und unsere Tanten wahrscheinlich schon Vorräte gelagert haben, falls die Apokalypse kommt.«

»Hamsternde Weibsbilder«, hustete ihre Schwester.

»Sagt das Mädchen, das jede Woche alle Twinkies-

Schachteln aus der Küche schmuggelt, sobald die Lebensmittel geliefert werden.«

»Ich tue, was ich tun muss, um dich zu retten. Dein Arsch kann mir später danken, wenn er nicht aus deiner Bikinihose rausfällt. Und jetzt komm, lass uns die Stadt unsicher machen.«

Warum nicht? Aimi konnte eine Pause vom Haus und ihrer Mutter gebrauchen, die immer mit derselben Leier kam: »Wann wirst du einen Gefährten finden? Würdest du aufhören, deine Cousinen zu belästigen? Wegen Trunkenheit und Ruhestörung verhaftet zu werden ist nicht die Art, wie wir unauffällig bleiben.«

Als läge die Schuld bei Aimi und ihren Cousinen, dass der Polizist, der sie angehalten hatte, keinen Sinn für Humor hatte.

»Ich komme mit, aber ich fahre«, verkündete sie.

»Du bist letztes Mal gefahren«, erwiderte Adi schmollend.

»Weil ich diejenige bin, die noch einen Führerschein hat. Oder hast du dieses lästige Ding namens Gesetz vergessen?«

»Diese menschlichen Dinge sollten nicht für uns gelten.«

»Und doch tun sie es, und du weißt, was Mutter gesagt hat, was sie tun wird, wenn du wieder verhaftet wirst.« Sie würde ihre Schwester zwingen, sich die Haare wieder zu ihrer normalen Farbe zu färben, das Nasenpiercing rauszunehmen und anständige Kleider mit Strumpfhosen und Pumps mit dicken Absätzen zu tragen.

Das Schaudern ihrer Schwester war äußerst ausgeprägt. »Mutter ist böse.«

»Das ist sie, weshalb ich fahre.«

»Meinetwegen.« Ihre Schwester sprang von der Couch auf. »Ich sitze vorn.«

»Wer kommt noch mit?«

Adi zuckte mit den Schultern. »Ich weiß nicht, aber wahrscheinlich werden Deka und Babette auch mitkommen wollen.«

Sie hatten nicht einmal zwei Schritte geschafft, als die gefürchtete Stimme sie stoppte. »Und was denkt ihr, wo ihr hingeht?«, fragte Mutter, als sie in das Familienzimmer ihres Hauses stürmte. Obwohl »Familienzimmer« eine falsche Bezeichnung zu sein schien. Es deutete auf einen intimen Ort hin, an dem einige wenige zusammenkamen.

In Aimis Welt war ein Familienzimmer eher ein großer Ballsaal mit einem riesigen offenen Raum, drei Stockwerke hoch, mit Balkonen rundherum und an einigen Stellen hängenden Schaukeln, die an Ketten aufgehängt und mit Seidenblumen umwickelt waren. Keine Netze darunter, wie sie hinzufügen sollte. Laut ihrer Tante Yolanda waren Netze für die Ungeschickten, die sich nicht fortpflanzen sollten.

Im Erdgeschoss befanden sich unzählige Spieltische – Billard, Kicker, Airhockey, Spielautomaten und vieles mehr – sowie mehrere Sofas und ein paar Fernseher, die alle an die neuesten Spielsysteme angeschlossen waren.

Hier hingen die Kinder ab, und ihrer Mutter und ihren Tanten zufolge waren Aimi und Adrianne auch im reifen Alter von siebenundzwanzig Jahren noch immer Kinder.

Alleinstehende Kinder, die noch nicht ausgezogen waren, da in ihrer Welt nur verheiratete Mädchen ausziehen durften, um ihren Zweig der Familie zu gründen.

Die ganze Sache mit dem Verbrennen von BHs war irgendwie an ihnen vorbeigegangen, weil die Frauen in der Familie bereits das Sagen hatten – aus irgendeinem Grund neigten sie dazu, wesentlich mehr Mädchen als Jungen zu gebären. Deshalb hielten sie sich an einige selbst auferlegte, seltsame Regeln. Die wichtigste davon: Babys bekommen, aber nicht irgendwelche, sondern solche, die von der Familie genehmigt wurden.

»Wir wollten nur ausgehen, vielleicht in einem Restaurant zu Abend essen und dann ins Kino gehen.« Adi hatte nie gelernt, gut zu lügen.

Die Augen ihrer Mutter wurden schmal, das Violett darin war dunkel, ihr Blick misstrauisch. »Dieser plötzliche Wunsch, mit Menschen zusammen zu sein, hat doch nichts mit den Nachrichten aus Florida zu tun, oder?«

»Nachrichten? Was für Nachrichten?«, entgegnete Adi, obwohl der Fernseher in ihrem Rücken noch mehr Filmmaterial wild gewordener Tiere zeigte.

»Deine Fähigkeit, dich dumm zu stellen, ist verblüffend.«

»Nicht wirklich, ich bin auch ziemlich gut darin, mich nichtsahnend zu geben und Dinge zu ignorieren.«

Die Scherze hellten die Miene ihrer Mutter nicht im Geringsten auf.

»Ich nehme an, du hast gehört, was passiert ist?«, fragte Aimi in dem Versuch, die Aufmerksamkeit von ihrer Zwillingsschwester abzulenken.

»Natürlich habe ich es gehört. Du weißt ja, wie genau Vanna und Valda die Nachrichtensender und das Internet auf ungewöhnliche Neuigkeiten überprüfen. Wir haben schon eine Weile damit gerechnet. Allerdings ist es ein wenig früher passiert als vorhergesagt. Irgendetwas muss den HRG«, kurz für den Hohen Rat der Gestaltwandler, »gezwungen haben, seinen Zeitplan vorzuverlegen.«

Die Antwort überraschte Aimi. »Du wusstest, dass die Kryptozoiden das tun würden?« Kryptozoide war ein ausgefallener Name für Kreaturen, die nicht menschlich waren und an deren Existenz man nicht glaubte.

»Es gibt wenig, was wir nicht wissen. Aber wir wurden vom HRG vorgewarnt. Vor allem von diesem Straßenköter

Parker. Vor ein paar Jahren hat Parker sich mit einigen der Sept-Anführer getroffen«, die Septs waren die Drachenversion eines Rudels, nach Farbe unterteilt und je nach Stärke und Größe unterschiedlich mächtig, »und einige berechtigte Argumente für die Enthüllung der Existenz von Gestaltwandlern und anderen Arten vorgebracht. Er behauptete, die Welt habe sich zu sehr verändert, als dass die Kryptozoiden im Verborgenen bleiben könnten. Es war nur eine Frage der Zeit, bis das Geheimnis der Gestaltwandler herauskommt. Selbst wir sind nicht sicher, trotz der Maßnahmen, die wir getroffen haben, um unsere Existenz geheim zu halten.« Diejenigen, die entdeckten, was sie waren, lebten nicht lange, und dennoch konnte die Spur der Todesfälle nicht zu ihnen zurückverfolgt werden, weil niemand je die Leichen fand.

Nur Amateure hinterlassen Spuren.

»Du nimmst die Situation ziemlich gelassen. Machst du dir denn gar keine Sorgen?«, fragte Aimi.

»Sorgen worüber? Die Gestaltwandler können machen, was sie wollen.«

»Heißt das also, dass wir auch aus dem Schloss kommen?«, fragte Adi.

»Nicht ganz. Nachdem Parker uns seine Pläne offenbart hatte, haben wir viele Diskussionen mit den anderen Sept-Anführern geführt. Es wurde beschlossen, dass wir die Niedriggeborenen den ersten Schock durchstehen lassen, falls die Enthüllung eintreten sollte.«

»Mit *durchstehen* meint ihr, die Menschen durchdrehen und die Gestaltwandler jagen zu lassen. Habt ihr auch vor, ihnen Mistgabeln in die Hand zu geben und sie in die richtige Richtung zu lenken?« Adi, die Stimme des Pessimismus und der Anarchie.

»Wir können nicht sicher sein, dass das passieren wird. Wir leben in einer Zeit, in der Unterschiede jetzt durch

Gesetze geschützt werden.« Und doch glaubte selbst Aimi nicht ganz daran, dass es Frieden geben würde. Sie hatte mehr als genug paranormale Sendungen und Filme gesehen. Es schien, als müsste immer das Unmenschliche sterben.

Andererseits wurden diese Filme von Menschen gemacht. Was, wenn es die Kryptos täten? Die Geschichte wurde von den Siegern geprägt. Man stelle sich eine Welt vor, in der sie sich nicht verstecken mussten und diejenigen, die sie verärgerten, den alten Sitten erlagen, wobei die Rezepte, um sie zu beseitigen, in einem weggeschlossenen Grimoire standen.

»Du bist naiv, wenn du glaubst, dass das gut gehen wird. Die Menschen fürchten, was sie nicht verstehen.« Ihre Mutter schüttelte den Kopf. »Merk dir meine Worte, wir werden Blut auf den Straßen sehen. Chaos und Gesetzlosigkeit werden aufblühen. Viele werden sterben.«

»Und ihr wollt euch einfach zurücklehnen und es zulassen?«

»Was sollen wir denn sonst tun?«

Aimi hob die Hände und zuckte mit den Schultern. »Etwas. Irgendetwas.«

»Seit Jahrhunderten lassen Könige und Königinnen ihre Bauern die Schlachten kämpfen.«

»Du redest davon, Menschen und Gestaltwandler in den Krieg ziehen zu lassen.«

»Die Menschen befinden sich bereits im Krieg miteinander. Es ist überall in den Nachrichten zu sehen. Jeden Tag gibt es neue Schießereien und Bombenanschläge. Die Regierungen werden die Chance auf eine Atempause begrüßen, und was gibt es Besseres, um Nationen zusammenzubringen, als einen gemeinsamen Feind zu bekämpfen?«

Manchmal verblüffte die kalte, berechnende Art ihrer Mutter. Aimi war nicht abgeneigt zu tun, was getan werden musste, aber selbst sie zog irgendwo eine Grenze. »Wenn es zum Krieg kommt, werden Millionen sterben.«

»Und wenn das passiert, dann hat die Erde vielleicht eine Chance, sich von den Exzessen der Menschheit zu erholen.«

»Hast du das Problem der Umweltverschmutzung gerade ernsthaft durch Billigung der Ausrottung eines Großteils der Population gelöst?«

»Die schlichte Eleganz ist verblüffend, findest du nicht? Sobald sich das Chaos gelegt hat und beide Seiten des Kämpfens müde sind, werden wir in die Führungsrolle treten. Wenn du mich fragst, ist das eine gute Nachricht für unsere Art.«

»Wenn du noch ein böses Lachen hinzufügst, klingst du wie ein Diktator.« Aimi konnte nicht umhin, den Kopf über das blutrünstige Streben ihrer Mutter zu schütteln.

»Diktatoren erledigen die Arbeit. Hast du unsere Geschichte überhaupt nicht studiert? Du solltest ein wenig Stolz für deine Wurzeln empfinden.«

»Ist das der Grund, warum du hier bist? Um uns daran zu erinnern, dass wir schnöselige Prinzessinnen sind, die sich verstecken?«

»Eigentlich möchte ich, dass du und deine Schwester badet und euch etwas Nettes anzieht. Eugenia und ihr Sohn kommen zu Besuch.«

»Ist das der Sohn, der immer nach Knoblauch riecht?« Außerdem hatte er fettiges Haar, war ein paar Zentimeter zu klein und möglicherweise durch Inzucht entstanden, da seine Intelligenz begrenzter war als die der meisten Haustiere.

»Er ist ein reizender junger Mann. Ein *alleinstehender* junger Mann.«

»Seit wann? War er nicht mit Wie-heißt-sie-noch verheiratet?« Adi schnippte mit den Fingern. »Das

Mädchen, das wir vor Jahren auf der Hochzeit getroffen haben. Lulu oder so ähnlich.«

»Ein unglücklicher Vorfall hat seine Braut das Leben gekostet, also ist er wieder auf dem Markt. Und ihr habt Glück, Eugenia will, dass eines meiner Mädchen die erste Chance hat, ihn zu beanspruchen.«

»Nein danke.« Aimi rümpfte die Nase.

»Da würde ich mich lieber mit einem Menschen paaren«, fügte Adi hinzu.

Ihre Mutter presste die Lippen aufeinander. »Eine von euch wird ihn für sich beanspruchen. Es gibt nichts an Harold, was nicht mit Mundwasser zu beheben wäre.«

»Er ist ekelhaft.«

»Und dumm.«

»Das ist genug von euch beiden. Falls ihr es noch nicht bemerkt habt: Euch gehen die Möglichkeiten aus. Noch ein Jahr, und ihr werdet nach unseren Gesetzen als alte Jungfern betrachtet, und ihr wisst, was das bedeutet.«

Es bedeutete, dummen Sept-Regeln unterworfen zu sein, nur um ihre Rasse zu bewahren. Sie würde lieber ihre Würde bewahren, aber das war keine Option. Aber sie konnte zumindest zu Harold Nein sagen.

»Ich beanspruche Eugenias Sohn nicht. Wenn du willst, dass wir uns paaren, dann bring uns eine anständige Option und wir werden es uns noch einmal überlegen.«

»Ihr wisst, dass die Möglichkeiten begrenzt sind.« Begrenzt deshalb, weil nur Söhne aus bestimmten Abstammungslinien, die ein bestimmtes Merkmal trugen, als Gefährten für die angesehene Familie Silvergrace infrage kamen. Kotz. Aimi und Adi mangelte es an der Ehrfurcht vor Blutlinien, die ihre Mutter und der Rest der Familie hatten.

»Ich verstehe nicht, was daran so schlimm ist.« Adi zuckte mit den Schultern. »Wenn wir nicht heiraten, dann ist es eben so. Wir werden ab und zu ausgehen und unser Bestes tun, um die Batterieindustrie am Laufen zu halten.«

»Wie konnte ich nur so undankbare Bälger großziehen?« Ihre Mutter verschränkte die Arme. »Ihr wisst schon, dass ihr für immer bei mir leben müsst, wenn ihr nicht heiratet?« Das Schicksal der unverheirateten Töchter in ihrer Familie. Ihre Mutter lächelte. »Habe ich schon erwähnt, dass meine Mutter und ihre Mutter im Alter von siebzig Jahren inkontinent waren?«

Aimis Augen weiteten sich. »Auf keinen Fall. Ich werde dir nicht den Arsch abwischen, nicht wenn wir uns eine Hilfe leisten können.«

»Nur wenn ich euch eine einstellen lasse, denn solange ich die Matriarchin dieser Familie bin, werdet ihr kein eigenes Geld haben, außer dem, was ihr verdient oder was ich euch gebe.«

»Du bist das Böse in Person.«

Ihre Mutter schien sichtlich zufrieden darüber zu sein. »Ich danke dir. Jetzt zieht euch etwas Hübsches an oder lasst es bleiben. Aber ich warne euch, einer von euch wird diesen jungen Mann für sich beanspruchen.«

Einen Teufel würden sie tun. Sie taten es an diesem Tag nicht und auch nicht am nächsten, als ihre Mutter versuchte, sie in einen Hinterhalt zu locken. Adi und Aimi spielten das Spiel »Weiche der heiratswütigen Mutter aus«, bis der nach Knoblauch riechende Harold sicher von einem anderen armen Mädchen beansprucht worden war, das seiner erdrückenden Matriarchin entkommen wollte.

Das Ausweichspiel machte zwar immer noch so viel Spaß wie damals, als sie es mit einundzwanzig Jahren begonnen hatten, aber es machte auch eine wichtige Tatsache deutlich. Dies war Aimis letztes Jahr, um als geeignete Braut erachtet zu werden. Wenn sie ein Leben außerhalb dieses Hauses und fern von ihrer Familie führen wollte, musste sie einen Mann beanspruchen.

Aber nicht irgendeinen Mann.

Eine ausgestorben geglaubte Bestie. Und, wer hätte es gedacht, die Welt enthüllte sie mittlerweile tagtäglich. Jetzt musste sie vor ihrem Geburtstag nur noch die richtige finden.

KAPITEL DREI

Wohin als Nächstes?

Er zog von Stadt zu Stadt, auf der Suche nach Hinweisen darauf, wo Parker Sue-Ellen versteckt hielt. Es war nicht so, als würde Onkel Theo sich verstecken. Der Mann trat immer wieder in Nachrichtensendern auf und hielt Reden vor dem Kongress, aber das verriet Brandon nicht, wo sein Onkel lebte.

Das Leben als Durchreisender machte es ihm schwer, an Informationen zu kommen oder überhaupt einen Ort zu finden, an dem er länger als ein paar Augenblicke bleiben konnte, bevor er vertrieben wurde. Die Obdachlosen unter den Brücken wollten ein Monster nicht in ihrer Mitte akzeptieren. Die Abwasserkanäle hatten bereits Bewohner. Die Welt, in der die Menschen unterwegs waren, war nicht sicher für ihn.

Niemand traute dem Mann mit dem Monstergesicht, weshalb er sich nun an Dächer hielt, als Beobachter des Wahnsinns, der in der Welt vor sich ging. Ein Wahnsinn, der von Gewalt durchbrochen war.

Die Leute, oder genauer gesagt die Menschen,

bewegten sich in Gruppen. Die meisten trugen Waffen – jetzt überwiegend mit Silberkugeln geladen – an den Hüften. Niemand trat unbewaffnet vor die Tür, nicht mehr. In dieser neuen Welt blickten sich alle misstrauisch um, den unruhigen Finger am Abzug.

Religion hatte eine Wiederauferstehung erlebt und die Bibelverfechter schrien, dass die Zeit gekommen sei. Die Sache war nur, dass die Religionen sich scheinbar nicht einigen konnten, was das bedeutete.

Seit den ersten Berichten waren Monate vergangen, Monate, in denen Leute vortraten, um zu sagen: »Ich habe eine pelzige Seite.« Monate, in denen man versuchte zu verstehen, was das alles bedeutete. Monate, in denen Leute getötet, Grenzen gezogen und Blut vergossen wurde.

Bei dem Gedanken an Blut knurrte sein Magen, er war wieder hungrig, immer hungrig.

Sssollte da runter gehen und zu Mittag essen. Ein paar Knochen knacken.

Die Stimme in seinem Kopf, die einst so anders gewesen war, klang jetzt immer mehr wie seine eigene. Die Monate des Weglaufens hatten ihren Tribut gefordert. Es war schwer, die Grenze zwischen Mann und Tier zu erkennen, und der Kampf darum, die Kontrolle zu behalten, war beständig.

Die Tatsache, dass er sich mehr und mehr auf seine gewalttätige Seite verlassen musste, um zu überleben, half nicht. Die Menschen wussten, dass Gestaltwandler existierten, aber das bedeutete nicht, dass sie automatisch akzeptiert wurden.

Der HRG hatte einen Sprecher ernannt, der sich um die Nachricht ihrer Existenz kümmerte. Wen hatte man also für diese Rolle auserkoren?

Onkel Parker. Derselbe Mistkerl, der sie absichtlich dazu gebracht hatte, ihr Geheimnis zu lüften, trat mit einem breiten Lächeln ins Scheinwerferlicht. Er tat es nicht allein. Er stellte seine Trophäenfrau zur Schau, deren zarte Menschlichkeit eine politische Maske war, um der Welt zu zeigen, dass Gestaltwandler mit Menschen zusammenleben konnten. Seine Kinder waren von der perfekten Stepford-Variante. Gepflegt. Höflich. Perfekte Vorzeigekinder mit einem Verrückten als Vater.

Theos unmittelbare Familie war nicht die einzige, die mit ihm in Erscheinung trat. Manchmal stand Sue-Ellen, die Nichte, die Theo liebevoll gerettet hatte – verdammter lügender Mistkerl! –, an seiner Seite, den Blick nach unten gerichtet und die Hände vor sich verschränkt. Sie lächelte schüchtern in die Kameras und sprach leise Worte. Die Medien liebten sie.

Aber die Medien liebten auch Kontroversen, weshalb sie jeglichen Pressefotos, die sie in den Netzwerken veröffentlichten, um Eintracht zu propagieren, das genaue Gegenteil entgegensetzten – Videos von Tieren gegen Menschen, wo die Menschen verloren, sofern sie keine Schusswaffen benutzten.

Die Welt war in Aufruhr. Seit der Großen Enthüllung – ein Begriff, der von den Gestaltwandlern überall nur mit gedämpfter Stimme ausgesprochen wurde – wurden Parkers Worte auf allen Nachrichtensendern immer wieder abgespielt. Die Nachrichtensprecher fragten die verantwortlichen Politiker, was sie nun tun würden. Dr. Sommer und andere Prominente analysierten, was Theo sagte und was er nicht sagte, aber möglicherweise andeutete. Die Leute rezitierten Theos Worte auf der Straße, in dem Versuch, die Enthüllung zu verstehen.

»Mein Name ist Theodore Parker, und ich bin hier, um Ihnen zu sagen, dass Gestaltwandler unter Ihnen leben. Aber entgegen dessen, was Sie vielleicht gesehen haben oder denken, müssen Sie keine Angst haben. Wir sind genau wie alle anderen.«

Völliger Blödsinn.

»Unsere Art ist, mit ein paar Ausnahmen, denen meine Firma versucht hat zu helfen, friedlich.«

Eine riesengroße Lüge.

»Wir«, Parker zog Sue-Ellen mit einem wohlwollenden Lächeln an sich, »freuen uns darauf, Sie über uns zu informieren.« Ha. Parker war nur an einer einzigen Information interessiert: Er wollte wissen, was nötig war, um diejenigen zu kontrollieren, die die Gesetze machten.

Als einer seines ehemaligen inneren Kaders wusste Brandon, worauf Parker wirklich aus war. Er hatte seine Absichten ziemlich deutlich gemacht. Es reichte ihm nicht, einer der versteckten Anführer des HRG zu sein. Theo wollte mehr Macht. Einen Platz im Rampenlicht. Also stieß er alle seiner Art aus dem verdammten Versteck in die Öffentlichkeit hinaus.

Wahnsinniger! Normalerweise hätten die Leute gelacht, gelächelt und Theo beschwichtigt, während sie darauf warteten, dass die Männer in den weißen Kitteln ihn abholten.

Aber es gab Videos. Belastende Videos, die die wilderen Seiten der Gestaltwandler zeigten. Die Aufnahmen von der Schlacht bei Bittech hatten eine Flutwelle von Problemen ausgelöst.

Gewalttätige Tiere, die andere Tiere angriffen. Bestien, die Menschen angriffen.

Und dann waren da noch die Bittech-Monster – *wie ich*. Mehr als ein paar von ihnen waren von der Kamera eingefangen worden, und ihre zusätzlichen Körperteile waren eine Quelle des faszinierenden Entsetzens.

Die Menschheit fühlte sich bedroht. Die Menschen fühlten sich betrogen.

DIE GESCHICHTE DES DRACHEN

Die Andersartigen wurden zu Gejagten. Und das bedeutete, dass man auch von anderer Seite aus jagte. Ein Mann tat, was er tun musste, um zu überleben.

Die Gesetzgeber bemühten sich, dieser unerwarteten Entwicklung Rechnung zu tragen. Wie sollte man diese Untergruppe der Bevölkerung integrieren? Wenn jemand eines Verbrechens beschuldigt wurde, welche Gesetze sollte man anwenden, die für Menschen oder die für Bestien? Wenn ein Wolf biss, war das Körperverletzung, oder brauchte er einen Maulkorb wie ein Hund?

Und wer waren die verborgenen Tiere? Konnten potenzielle Arbeitgeber in dieser politisch korrekten Welt in ihren Bewerbungsunterlagen danach fragen? War es eine Diskriminierung, wenn ein Werwolf nicht auf einer Hühnerfarm arbeiten sollte? Sollte es im Führerschein vermerkt werden?

Die Verdächtigungen, wer einen Wolf unter seiner Kleidung verstecken könnte, veranlassten viele Menschen dazu, sich Medikamente gegen Angstzustände zu besorgen, und der Verkauf von Alufolie schnellte nach oben, da die Paranoia neue Höhen erreichte. Was die Waffenindustrie anging, so schossen ihre Aktien zu Rekordhöhen, da sich alle bewaffnen wollten.

Anschuldigungen wurden umhergeschleudert und trafen jeden, der anders erschien. Unschuldige starben, da sich Nachbarn gegen Nachbarn wandten.

Brandons Familie und Freunde zogen es vor, in den Untergrund zu gehen, und damit meinte er, dass sie ihr Zuhause verlassen hatten – ein Zuhause, das sie seit Generationen in den Everglades bewohnt hatten. Sie änderten ihre Namen, als sie sich trennten und sich unter die allgemeine Gesellschaft mischten. Sie mussten besonders hart darum kämpfen, normal zu erscheinen. Um *menschlich* zu erscheinen.

Nicht jeder konnte es vortäuschen. Einige der älteren

Generation zogen es vor, wild zu werden und sich an den Sumpf zu halten. Aber selbst dort war Brandon ein Freak. Er konnte sich nicht einfach so verstecken, nicht nach dem, was Bittech mit ihm gemacht hatte.

Und ich kann mich nicht verstecken, solange Parker meine Schwester hat. Der widerliche Mistkerl reiste weiter durch das Land und verbreitete sein beschissenes »Lasst uns alle zusammenleben«-Gequatsche. Irgendwann würde Brandon Theo einholen, und wenn er das tat ...

Knack.

In der Zwischenzeit musste er überleben. Die Tatsache, dass er lebte und frei in der Welt herumlaufen konnte, half ihm nicht. Es machte ihn nicht wieder normal. Wenn die Leute ihn sahen, sahen sie das Monster.

Sie schrien.

Er wurde wütend.

Friss sie. Frisches Fleisch machte einen Mann – und das Reptil in ihm – stark.

Zu oft sagte er seinem inneren Ich – einem mittlerweile wesentlich kälteren, zynischeren Ich –, dass es sich verdammt noch mal beruhigen sollte. Menschen wurden nicht gefressen. Aber sie reizten ihn, besonders wenn sie nach Schokolade rochen. Ein Monster zu sein hatte seine Vorliebe für Süßes nicht gemindert.

Als er auf einem Dach kauerte, ein lebender Wasserspeier, der diese neue Stadt beobachtete, einen weiteren Ort, an dem er sich nicht einfügen konnte, fragte er sich, warum er es überhaupt versuchte.

Vielleicht sollte er es aufgeben, Antworten oder Hilfe für sein monströses Dilemma zu finden. Er sollte den Versuch vergessen, wieder normal zu werden, und akzeptieren, dass dieses neue Aussehen ihn für immer begleiten würde. Wenn er mit der Wildnis verschmolz, tief, tief in die Wälder ging und von der Natur lebte, könnte er vielleicht die Sehnsucht stoppen. Vielleicht würde er mit der Zeit vergessen, was es bedeutete, ein Mann zu sein.

Das würde allerdings auch bedeuten, seine Schwester im Stich zu lassen.

Da der Rest der Familie versuchte, sich selbst am Leben zu erhalten – und Wes sein Bestes tat, um die besonderen Zwillinge und Melanie außer Reichweite der Wissenschaft zu halten –, blieb nur Brandon übrig, der sich wirklich um das Schicksal eines einzigen Mädchens kümmerte.

Seht mich an, ein echter verdammter Held. Was für eine traurige Welt, in der er lebte, wenn er die letzte Hoffnung für seine Schwester war.

Ein leises Geräusch machte ihn auf die Tatsache aufmerksam, dass er sich das Dach mit jemandem teilte. Er wirbelte herum und konnte nicht anders, als die Frau anzustarren, die hinter ihm stand; sie war schlank, mit langem Haar von der Farbe des Mondlichts und Augen, die noch seltsamer waren als seine eigenen. Sie neigte den Kopf zur Seite und musterte ihn.

Es faszinierte ihn, dass sie nicht weglief, obwohl sie ihn genau betrachtete und seine Gesichtszüge im grellen Neonlicht des Schildes über ihm deutlich sichtbar waren. Sie schrie nicht. Mit einem tiefen Atemzug neigte sie den Kopf zurück und entblößte ihren glatten Hals.

Töte sie jetzt, bevor sie um Hilfe ruft.

Es wäre nur ein Biss in diesen glatten Hals nötig. Ein knochenbrechender Biss.

Er schüttelte den Kopf. *Nein.* Er würde sie nicht töten, auch wenn alle seine Sinne ihn anschrien, dass sie Gefahr bedeutete.

Inwiefern gefährlich? Alles, was er sehen konnte, war ihre zerbrechliche Schönheit –

Der Aufprall schleuderte ihn zu Boden. Die Luft verließ ihn in einem Stoß, als ihre geschmeidige Gestalt mit mehr

Kraft und Gewicht als erwartet auf ihm landete. Eine starke Hand mit schillernden Krallen grub sich in seine Kehle. Ihre Augen starrten auf ihn herab, die Pupillen waren geschlitzt und brannten mit grünem Feuer. Ihr fast reinweißes Haar hob sich und tanzte um ihren Kopf.

Sie war verdammt heiß. Und auf ihn, eindeutig auf ihn, und ein Teil von ihm, der seit der Verwandlung mit nichts anderem als seiner Hand gespielt hatte, regte sich interessiert.

»Was treibt sich da in meiner Stadt herum? Ein Mann, der weder markiert noch beansprucht ist«, flüsterte sie, wobei sie sich tief hinunterbeugte. »Ich sollte dich sofort nehmen.«

Vielleicht sollte sie das. Ein gewisser Teil von ihm dachte es auf jeden Fall, und es half nicht, dass sie sich auf ihm wand.

Die Finger um seine Kehle drückten zu, doch ihn durchströmte keine Panik. Wenn er dazu bestimmt war zu sterben, dann sollte es so sein. Er war es leid, sich zu verstecken. Außerdem war er neugierig.

Wer ist sssie? Selbst seine dunkle Hälfte zeigte Interesse. Sie hielt sie immer noch für gefährlich, aber weder Mensch noch Bestie konnten ihre Anziehungskraft leugnen.

Ihre Lippen kamen ihm verheerend nahe und die Hitze ihres Atems wärmte seine Haut. »Wie bist du hierhergekommen? Sag mir deinen Namen.«

Einen Namen? Welchen Namen sollte er ihr nennen? Der, mit dem er auf die Welt gekommen war, schien nicht mehr zu passen. Er war mehr als nur ein einfacher Brandon und gleichzeitig weniger als der naive Mann, der er einst gewesen war.

»Mein Name ist ...« Ace? Nein, Ace würde er auch nicht benutzen. Das war der unhöfliche unzutreffende Name, den er von Andrew bekommen hatte, dem anderen Verrückten, der an den genetischen Experimenten bei Bittech beteiligt war.

Was blieb also übrig?

»Ich bin niemand, und ich komme aus ...« *Verbreite deinen Makel nicht in einer bereits verwüsteten Stadt.* »Nirgendwo. Wer bist du? Was bist du?« Denn sie roch wie er, aber ... anders.

Sssie riecht lecker.

Sehr lecker. Im Sinne von er hätte sie am liebsten von Kopf bis Fuß abgeleckt.

»Was meinst du damit, was ich bin?« Sie runzelte die Stirn. »Ich bin dasselbe wie du.« Sie zog die Schultern zurück, neigte auf erhabene Weise den Kopf, und für einen Moment schimmerten schemenhafte Flügel silbern an ihrem Rücken. »Wir sind Drachen.«

Angesichts ihrer ernsten Behauptung starrte er sie an und prustete, bevor er geradeheraus lachte.

»Warum kicherst du?« Sie schien beunruhigt über seine Reaktion.

»Männer kichern nicht. Wir lachen. Und ich lache, weil das das Lächerlichste ist, was ich je gehört habe. Ich bin kein Drache. Ich bin nichts weiter als ein verdammtes Durcheinander.« Bittere Worte für ein bitteres Schicksal.

»Wie lautet dein Familienname? Von wem stammst du ab?«

Hatte es einen Sinn, sich zu verstecken? Es war ja nicht so, als würde irgendjemand noch seinen Namen benutzen. »Mercer.«

»Noch nie von ihnen gehört. Kommst du aus dem europäischen Kontingent?«

»Aus Florida, und auch nicht aus einem hochnäsigen Rudel oder einer Familie. Ich bin nur einer von mehreren Alligatoren, die meine Ma auf die Welt gebracht hat.« Er zuckte mit den Schultern. »Ich bin nicht einmal der Größte. Wes ist etwa einen Zentimeter größer als ich.«

»Du redest Unsinn. In Florida gibt es aufgrund der Seedrachen keine anderen Drachen. Sie sind sehr territorial.«

»Hör zu, Mondstrahl, ich glaube, du hast heute Morgen vergessen, deine Medizin zu nehmen. Drachen sind nicht real.«

»Aber deinen eigenen Worten nach glaubst du an Gestaltwandler?« Ihre Lippen zuckten.

»Natürlich, denn ich bin einer, und angesichts deiner schönen Krallen nehme ich an, dass du auch einer bist.«

»Nein, ich bin ein Drache.«

»Sicher bist du das, und selbst wenn ich dir glauben würde, sind Drachen immer noch Gestaltwandler.«

»Lass das bloß nicht meine Mutter hören. Sie wird dir den Mund mit Rizinusöl auswaschen.«

»Weiß deine Mutter, dass du aus deinem Zimmer ausgebrochen bist?« Einem gepolsterten Zimmer, wie er in Anbetracht ihrer Wahnvorstellungen wetten würde. Drachen. Wirklich? Er sah vielleicht seltsam aus, aber er war nicht naiv.

»Ich brauche keine Erlaubnis, um durch die Stadt zu streifen. Schon gar nicht von meiner Mutter.«

»Was ist mit deinem Vater?«

»Ich habe keinen mehr.«

»Lass mich raten, er war auch ein Drache.« Er konnte sich ein Grinsen nicht verkneifen.

»In der Tat, das war er. Wir haben ihn durch einen Flugzeugunfall verloren.«

»Was, ist er in einen Propeller geflogen?«

»Nein, natürlich nicht. Es war ein kleines Cessna-Flugzeug, das in Seitenwind geraten und abgestürzt ist. Laut Mutter war er wahrscheinlich so darüber besorgt, sich zu offenbaren, dass er das Flugzeug nicht verlassen hat, um wegzufliegen.« Sie schüttelte den Kopf. »Normalerweise hätte er sich von allen Verletzungen erholt, aber ich glaube nicht, dass er damit gerechnet hat, dass das Flugzeug bei der Landung explodiert.«

Ihre Fantasiewelt vertiefte sich und er konnte nicht anders, als sie zu nähren. »Dein Vater war also ein Drache. Und was ist mit deiner Mutter?«

Sie rollte mit den Augen. »Natürlich auch ein Drache. Das ist die einzige Möglichkeit, einen zu machen.«

»Natürlich ist es das.« Er musste die Tiefe ihrer Wahnvorstellungen bewundern.

»Wir werden ein paar schöne Drachenkinder machen, die den Familiennamen weitertragen.«

Schluck. Was? »Nicht so schnell, Mondstrahl. Wir werden gar nichts machen, weil du anscheinend vergessen hast, dass ich kein Drache bin.«

Sie beugte sich herunter und schnupperte. »Du riechst wie einer.«

»Ich rieche wie ein Mann auf der Flucht, dessen Haut seit Wochen nichts anderes als Seen und Flüsse gesehen hat. Ich kann dir versichern, dass ich definitiv kein Drache bin.« Oder als Vater geeignet.

Ihre Augen schimmerten vor Neugier und sie legte den Kopf schief. »Was bist du dann, wenn nicht Drache?«

»Ich bin das, was passiert, wenn die Wissenschaft verrücktspielt. Der Mann, den die Welt als Parker kennt –«

»Du kennst Parker?«

»Leider.« Er zog eine Grimasse. »Er ist mein Onkel.«

»Was?« Sie sprang auf und zog ihn mit einem Griff an seinem Hemd nach oben, was beeindruckend war, da er kein Leichtgewicht war. Allerdings war er auch nicht mehr so schwer wie früher. Das geschah mit einem Mann, wenn es ihm an vernünftigen Mahlzeiten mangelte. »Du bist mit diesem Mistkerl verwandt? Ich wusste nicht, dass er ein Drache ist. Ich dachte, er sei eine Art niedriggeborener Echse.«

»Das ist beides nicht richtig. Er ist ein Wolf. Meine Tante hat außerhalb der Familie geheiratet. Anscheinend hatte sie eine Vorliebe für Hunde.«

Sie schürzte die Lippen. »Ich sehe, du hast eine interessante Abstammung. Das solltest du meiner Mutter und meinen Tanten gegenüber vielleicht nicht erwähnen. Wir müssen sie davon überzeugen, dass du ein geeigneter Gefährte bist, wenn das hier funktionieren soll.«

»Ich bin ein Freak, der für nichts geeignet ist, schon gar nicht als Gefährte.« Er packte ihre Handgelenke, wobei er die feinen Knochen bemerkte, und löste ihre Finger von seinem Hemd. Sie mochte stark sein, aber er war froh zu erkennen, dass er stärker war.

Er war allerdings nicht darauf vorbereitet, wie schmutzig sie spielen würde. Sie packte ihn an den Kronjuwelen, mehr als fest, und beugte sich vor, um zu fauchen: »Du wirst nicht mehr so abschätzig über dich sprechen. Sei ein wenig stolz auf deine Gene.«

»Auch wenn es nicht meine sind?«

»Das macht keinen Sinn. Natürlich sind es deine. Drachen werden geboren, nicht gemacht.«

Er schüttelte den Kopf und widerstand dem Drang, sie zu schlagen, weil sie seine Eier zerquetschte. Dass er im Bayou geboren und aufgewachsen war, bedeutete nicht, dass er ein Arschloch war, das Mädchen schlug.

»Alles, was du siehst, ist von der Wissenschaft gemacht, bis auf den Schwanz, den du da drückst. Der ist original ich.« Und *ich* hasste es nicht gerade, angefasst zu werden. Wie lange war es her, seit er einer Frau so nahe gewesen war?

»Du kannst mich später mit deiner Männlichkeit beeindrucken, sobald ich dich vor Zeugen beansprucht habe.«

»Ich kann dir nicht ganz folgen.«

»Gut, dass ich klug genug bin, um für uns beide zu denken. Tu einfach, was man dir sagt, und alles wird gut werden. Besser als gut. Ich glaube, wir werden recht prächtig miteinander auskommen. Im Gegensatz zu diesem Idioten Harold riechst du gut und siehst auch noch gut aus.« Sie tätschelte ihm die Wange.

Ja, also ein Teil von ihm wollte prusten und sich darüber lustig machen, dass sie ihn als gut aussehend bezeichnete. Aber ...

Ein anderer Teil von ihm rollte sich praktisch auf den Rücken und schnurrte. Schnurrte, verdammt. Es war absolut entmannend.

»Zum letzten Mal. Ich bin kein Drache.«

»Meinetwegen. Du bist keiner. Wir können später darüber reden, was du bist. Wir sollten von hier verschwinden, bevor ich mich mit meinen Cousinen herumschlagen muss. Dieses Gebäude liegt in ihrem Revier, deshalb macht es so viel Spaß, sie zu besuchen und ihnen ein Geschenk zu hinterlassen.«

Das Mädchen, das er Mondstrahl genannt hatte, machte einen Schritt zurück und kramte in einer Tasche. Sie holte die Figur einer hübschen Prinzessin in einem gelben Kleid heraus, die einen Zeigefinger hochhielt. Die Details waren unglaublich. Die Tatsache, dass sie sie zum Spotten zurückließ, war noch erstaunlicher.

»Ärgerst du deine Cousinen oft?«

»So oft ich kann.«

Ssie ist perfekt. Verschlagen und sexy. Die tödlichste aller Kombinationen.

Mit einem zufriedenen Grinsen trat sie von der winzigen Figur zurück. »Da ich jetzt eine Visitenkarte hinterlassen habe, wird es Zeit, dass du dich verwandelst, damit wir gehen können.«

»Ich habe kein Hemd. Diese Dinger machen es irgendwie schwer, ein passendes zu finden.« Seine Flügel raschelten und er bemerkte, wie ihr Blick dem Spiel der Muskeln auf seiner entblößten Brust folgte. Die Enden eines Schals, der um seinen Hals gewickelt war, baumelten herunter. Der Winter rückte immer näher und er musste nach Westen ziehen, um ihm einen Schritt voraus zu sein.

Je weiter die Zeit voranschritt und er den Kontakt zu seiner Menschlichkeit verlor, desto mehr bemerkte er, wie die Temperatur ihn beeinflusste. Bei kühlen Temperaturen schlief er sofort ein – und seine Haut wurde rissig. Er reiste jetzt mit Gleitmittel, dem guten, das auch eine Funktion hatte, wenn seine Hand bei außerschulischen Aktivitäten benutzt wurde.

Heiße Temperaturen ließen ihn entspannen und lächeln. Er verglich sie mit einem großen Joint, und genau wie bei Mary Jane bekam er auch hier Heißhunger – auf rohes Fleisch.

Doch egal, wie das Wetter war, er blieb wachsam. Das war der einzige Weg, um zu überleben. Egal, ob er schläfrig oder high war, wenn er in Aktion treten musste, wechselte er in Sekundenschnelle von entspannt zu adrenalingeladen.

»Ich habe nicht davon gesprochen, ein Hemd anzuziehen. Einen solchen Körper kann man zeigen. Aber wir können nicht herumlaufen, wenn du in deiner Hybridgestalt bist. Du solltest so nicht einmal innerhalb der Stadt spielen.« Ihre Augen weiteten sich. »Bist du ein Regelbrecher? Ein Vorreiter? Ein Gerechtigkeitskämpfer?«

»Nein.«

»Schade.« Sie schien fast enttäuscht zu sein.

»Aber es ist gefährlich, in meiner Nähe zu sein, also

solltest du besser gehen und vergessen, dass du mich gesehen hast.«

Wieder stieß sie dieses bezaubernde Lachen aus. Der Klang von Glocken im Wind kitzelte seine entblößte Haut und wärmte ihn trotz der kühlen Abendluft.

»Dich vergessen? Niemals. Jetzt, da ich dich gefunden habe, bist du mein.«

Mein. Wie schön das klang. Aber es erinnerte ihn auch an seine Zeit bei Bittech. »Ich gehöre niemandem.«

»Das sagst du jetzt ... aber du wirst deine Meinung ändern.« Sie lächelte und zwinkerte. »Ich schätze, wenn ich dich beanspruche, sollte ich deinen Vornamen wissen, denn es scheint ein wenig seltsam, dich mit deinem Nachnamen anzusprechen.«

»Du kannst mich Ace nennen.« Der Name des Monsters, das Bittechs niederträchtige Taten ausführte.

Sie lehnte ihn ab. »Das ist kindisch und wird nicht funktionieren. Hast du einen anderen Namen? Einen anständigeren, den Mutter vielleicht gutheißen würde?«

Als würde er sich darum scheren, was ihre Mutter von ihm dachte. Er war sich nicht einmal sicher, ob er sich darum scherte, was *sie* dachte. Außer ... dass er es irgendwie tat. Sie war die erste Person seit einer Weile, die wirklich mit ihm sprach. Er hatte aufgehört, seine Familie anzurufen, da er sich nicht länger ihr Bitten anhören konnte, sich ihnen anzuschließen, trotz der Gefahr, die er mit sich bringen würde. Er konnte nicht mit ihrem Glauben umgehen, Sue-Ellen ginge es gut und sie bräuchte keine Rettung.

Sue-Ellen würde es erst gut gehen, wenn er sie von Parker wegbrachte.

Anstatt zu antworten, richtete er die Frage an sie. »Wie ist dein Name? Da du diejenige bist, die damit angefangen hat, wäre es nur fair, ihn mir zu verraten.«

Sie warf den Kopf zurück, wodurch ihr Haar in einer

silbernen Welle wogte. »Mein Name ist Aimi Silvergrace, Tochter von Zahra und Tobin. Meine Mutter ist die Contessa des Silbernen Septs.«

»Klingt, als kämst du aus reichem Hause.«

»Das tue ich. Wir sind reich. Verdammt reich, und ich sollte dich warnen: Meine Mutter ist stolz darauf, ein Snob der Oberschicht zu sein.«

»Meine macht die beste Krabbensuppe im ganzen Bayou.«

»Sie kann kochen? Ein bäuerliches Unterfangen, aber faszinierend. Wenn wir sie besuchen, werden wir ihr erlauben, für mich zu kochen.«

Erlauben? Und was hatte es mit *wenn wir sie besuchen* auf sich? Es gab kein *Wir*. »Ich dachte, ich hätte mich klar ausgedrückt. Ich will nichts mit dir zu tun haben.«

Sie warf ihm einen Blick zu, der ohne Worte sagte, was für ein dummer Junge er war. »Du willst mich.«

»Tue ich nicht.«

»Du bist ein schrecklicher Lügner. Meine ganze Familie wird dich bei lebendigem Leibe auffressen.«

»Das klingt vielleicht nach einer seltsamen Frage, aber um das klarzustellen: Meinst du das wörtlich?« Denn je mehr er sich mit Aimi mit den Mondstrahlhaaren und den noch flatterhafteren Ideen unterhielt, desto mehr war er überzeugt, dass sie total verrückt war. Er sollte außerdem anmerken, dass er mehr als eine Tante hatte, die ihre Gäste aß und deren Knochen vergrub. Seine Tante Tanya war berühmt für ihre Freundfeind-Suppe.

»Die Einzige, die dich wirklich fressen wird, bin ich.« Sie leckte sich über die Lippen und ihr Zwinkern überließ nichts der Fantasie.

Es war möglich, dass er erschauderte – wegen der Kälte. Sonst nichts.

Sie hat recht. Ich bin eine beschissener Lügner.

Sie klatschte in die Hände. »Genug geplaudert. Das können wir später im Haus machen. Verwandle dich wieder in deine menschliche Gestalt und lass uns losgehen. Ich bin neugierig, wie du aussiehst. Du bist doch nicht abgrundhässlich, oder? Aber ich denke, das ist auch nicht so wichtig. Wir können auch im Dunkeln vögeln. Oder du könntest dieses Gesicht tragen.« Sie tätschelte ihm die Wange. »Dieses Gesicht ist hübsch. Aber es sollte nur im Privaten getragen werden.« Sie tätschelte ihn noch fester. »Und ich meine im Privaten mit mir. Jetzt hör auf zu spielen und verwandle dich. Ich bin mir sicher, dass du deine Kräfte strapazierst, wenn du diese Gestalt so lange hältst.«

»Ich kann mich nicht verwandeln.«

»Was soll das heißen, du kannst nicht?«

Es gab nichts Besseres, als seine Schwäche zugeben zu müssen. Er rollte seine breiten Schultern. »Wie ich dir immer wieder zu sagen versuche, ich bin kaputt. Laut Bittech und den Ärzten dort haben sie mich *verbessert*. Sie haben einen einfachen Sumpf-Alligator von der falschen Seite der Stadt genommen und mich zu einer Art Superrasse gemacht. Allerdings gibt es einen Haken. Das ist das Einzige, was ich jetzt sein kann. Diese abscheuliche Monstergestalt.«

Nicht hässlich, wunderssschön. Sein inneres Ich nahm es ihm übel und seine Flügel flatterten, ein Stoß nach außen von seiner Reptilienhälfte. Es wurde immer schwieriger, diese Stöße zu kontrollieren, und manchmal fragte er sich, warum er sich überhaupt noch bemühte.

»Du kannst dich nicht verwandeln?« Sie zog die feinen Augenbrauen zusammen. »Überhaupt nicht?«

»Nein. Das bin ich, Mondstrahl. Kein Kerl, den du mit nach Hause bringen solltest, um Mom kennenzulernen. Ich bin nichts weiter als ein Fehler.«

KAPITEL VIER

ER SAGTE ES NICHT, UM MITLEID ZU BEKOMMEN, SONDERN UM sich zu entschuldigen, aber Aimi konnte nicht verstehen, warum er an seiner Überzeugung festhielt, er sei ein Fehler.

Zweifellos war etwas anders an ihm, etwas Exotisches, das nicht nur von seiner unglaublichen Schönheit und der Kontrolle über seine Hybridgestalt herrührte. Nur die Stärksten konnten eine Halbverwandlung über einen längeren Zeitraum aufrechterhalten. Es brachte sie fast vor Freude zum Kichern, dass sie ihn zufällig gefunden hatte. Wer hätte gedacht, dass ihre nächtlichen Streifzüge sie mit einem geeigneten Mann in Kontakt bringen würden?

Ein starker Gefährte, der mir nicht nur meine Mutter vom Hals schaffen, sondern auch meine Schwestern und Cousinen in helle Aufregung versetzen wird.

Ein süßer Sieg.

Nur schien er nicht darauf erpicht zu sein, mit ihr zu schlafen. Sie bezweifelte, dass es mit ihrem Aussehen zu tun hatte – es war nicht die Eitelkeit, die sagte, dass sie hübsch war. Der Spiegel sagte es auch.

Sie entdeckte keine Markierung an ihm, keine frühere

Beanspruchung, also war es nicht so, als könnte er Aimi nicht als seine Gefährtin akzeptieren. Und sie hatte sich die Erektion nicht eingebildet.

Er fühlt sich zu mir hingezogen, denkt aber, er sei nicht würdig. Verständlich. Sie war schon ziemlich fantastisch. Sie verzieh ihm seine Ehrfurcht. »Ich habe dir schon einmal gesagt, dass ich nicht dulde, dass du dich selbst schlechtmachst. Das ist unschicklich für einen Drachen. Und ich denke, wir sollten die Tatsache ansprechen, dass dein Verhalten darauf hindeutet, dass du glaubst, die Welt drehe sich um dich. Das tut sie aber nicht mehr.« Sie neigte ihr Kinn und hielt die Nase nach oben gerichtet, wie ihre Mutter es ihr beigebracht hatte. »Ich bin der Mittelpunkt des Universums. Genauer gesagt, *deines* Universums.« Sie fixierte ihn mit einem Blick. Er war außerdem ihre Fahrkarte raus aus dem Haus und weg von der Herrschaft ihrer Mutter. Zuerst musste sie ihn jedoch vor Zeugen ordnungsgemäß beanspruchen.

Sie ergriff seine Hand und zog ihn in Richtung der Tür, die zur Treppe führte. »Lass uns gehen.«

»Wir können nicht gehen. Zumindest kann ich das nicht. Ich bin selten so auf der Straße unterwegs. Zu gefährlich.« Es war verdammt schwierig, von Silberkugeln zu heilen.

»Ich gebe zu, dass es durch deine Hybridgestalt vielleicht schwieriger ist, unbemerkt zu bleiben, aber nur bis wir meinen Wagen ein paar Blocks weiter erreichen.«

»Und wo willst du mich hinbringen?«

»Nach Hause natürlich. Das ist etwa eine Stunde Fahrt von hier. Die Wohnung wäre näher dran, aber da ist gerade niemand. Außerdem wette ich, dass meine Tante Xylia etwas für dich hat, wenn wir zu unserem Haus in der Vorstadt fahren. Traue nur nichts, was von Waida kommt. Sie neigt dazu, kleine Extras hinzuzufügen.« Manchmal weigerten sich diese Extras zu verschwinden. Nicht jeder wollte eine dritte Brustwarze, und Onkel Jerome hatte seiner Schwester das nie verziehen.

Ihr zukünftiger Gefährte grub die Fersen in den Boden und weigerte sich, zur Tür auf dem Dach zu gehen. Er war so bezaubernd stur. Sie würde mit ihrer Mutter reden müssen, ihn von dieser Gewohnheit zu befreien. Nicht dass ihre Mutter viel Glück mit Aimis Vater gehabt hätte. Ihre Mutter hatte versucht, Aimis Vater einzusperren, aber er weigerte sich, sicher zu Hause bei dem Hort zu bleiben – und sie meinte einen echten Hort. Alle Drachen hatten einen, dessen Größe von ihrer Behausung abhing. Der von Mutter war riesig. Aimi hatte auch einen, der jedoch langsam den Platz in ihrem Schrank überstieg. Sie würde um mehr Platz feilschen müssen.

Oder ich könnte einfach mit meinem Gefährten ausziehen. Sich eine eigene Wohnung in der Stadt suchen. Mit extra Schlafzimmern für ihre Schätze.

»Ich werde nirgendwo mit dir hingehen.«

Ein schwerer Seufzer entwich ihren Lippen. »Schon wieder das Wörtchen nein. Welt. Ich.« Sie unterstrich die Worte, indem sie einen Finger um ihren Kopf kreisen ließ. Armer, einfältiger Kerl. Er würde es schon noch lernen. Apropos ... »Hey, du hast mir immer noch nicht deinen Namen verraten. Und sag mir nicht wieder so etwas Dummes wie Ace. Das ist etwas für Gangster, nicht für jemanden, der bald Teil der Silvergrace-Familie wird.« Und ein paar Babys zeugen würde, sodass sie sich endlich ihre Mutter vom Hals schaffen konnte. »*Wann hörst du endlich auf, so wählerisch zu sein, und lässt dich mit einem Drachenlord nieder, um den Fortbestand unserer Linie zu sichern?*«

Rate mal, Mutter. Dein Wunsch wird bald in Erfüllung gehen.

»Mein richtiger Name ist Brandon. Passt dir das, Mondstrahl?«

Sie lächelte. »Ja, obwohl ich Brand lieber mag. Er hat mehr Ausstrahlung. Ich finde auch deinen Spitznamen für mich akzeptabel. Weniger akzeptabel ist deine sture Weigerung zu gehorchen.«

»Das ist nicht stur. Ich bin kein Hund, den man herumkommandieren kann.«

»Wenn du keine Befehle magst, in Ordnung. Ich bitte dich, mit mir zu kommen.« Es fiel ihr schwer, aber sie bekam das Wort *bitte* über die Lippen.

»Daraus wird trotzdem nichts. Hier oben kann mich niemand sehen, was bedeutet, dass ich keinen Kugeln ausweichen muss.«

»Aber Gefahren auszuweichen macht das Leben so unterhaltsam. Außerdem hält es uns fit.«

»Kugeln machen Löcher.«

»Du wirst heilen.«

»Das würde ich lieber nicht tun, deshalb bleibe ich hier und du gehst.« Er gab ihr einen kleinen Schubs. »Zisch ab.« Noch ein Stupser. »*Adios.*« Er winkte mit der Hand. »Reisende soll man nicht aufhalten.«

Die Erkenntnis traf sie. »Wie kommt es, dass du Alpha-Tendenzen zeigst? Ich dachte, diese Eigenschaft wäre aus unserer Art schon vor Jahrhunderten herausgezüchtet worden.« Andererseits war ihr Vater auch nicht gerade fügsam gewesen, wenn Mutter nicht in der Nähe war.

»Das nennt man Eier haben, Mondstrahl. Man mag mir viel angetan haben, aber ich habe sie immer noch.« Zu ihrem Entsetzen packte er sich in den Schritt und drückte zu.

Es war unglaublich männlich. Noch seltsamer war, dass sie es genoss. »Ist dir klar, was für Töchter wir mit deiner

Alpha-Tendenz und meinen tadellosen Genen haben werden?«

»Töchter?«

»Mir wären ein paar Söhne lieber. Das würde unseren Platz im Silbernen Sept festigen.«

»Söhne?«, quietschte er zum zweiten Mal.

Wie niedlich. Vielleicht hatte sie sich darin geirrt, dass er ein Alpha war. Ein Beta würde viel besser zu ihrem Lebensstil passen. Sie neigten dazu, weniger Fragen zu stellen. Zumindest neigte Caellys Beta-Ehemann Soren dazu, sanftmütig zu sein und einfach zu Hause bei den Kindern zu bleiben. Aber nicht alle Männer waren so.

»Ja, Söhne. Die Silvergraces sind von Töchtern geplagt. Und Schwestern.« Sie konnte nicht umhin, die Stirn zu runzeln. »Hast du Schwestern?«

»Eine Schwester und ein paar Brüder.«

»Brüder, wirklich?« Sie strahlte. »Sind sie alleinstehend?«

»Nein.«

»Schade. Auf der anderen Seite ist es aber nicht so wichtig. Ich behalte dich und deine möglichen Jungenzeuger-Gene lieber für mich. Es hat keinen Sinn, diese Art von Prestige mit anderen zu teilen.«

»Das wirkt recht gewinnsüchtig.«

»Was erwartest du von Drachen?« Sie schlüpfte um ihn herum zu seinem Rücken. Sie fuhr mit einem Finger über seine Flügel – faszinierende Dinger. Sie hatte noch nie so große Flügel an einem Hybrid gesehen. »Wie schaffst du das? Die meisten Drachen, die eine Halbverwandlung halten können, haben es schwer mit ihren Flügeln. Sie sind meist verkümmert oder spastisch in ihren Bewegungen. Du hast eine großartige Kontrolle.« Eine Kontrolle, die ins Wanken geriet, da die Flügel zitterten, als sie über eine Sehne strich und ihr bis zu der Stelle folgte, an der sie nahtlos in seinen Rücken überging. Sie schob ihre Arme um ihn, unter die Flügel, und kitzelte mit den Fingern über seinen flachen, muskulösen Bauch. »Eine hübsche Zierde und doch so eine Verschwendung, wenn man bedenkt, dass sie nutzlos sind.« Die Hybridgestalten waren nur für kurze Kämpfe geeignet, nicht zum Fliegen.

»Wieso ist Fliegen nutzlos?«

Sie erstarrte an ihm. »Hast du fliegen gesagt? Du fliegst in dieser Gestalt?« Unmöglich. Nur in ihrer Drachengestalt konnten sie fliegen. »Zeig es mir.«

»Du müsstest erst aufhören, mich zu umarmen.«

Aber sie wollte nicht aufhören. Brand gehörte ihr, und sie wollte ihn berühren. Ihn markieren, damit die Welt es sah. *Er ist mein.* Eine neue Kostbarkeit für ihren Hort. *Mein Glänzender.*

Sie duckte sich um seine Flügel herum und stellte sich ihm gegenüber, fasziniert von seiner stolzen Haltung. Ihre Sinne kribbelten aufgrund seines Dufts. Sie strich mit den Fingern über sein Kinn, woraufhin er zurückwich.

»Nicht.«

»Warum nicht?«

»Ich bin kein Freak, den du betatschen kannst.«

»Wer hat dich einen Freak genannt? Ich finde, du bist ziemlich gut aussehend.« So gut aussehend, dass sie sich auf die Zehenspitzen stellte und ihm einen leichten Kuss gab, eine flüchtige Berührung von Haut, die etwas zwischen ihnen entfachte.

Mein.

Allein die Tatsache, dass Aimi ihn so verzweifelt begehrte, veranlasste sie dazu zurückzutreten. Sie war diejenige, die hier die Kontrolle hatte, nicht er.

»Warum hast du das getan?« Er verschränkte die Arme und funkelte sie an.

»Weil mir danach war.« Ihr Instinkt verlangte von ihr,

ihn zu berühren. Aber ihr Verlangen nach ihm machte sie nicht leichtgläubig. »Ich glaube nicht, dass du fliegen kannst. Nicht in dieser Gestalt. Das ist ein Kunststück, das nur möglich ist, wenn wir Drachen sind.«

»Nur ...« Die kräftigen Muskeln seiner Oberschenkel drückten gegen seine khakifarbene Hose, als er in die Höhe sprang. »Bin.« Flatter. »Ich kein.« Flatter. »Drache.«

Jeder Flügelschlag brachte ihn höher in die Luft, bis er etwa vier Meter über ihr schwebte.

»Erstaunlich.« Sie hauchte das Wort. »Du wirst einen guten Ehemann abgeben.« Einen starken Gefährten.

»Eigentlich bin ich der davonfliegende Bräutigam. Es war schön, dich kennenzulernen, Mondstrahl. Viel Glück dabei, einen armen Mistkerl einzufangen, um ihn zu deinem Stepford-Ehemann zu machen.«

Und dann wollte er von ihr wegfliegen, dieser Mann, der unmarkiert und unbeansprucht in ihre Welt gekommen war. Er verhöhnte sie mit seiner Existenz und verspottete sie dann, indem er flüchtete und erwartete, dass sie ihn verfolgte.

Es war wie bei den Paarungstänzen in alten Zeiten, als ihre Artgenossen durch die Lüfte flogen und den Himmel und das Land darunter beherrschten. Die guten alten Zeiten, die schon lange vorbei waren. Heutzutage versteckten sich die Drachen. Das mussten sie auch, nachdem die großen Jagden des Mittelalters ihre Zahl dezimiert hatten. Dumme Könige, die ihre Ritter ständig auf die Jagd schickten, um die mächtigen Bestien zu besiegen. Während dieser dunklen Ära waren sie fast bis zur Ausrottung gejagt worden.

Aber das war vor Hunderten von Jahren gewesen. Jetzt gediehen die Drachen und häuften Reichtümer an, hübsche, glänzende Haufen auf der ganzen Welt.

Die Leute konnten sagen, dass Geld nicht glücklich

machte. Sie hatten sich offensichtlich noch nie in Goldstaub gewälzt, der seidig weich und warm auf der Haut war.

Doch trotz aller Freude musste sie vorsichtig sein. Die Drachen herrschten nicht länger über den Himmel in den Städten. Sie mussten vorsichtig und heimlich vorgehen. Es gab Zeiten, in denen das beschissen war. Zeiten, in denen der Gehorsam eine Herausforderung war.

Aber Herausforderungen machten Spaß. Die Jagd, auf die sie sich gleich begeben würde, war noch viel besser.

Die Hände in die Hüften gestemmt, beobachtete Aimi ihren Mann beim Wegfliegen und lächelte.

Sie werden alle so neidisch sein, wenn sie sehen, wen ich mir geschnappt habe.

Wenn sie ihn finden konnte.

Ein paar Stunden später, nachdem sie nach Hause zurückgekehrt war, um Informationen zu sammeln, schaute Aimi Adrianne mit finsterer Miene über die Schulter. »Was meinst du damit, dass du ihn nicht aufspüren kannst?«

So sehr sie ihre Entdeckung eines männlichen Drachens auch hatte geheim halten wollen, hatte sie sich jemandem anvertrauen müssen, denn da Brandon sich in die Lüfte erhoben hatte, bedeutete das, dass er keine Spur hinterließ.

Er spielt den Unnahbaren. Wie niedlich. Das würde ihre Beanspruchung umso befriedigender machen – nachdem sie aufgehört hatte, ihn zu schlagen, weil er es ihr so schwer machte. Warum konnte er nicht einfach gehorchen?

Ihre größte Angst war jetzt, dass eine ihrer Cousinen oder sogar ihrer Tanten ihn zuerst finden würde.

Er ist mein. Und sie wollte ihn so sehr, dass sie einen Teil ihres Horts aufgeben würde, um ihn zu behalten.

Adi nahm den lilafarbenen Lolli aus dem Mund, wobei sie eine Sekunde lang ihre nun ebenfalls lila gefärbte Zunge und Lippe zeigte. »Wer auch immer dieser Typ ist, den du angeblich gefunden hast, er ist entweder sehr, sehr gut darin, sich zu verstecken, oder er existiert nicht.«

»Wer existiert nicht?« Tante Xylia gab nicht vor, ihr Gespräch zu ignorieren, als sie sich in der Bibliothek an die beiden heranschlich.

Aimi sollte anmerken, dass sich besagte Bibliothek über mehrere Stockwerke erstreckte und die Decke ein Kuppelgewölbe mit Oberlichtern war. Natürlich mit UV-Schutz, um die Tausende von Büchern zu schützen, von denen viele uralt und in behandelte Haut gebunden waren – die nicht nur von Tieren stammte.

Alles, angefangen bei lange verschollenen Schriftrollen über uralte Schriften bis hin zu den neuesten Werwolf-Liebesromanen, füllte den Raum. Besonders gern lasen sie vermeintliche Drachen-Liebesromane. Die Tatsache, dass keiner dieser Autoren ihre Kultur richtig verstand, war des Kicherns wert.

»Ihr habt immer noch nicht geantwortet«, fauchte ihre Tante, die sich näher heranbeugte.

Adi versuchte, den Bildschirm zu wechseln, aber Aimi wusste, dass es keinen Sinn hatte, ihre Recherchen zu verbergen. Schon gar nicht vor Tante Xylia; der Tante, von der sie hoffte, dass sie Brand bei seinem Problem helfen konnte.

Aimi straffte die Schultern und platzte heraus: »Ich habe heute einen Gefährten gefunden.«

»Einen gefunden?« Ihre Tante richtete sich auf und zog eine fein gezupfte Augenbraue hoch. »Gefährten *findet* man nicht. Sie fallen nicht einfach so vom Himmel.«

»Dieser schon. Und ich habe ihn beansprucht.« Mehr oder weniger. Sie würde ihn markieren, sobald sie ihn wiedergefunden hatte.

»Du hast einen Mann beansprucht, der vom Himmel

gefallen ist? Wunderbar. Deine Mutter wird sich freuen. Allerdings wird sie Gefahr laufen, diesen netten neuen Wagen zu verlieren, den sie bestellt hat.«

Es überraschte Aimi nicht, dass ihre Mutter gegen sie gewettet hatte. Wenn Aimi hätte wetten können, dass sie nicht heiraten würde, hätte sie es getan, aber anscheinend galt das bei den Ehewetten als Betrug oder so.

»Ich habe einen Gefährten gefunden, und zwar einen starken. Er kann eine Hybridgestalt halten.«

»Wie lange? Eine Minute. Zwei? Dein Großvater konnte sie früher fast eine Stunde lang halten. So verdiente er in den Vierzigern sein Geld in den Boxringen, was unsere Familie wieder auf den Weg des Wohlstands brachte.«

Die Weltwirtschaftskrise hatte alle hart getroffen, aber sie hatten auch mit einem Drachenjäger zu kämpfen gehabt, der von der Existenz der Drachen erfahren hatte. Er hatte sich auf jeden Vermögenswert im Besitz der Silvergraces gestürzt, als er nicht direkt an sie herangekommen war. Letzten Endes hatten sie sich um ihn gekümmert, aber nicht ohne Schaden an ihrem Vermögen. Ein Vermögen, das heute größer und besser war.

»Meiner kann seine Gestalt noch länger halten.« So lange, dass er sich scheinbar nicht mehr zurückverwandeln konnte, aber sie hielt es nicht für nötig, diesen Aspekt jetzt schon zu enthüllen.

»Wirklich?« Der zweifelnde Tonfall zog das Wort in die Länge.

»Ja, wirklich.«

»Und wo ist dieser unglaubliche Musterknabe?«

»Ihr werdet ihn bald kennenlernen.«

»Sicher werden wir das.« Ihre Tante fixierte sie mit einem Blick. »Du weißt schon, dass es nicht zählt, nur zu behaupten, du seist gepaart. Du musst tatsächlich einen Mann vorzeigen und es beweisen, bevor du von deinen

Pflichten gegenüber der Familie entbunden werden kannst.«

»Er existiert.« Irgendwo.

»Dann freue ich mich darauf, ihn kennenzulernen.«

Aimi und Adi beobachteten ihre Tante auf dem Weg zur Tür und warteten, bis sie sicher waren, dass sie weg war, bevor sie die Köpfe zusammensteckten und flüsterten.

»Ich glaube, sie ist uns auf der Spur.«

»Sie müsste dumm sein, wenn sie es nicht wäre«, schnaubte Adi. »Aber zurück zu deinem imaginären Gefährten. Was glaubst du, wohin er als Nächstes gegangen sein könnte?«

»Ich weiß es nicht.«

Und Stunden später, als sie auf dem Dach ihres Hauses saß, wusste sie es immer noch nicht. Seltsamerweise machte sie sich jedoch keine Sorgen. Trotz ihrer kurzen Begegnung hätte sie schwören können, dass ein Band zwischen ihnen geschmiedet worden war. Im Moment mochte es noch schwach sein, aber es war da, in ihr, ein dünner Faden, der sie verband. Morgen würde sie es nutzen, um ihren vermissten Gefährten aufzuspüren.

Ich werde ihn finden und beanspruchen. Dann würde sie nach einem neuen Zuhause suchen, um ihren Hort zu verstecken.

KAPITEL FÜNF

Ich habe sie gefunden.

Die verrückte Frau mit den Mondstrahlhaaren saß mit unter das Kinn gezogenen Knien auf dem Dach eines Hauses – wenn man unter einem Haus ein Gebäude mit mehreren Flügeln und mehr Fläche als ein Einkaufszentrum verstand.

Er hatte sich gefragt, ob er hier richtig war, als er es bei seinem ersten Überflug sah. Es war nicht so, als hätte ihm die Frau, die er auf dem Dach getroffen hatte, eine Adresse gegeben – nur einen Namen. *Aimi Silvergrace*, ein ebenso schöner wie passender Name. Ein Name, den er genutzt hatte, um Informationen aufzuspüren – ein kurzer Sprung über einen Balkon, bei dem er sich im Vorbeihuschen ein Smartphone schnappte, gab ihm Zugang zur Internetsuche.

Es gab nicht sehr viele Informationen über sie. Mondstrahl war nicht Teil der sozialen Medien. Aber als Erbin einer sehr alten, aristokratischen Familie entging sie den Nachrichten nicht ganz. Sie besuchte Dinge wie Benefizveranstaltungen und Opernaufführungen. Ein Artikel beschrieb ihre Familie als »stinkreich«. Und versnobt. Das blaueste Blut, das man sich vorstellen konnte – und doch war sie auf dem Dach eines Hauses gewesen, als sie ihn gefunden hatte.

Mich gefunden und behauptet, ich sei ein Drache. Sie hat außerdem behauptet, dass ich ihr gehöre.

Weil sssie mir gehört. Die Kälte seines Herzens konnte ihn nicht davon abhalten, es zu denken. Es zu fühlen. Natürlich war es völliger Unsinn.

Drachen existierten nicht, und niemand wollte ein Monster. Sie spielte offensichtlich Spielchen mit ihm. Aber warum? Das wollte er wissen. Er wollte wissen, warum sie log. Warum sie ihn quälte.

Genau wie ein winziger Funke der Hoffnung in ihm wissen wollte, ob sie vielleicht die Wahrheit sagte. Gab es noch andere wie ihn?

Um das herauszufinden, würde er sie wiedersehen müssen. Er stellte die Dringlichkeit dieses Bedürfnisses nicht infrage. Einen Moment lang vergaß er die Notlage seiner Schwester. Nur eines war wichtig: Aimi zu finden.

Also machte er sie ausfindig und suchte sie auf, ohne vorherigen Anruf oder Vorwarnung. Er schwebte weit über ihr, ein winziger Fleck im Gesamtbild der Dinge, doch sie entdeckte ihn. Sie spähte nach oben und sah ihn direkt an.

Woher wusste sie, dass er da war? *Genauso wie ich wusste, wo ich hinmusste.* Ähnlich wie eine Brieftaube – sehr lecker, wenn sie über einem kohlebetriebenen Feuer gebraten wurde – wusste er einfach, wo sie war. Er flog ein wenig tiefer, damit sie ihn deutlich sehen konnte. Er blieb jedoch in der Luft, unsicher darüber, ob er es wagte, sich ihr zu nähern.

Angeber.

Die Stimme war nicht seine eigene, und doch ... war sie in seinem Kopf und eindeutig weiblich. Er wirbelte herum, um nachzusehen, aber er blieb allein in der Luft.

DIE GESCHICHTE DES DRACHEN

Kannst du mich hören? Sie sprach; nicht laut, aber wieder in seinem Kopf. *Wenn du es kannst, dann solltest du hierherkommen, bevor sie sie freilassen.*

»Was freilassen?« Er sprach die Worte, die er dachte, laut aus.

Die Drohnen. Du hast einen Alarm ausgelöst, sobald du in unseren Luftraum eingedrungen bist.

Welchen Alarm? Er hatte nichts berührt. Er schlug langsam und gleichmäßig mit den Flügeln, während er sich umsah. »Ich sehe nichts.« Verarschte sie den Bauerntrampel aus dem Sumpf?

Schon wieder dieses sture Nicht-Gehorchen. Sag nicht, ich hätte dich nicht gewarnt.

Kaum war der Gedanke zu Ende gesprochen, hörte er das Brummen eines kleinen Motors. Die matt lackierte Drohne raste von der westlichen Seite des Grundstücks her auf Brandon zu. Der einzige wirkliche Hinweis auf ihre Anwesenheit war ein roter Lichtpunkt, der seine Brust anvisierte.

Scheiße.

Er schlug mit den Flügeln und zog sich höher, doch das Ziel der Drohne blieb auf seinen Körper gerichtet. Er würde trickreicher vorgehen müssen, wenn er nicht in Gefahr geraten wollte.

Er machte sich flach und schoss auf sie zu. Der rote Punkt landete auf seiner Stirn. Brandon breitete die Arme weit aus.

Was tust du da? Sie klang eher neugierig als besorgt.

Er tat das, was jeder Junge tat, wenn er ein cooles Spielzeug sah. Er wollte spielen.

Die Drohne schien nicht zu wissen, was sie tun sollte. Die gute Nachricht war jedoch, dass sie nicht schoss. Das bedeutete, dass sie nicht wirklich daran interessiert war, ihn zu töten.

Die surrende Maschine bewegte sich nicht, als er die Hand ausstreckte, um sie zu packen.

Zapp, ein heißer Feuerstrahl berührte einen Flügel in seinem Rücken, woraufhin er zischend einatmete.

Die Mistkerle hatten noch eine zweite in der Luft. Diese hatte sich als Köder tot gestellt.

Von oben kommt eine dritte.

Die Warnung klang amüsiert. Er hingegen war es nicht. Er war es nicht gewohnt, am Himmel herausgefordert zu werden. Bittech hatte seinen Experimenten nie wirklich irgendwelche Flugmanöver beigebracht. Es wurde als ausreichend angesehen, dass sie fliegen *konnten*.

Aber jetzt, während Brandon vor und zurück, nach oben und unten schnellte, um den Feuerblitzen auszuweichen, wünschte er sich wirklich, er befände sich im Besitz einer Pistole und hätte das Schießen gelernt.

Aber leider hatte er nur sich selbst. Und ein Publikum.

So kann man das Mädchen beeindrucken. Nichts schrie so sehr »Ich bin ein Hengst«, wie von kleinen Robotern belästigt zu werden.

Das Gute an den Robotern, die ihn jetzt umschwärmten – nach seiner letzten Zählung waren es ein Dutzend –, war, dass sie immer noch mehr darauf bedacht zu sein schienen, ihn nach unten in den Innenhof zu treiben, als ihn tatsächlich zu töten.

Natürlich werden sie dich nicht umbringen. Noch nicht.

»Das beruhigt mich nicht«, murmelte er laut.

Dann hättest du vorhin mit mir kommen sollen. Dann hätten wir uns einen Teil hiervon ersparen können.

»Kannst du sie nicht zurückrufen?«

Nein. Das Abwehrsystem ist automatisch. Lande einfach im Innenhof. Aber lass dich von niemandem anfassen. Ich bin in einer Minute da.

Er registrierte die Worte, antwortete jedoch nicht, da

die Drohnen ihn weiter belästigten und zu der riesigen runden Einfahrt vor der Villa drängten.

Er landete ein paar Meter vor einem riesigen Springbrunnen mit – wer hätte es gedacht – steinernen Drachen, die Wasser aus ihren Mäulern spuckten. Es wirkte sehr beeindruckend und wesentlich weniger beängstigend als das Empfangskomitee.

Die Spitzen seines Schals reichten nicht aus, um seinen nackten Oberkörper vor den begeisterten Blicken der versammelten Frauen zu verbergen, die alle unterschiedlichen Alters waren, und doch trugen viele von ihnen dasselbe silbrige Haar wie Aimi. Außerdem hatten sie alle sonderbare Augen, deren vertikale Schlitze mit grünem Feuer glühten, während sie ihn unverfroren von Kopf bis Fuß musterten.

Er verschränkte die Arme vor der Brust und funkelte sie an, als Herausforderung, irgendetwas zu tun: schreien, in Panik verfallen, ihn als Monster bezeichnen, schießen.

Stattdessen rief eines der jüngeren Mädchen mit kurz geschnittenen, feinen Haaren: »Es ist ein Junge.«

»Meinst du nicht ein Mann?« Die Frau mit dem dunklen Eyeliner und den platinfarbenen Locken lächelte. »Ein sehr leckerer und starker Mann.«

»Wem gehörst du?«, fragte eine ältere Frau, die ihre silbernen Haare zu einem Knoten zusammengebunden hatte, der ihren schlanken Hals hervorhob.

»Er gehört mir!« Die Behauptung kam von Aimi, die mit schnellem Schritt aus dem Haus kam. Er konnte nicht leugnen, dass er sich freute, sie wiederzusehen – sie war faszinierend. Was er nicht verstand, war der Schwall an Wärme, den ihre Worte auslösten.

Ich gehöre niemandem. Nicht Bittech. Nicht seinem Onkel. Und ganz sicher nicht diesem schmächtigen Mädchen.

»Mondstrahl. Dass wir uns wiedersehen.« Im Zweifelsfall extreme Lässigkeit vortäuschen. Diese Lektion hatte er von einer großen Katze in Gefangenschaft bei Bittech gelernt. Die Katzen beherrschten Unbekümmertheit perfekt.

»Das ist dein Gefährte? Der, von dem du mir erzählt hast?« Die Frau mit dem Haarknoten lachte. »Ich will verdammt sein. Du hast nicht gelogen. Er ist stark.«

»Und meiner.« Aimi stellte sich zwischen die beiden Frauen und Brandon. »Also Krallen weg, sonst fresse ich eure Gesichter.«

»Darf ich nicht mitreden?«, fragte er.

»Nein.« Das Wort stieß auf Gelächter.

»Er spricht!«

»Er kann fliegen!«

»Ich sage, wir überwältigen sie und reißen ihn uns unter den Nagel«, flüsterte eine andere.

»Fasst meine Schwester an und ich lösche eure Bankkonten aus«, sagte ein anderes Mädchen mit kurz geschnittenen Haaren, die Arme vor der Brust verschränkt.

»Mondstrahl«, murmelte er und beugte sich zu ihr. »Was zum Teufel ist hier los? Wer sind diese Leute?«

»Familie. Ich habe dich gewarnt, dass sie dich bei lebendigem Leib auffressen würden. Mach dir keine Sorgen. Ich werde dich beschützen. Ich muss nur deine Stellung deutlich machen.«

»Meine Stellung?«

»Als mein zukünftiger Gefährte. Vertrau mir. So ist es am besten.«

»Für wen? Was habe ich davon?«

Sie lächelte, und er hätte allem zugestimmt, damit sie ihn für immer anlächelte. »Du hast mich.«

Das funktionierte auch. Sobald er spürte, dass er in ihren verrückten Bann geriet, riss er sich davon los. »Was ist die Alternative? Eine von ihnen?« Er deutete auf die Horde, die ihn immer noch musterte und in einigen Fällen immer noch darüber diskutierte, ob sie ihn stehlen sollten oder nicht.

Aimi drehte den Kopf, um ihn über ihre Schulter hinweg anzusehen. »Du gehörst mir. Wenn sie dich anfassen, Familie hin oder her, werde ich sie verstümmeln müssen.«

»Und was ist, wenn ich sie anfasse? Was passiert dann mit mir?«

»Warum solltest du sie anfassen, wenn du das hier hast?« Sie ließ die Hände über ihren Körper gleiten. »Ich mache mir keine Sorgen. Hast du so schnell vergessen, dass deine Welt sich jetzt nur noch um mich dreht?«

Wäre das denn so schlimm? Allein bisher mit ihr zusammen zu sein war das Beste, was Brandon seit einer gefühlten Ewigkeit passiert war. Er konnte sich nicht daran erinnern, wann er sich das letzte Mal so adrenalingeladen, warm und froh gefühlt hatte; ein echtes Gefühl des Glücklichseins, das von innen kam und nicht von einem beheizten Schornsteinkopf.

Gleichzeitig ging mit seiner Faszination für Aimi ein Versäumnis in seiner Suche einher. Man musste sich nur ansehen, wo er gelandet war, weil er einen Mondstrahl verfolgt hatte. Er hatte die Stadt nicht wie geplant verlassen. Er hatte nicht nach Hinweisen auf seine Schwester gesucht, sondern seine ganze Kraft darauf verwendet, eine verrückte Frau aufzuspüren.

Eine verrückte Frau, die mich will.

Er versuchte, sich von ihr abzulenken und sich wieder auf die Situation zu konzentrieren. »Du bist also mit all diesen Frauen verwandt.«

»Haben es die Haare verraten?«, fragte ein Mädchen, das einen schlichten Hosenanzug und eine Brille trug.

»Ah, sieh mal einer an, er ist hübsch und nicht ganz dumm«, kicherte eine andere in der Menge.

Seltsam, denn er kam sich verdammt dumm und verwirrt vor. Warum nannten sie ihn hübsch? Waren sie alle blind gegenüber der Tatsache, dass er das Gesicht und den Körper eines Monsters trug?

»Ich schätze, ich sollte dich vorstellen.« Aimi kehrte an seine Seite zurück und legte eine Hand auf seinen Bizeps – woraufhin er den Atem einsog –, während sie mit der anderen Hand zeigte. »Das ist meine Tante Xylia, die den Dutt trägt. Und die Tanten Valda und Vanna da hinten.« Sie zeigte auf zwei Frauen mit Brille und Strickjacke, die ihm zunickten. »Dann ist da noch meine Schwester Adrianne mit den flippigen Haaren. Und das sind meine Cousinen, Deka und Babette.«

»Ihr wohnt alle hier?«

»Ja. Es gibt sogar noch mehr von uns. Aber du kannst sie später kennenlernen.«

»Du hast uns immer noch nicht gesagt, wer dieser gut aussehende Mann ist«, rief Deka, während sie mit den Wimpern in seine Richtung klimperte.

»Krallen weg oder ich werde sie dir ziehen. Das ist Brand, und er gehört mir.«

»Ich sehe keine Markierung«, bemerkte Babette.

»Weil ich auf Zeugen gewartet habe.«

»Wir können Zeugen sein.«

Aimi schüttelte den Kopf. »Ich will, dass Mutter es sieht.«

»Dann wirst du warten müssen, denn deine Mutter ist bis morgen verreist«, bemerkte Xylia.

»Gut. So haben wir Zeit, uns um ein paar Angelegenheiten zu kümmern.«

»Meinst du zum Beispiel die, dass du immer wieder versuchst, mich zu beanspruchen?« Er beugte sich tief genug, um es ihr ins Ohr zu flüstern, wobei er die seidige Berührung ihres Haares an seinen Lippen spürte.

»Würdest du mich haben wollen oder lieber jemand anderen vorziehen?«

»Du würdest mir die Wahl lassen?«

»Nein. Also, macht es dir etwas aus, wenn wir das später besprechen? Wir haben Publikum.« Ein Publikum, das grinste.

»Ich will wissen, was hier los ist.« Denn er fühlte sich, als wäre er in eine andere Dimension geraten. Seit er Aimi getroffen hatte, hatte sich nichts mehr so entwickelt wie erwartet.

»Du bist ein nicht beanspruchter Mann und ich will dich als meinen Gefährten. Das ist alles.«

»Ich würde sagen, da ist noch ein bisschen mehr, zum Beispiel meine Zustimmung.«

»Du weißt schon, dass ich die nicht brauche, oder?«

»Da bin ich anderer Meinung.«

»Dann finde einen Weg, die Gesetze neu zu schreiben. Nach Lage der Dinge ist mein Anspruch auf dich der Weg des Drachens.« Die rätselhafte Antwort wurde nicht weiter ausgeführt, da sie begann, auf das Haus zuzugehen, nachdem die anderen Frauen sich bereits umgedreht hatten, um ins Innere zurückzukehren.

Er zögerte, da er nicht ausdrücklich aufgefordert worden war, ihr zu folgen, und doch brauchte er noch immer Antworten, wie etwa auf die Frage, warum diese Frauen ihn als normal zu erachten schienen. Bemerkten sie nicht die Schuppen und die Flügel?

Und warum nannten sie ihn immer wieder einen Hybrid? Gab es noch andere, die wie er gespleißt und zu etwas Neuem zusammengefügt worden waren?

Aimi blieb auf der obersten Stufe der Veranda stehen – wenn eine prachtvolle, mit Präzision geschaffene Steintreppe einen solch banalen Namen haben konnte. Sie spähte über ihre Schulter zu ihm hinüber. »Willst du die ganze Nacht dort stehen oder kommst du mit rein?«

»Was passiert drinnen?«

»Komm rein und finde es heraus.« Sie schritt durch die Vordertür und ließ ihn allein zurück.

Was sollte er tun? Sein Körper schmerzte noch immer von den Brandwunden, die ihm die Drohnen zugefügt hatten. Er war hungrig, da seine letzte gestohlene Mahlzeit schon über einen Tag zurücklag. Müdigkeit zerrte an jedem einzelnen seiner Muskeln. Es hatte viel gekostet, Mondstrahl zu finden. Sie lebte weit außerhalb der Stadtgrenzen, was viel Flugzeit bedeutete. Doch all die Leiden seines Körpers verblassten vor der hartnäckigsten Sache: seiner Neugier.

Es war Neugier – und ein seltsames Bedürfnis, Aimi wiederzusehen –, die ihn dazu getrieben hatte, sie aufzuspüren und ihr dann einen Besuch abzustatten. Jetzt, da er hier war, würde er sich da von einer einfachen Sache wie Unsicherheit aufhalten lassen?

Auf keinen Fall. Er hatte schon Schlimmeres überlebt als ein paar silberhaarige Frauen.

Also folgte er ihr, schaffte jedoch nur einen Schritt über die Schwelle, als eine Stimme brüllte: »Du kannst deine Hybridgestalt jetzt ablegen. Du und Aimi habt bewiesen, was ihr beweisen wolltet. Du bist stark. Aber im Haus tragen wir unsere menschliche Gestalt. Das ist besser für den Parkettboden.«

Aimi kam zu seiner Verteidigung, bevor er es erklären konnte. »Also, wir haben ein klitzekleines Problem. Brand hat irgendwie Schwierigkeiten mit dem Zurückverwandeln. Wir haben gehofft, du könntest ihm dabei helfen, Tante Xylia.«

»Er steckt fest?« Xylias Augen weiteten sich vor Überraschung. »Davon habe ich noch nie gehört.«

»Das ist gar nicht so ungewöhnlich. Das passiert bei Gestaltwandlern, die den Kontakt zu ihrer Menschlichkeit verloren haben.« Eine neue Frau, gekleidet im Bohème-Stil und mit einer Perlenkette, die aus winzigen Totenköpfen bestand, kam in Sicht.

Bevor er den Mund öffnen und seine Situation erklären konnte, stieß Aimi ihn mit dem Ellbogen an. Er presste die Lippen zusammen und funkelte sie an, was sie nicht bemerkte, da sie ihrer Tante zugewandt war.

Aimi zuckte mit den Schultern. »Vielleicht hat er etwas gegessen, was er nicht hätte essen sollen. Ich hatte gehofft, dass Tante Xylia etwas in ihrer Apotheke hat, das ihm helfen könnte.«

»Oder ich könnte ihn mit nach Hause nehmen.« Die Hippie-Lady musterte ihn.

Aimi schüttelte den Kopf. »Nein danke. Wir sind versorgt, Tante Waida. Tante Xylia hat bestimmt etwas Passendes hier.«

Die Frau mit dem Dutt nickte. »Ja, vielleicht. Kommt mit mir.«

»Ja, lass ihn lieber in Ordnung bringen, sonst werden eure Flitterwochen hart«, kicherte eine der Cousinen.

»Deine Eifersucht wärmt mich«, gab Aimi zurück. »Bis später.« Eine wohlwollende Antwort, die mit zwei erhobenen Mittelfingern über ihre Schultern unterstrichen wurde, während sie dem schwingenden Rock ihrer Tante folgte.

»Das habe ich gesehen«, sagte Xylia. »Was haben wir dir über deine Ausdrucksweise im Haus gesagt?«

»Es ist das einundzwanzigste Jahrhundert. Meinst du nicht, es ist an der Zeit, dass wir das Korsett lockern?«

»Nein, und wir hätten unsere Röcke auch nie kürzer als unterhalb der Knöchel werden lassen sollen.«

Während sich Tante und Nichte über die Gegensätze der Werte der neuen und der alten Generation stritten, betrachtete er die Villa, die er betreten hatte. Sie war einschüchternd und erinnerte ihn daran, dass er nur ein Junge aus der Kleinstadt war. Ein armer noch dazu, von der falschen Seite des Sumpfes.

Ich gehöre nicht hierher.

Während seiner Zeit als Gefangener bei Bittech hatte er Reichtum gesehen und wusste, welche Privilegien mit Geld verbunden waren. Die Männer, die damit prahlten – Andrew und Parker und der andere Abschaum, der den Bittech-Betrug betrieb –, waren im Vergleich zu dem verschwenderischen Lebensstil, der hier an den Tag gelegt wurde, arme Schlucker.

Weiße Marmorböden zierten den riesigen Flur, einen Flur, für den es eigentlich eine Karte hätte geben müssen, da er Abzweigungen nach links und rechts hatte, zwischen denen sich wiederum opulente Räume befanden, zumindest dem nach zu urteilen, was er durch offene Türen sehen konnte.

Sie gingen eine Weile an geriffelten Torbögen entlang, die das Innere eines Wintergartens mit üppigen Pflanzen und dem Plätschern eines Wasserspiels einrahmten. Dann war da noch der Korridor, der den Speisesaal flankierte. Er hätte nie gedacht, dass ein Tisch so lang sein oder so viele Stühle unterbringen konnte.

»Esst ihr jemals da drin?«

Aimi blickte nicht einmal zur Seite. »Das ist der formelle Speisesaal. Wir benutzen ihn etwa drei- oder viermal im Jahr, wenn wir Besuch bekommen oder eine Paarung feiern.«

»Und ihr füllt diese Plätze?«

»Diese Plätze reichen nicht einmal aus. Für gewöhnlich weichen die Jüngeren in den normalen Speisesaal aus, in dem fünfzig weitere Personen Platz finden.«

»Wie groß ist deine Familie?«

»Das wirst du schon sehen. Wir werden wahrscheinlich keine Zeit haben, alle zu unserer Zeremonie zu versammeln, aber ich bin mir sicher, dass Mutter die Einladungen zu einem Empfang noch vor Ende der Woche verschicken wird, um dich den Sept-Familien vorzustellen.«

Sie sprach, als würde er bleiben. Eher unwahrscheinlich. Ein Monster wie er würde zu viel Aufmerksamkeit auf sich ziehen. Die Welt war ein Ort, der verrückt geworden war. Auf keinen Fall wollte er die Monsterjäger hierherbringen.

Wenn sie es wagen zuzuschlagen, dann werde ich beschützen. Ein paar Knochen knacken. Ein paar Genicke brechen.

Sein kaltes, inneres Ich hatte keine Skrupel zu tun, was getan werden musste. Aber Brandon wollte nicht nachgeben. Der Kälte nachzugeben bedeutete, das zu verlieren, was noch von ihm übrig war: der Bruder, der nur das Richtige tun wollte. Der Junge aus dem Sumpf, der vorhatte, nicht in die Fußstapfen seiner Familie zu treten und im Gefängnis zu landen, sondern auf das Community College zu gehen und einen Beruf zu erlernen.

Stattdessen hatte er Schmerz, List und Einschüchterung erfahren, als Bittech ihn zwang, nach ihrer Pfeife zu tanzen. Ein Befehl, der meistens darin bestand, anderen üble Dinge anzutun.

Das war damals. Das hier ist jetzt.

Aimis Stimme kitzelte ihn, aber er ignorierte sie und versuchte, so zu tun, als hätte sie nicht gerade seine Gedanken gelesen.

»Wo genau gehen wir hin?« Und sollte er eine Spur aus Brotkrumen hinterlassen? Eine berechtigte Frage, während sie eine gewundene Treppe hinuntergingen, die gefühlt mehrere Stockwerke unter die Erde führte.

»Tantchen hat hier unten ihr Labor.«

»Ein Labor.« Er erstarrte. »Sie ist Ärztin?« Jemand, der gern Leute mit Nadeln pikste und ihnen flüssiges Feuer injizierte? Oh verdammt, nein.

»Beleidige mich nicht, Junge. Die Menschen brauchen Ärzte. Ich bin eine echte Alchemistin.«

»Was in der heutigen Welt als Drogendealer bekannt wäre«, warf Aimi klugerweise ein.

Klatsch.

Die Ohrfeige ihrer Tante veranlasste Aimi dazu, sie anzufunkeln. »Schlag mich nicht, nur weil ich die Wahrheit sage. Du handelst mit Drogen, aber nicht nur mit der halluzinogenen Art. Sie stellt auch Medizin her.«

Er weigerte sich, sich zu rühren, und presste die Lippen aufeinander. »Ich nehme keine Drogen.«

Die Tante musterte ihn mit ihren violetten Augen, wobei die geschlitzten Pupillen mit grünem Feuer auflohten. »Keine Drogen? Soll ich also annehmen, dass du zufrieden bist, in deiner Hybridgestalt zu bleiben?«

Natürlich war er das verdammt noch mal nicht. Aber was sie von ihm verlangte ... »Sie verstehen nicht. Drogen und Ärzte, die mit meiner DNA spielen, haben mich in diesen Schlamassel gebracht.«

»Dann können Drogen dich vielleicht wieder rausholen.«

Zweifelhaft. Der Schaden war auf zellulärer Ebene entstanden. »Ich glaube nicht, dass das eine gute Idee ist.« Er drehte sich um und machte sich daran, seine Schritte zurückzuverfolgen. »Ich sollte gehen.«

»Ich schäme mich für dich, Nichte. Du hast dir einen Feigling als Gefährten ausgesucht.« Verachtung glänzte in den Worten.

»Er ist kein Feigling«, erwiderte Aimi. »Er ist nur misstrauisch.«

»Zögern ist für die Schwachen. Deine Kinder werden im Sept einen niedrigen Rang haben. Du bringst Schande über unseren Namen.«

»Er ist kein Feigling.«

Nein, das war er nicht, aber er konnte nicht leugnen, dass ihn der Gedanke, sich Drogen spritzen zu lassen, erschaudern ließ. Warum zum Teufel sollte er diesen Fremden sein Leben und seine Gesundheit anvertrauen? Warum sollte er sie für bare Münze nehmen?

Das ist mein Körper, den sie für Experimente benutzen wollen.

Angeblich könnten sie ihm helfen. Was, wenn sie logen? Was, wenn sie das weiterführen wollten, was Bittech angefangen hatte?

Traue nicht.

Traue niemals.

Feigling.

Er konnte sich nicht sicher sein, wer das Wort gesagt hatte, und doch hing es mit fast sichtbarer Präsenz in der Luft. Mist. Und das war der Grund, warum hauptsächlich Männer den Darwin Award erhielten.

Weil wir verdammt dumm sind, deshalb. Ein Seufzer entwich ihm, als er sich umdrehte. »Was ist das für eine Besessenheit von Kindern, die ihr alle habt?«

Xylia nahm die Pose seiner ehemaligen Lehrerin ein – ohne das Lineal – und erklärte: »Die Linien, die überlebt haben, müssen bewahrt werden. Wir haben zu viele Linien verloren, als die Säuberung stattfand. Wir müssen dafür sorgen, dass das nicht noch einmal passiert. Aber wir tun der Blutlinie keinen Gefallen, wenn wir sie mit schwachen Feiglingen vermischen.« Sie scheute nicht davor zurück, seinen Blick zu erwidern und ihn mit ihrem Spott zu kennzeichnen.

Scheiße, nein. Er mochte eine riesige verdammte Echse sein, aber er hatte immer noch gottverdammten Stolz. Er marschierte auf die Tante zu. »Sie wissen nichts über mich. Gar nichts. Ich habe nicht darum gebeten, so zu sein. Sie haben keine Ahnung, wie es ist, sich verstecken zu müssen, weil das eigene Aussehen schreiendes Chaos verursacht.« Schrille Schreie, die seine kalte Seite als lustig empfand. »Es ist nicht feige, Nein zu Fremden zu sagen, wenn es um Drogen geht.«

»Medizin.«

»Dennoch von einem Fremden. Würden Sie sich einfach von irgendjemandem etwas in den Körper spritzen lassen?«

»Er ist nicht völlig dumm.« Die Tante wandte sich an Aimi und ignorierte ihn völlig.

»Sie sind unglaublich unhöflich«, schnauzte er.

»Und du bist übermäßig emotional. Nimm dich zusammen.«

Sich zusammennehmen? Sie hatte nicht das durchgemacht, was er durchgemacht hatte. Sie verstand es nicht. Sie verstand auch nicht, dass sein Leben nicht sein eigenes war. Er hatte jemanden, der sich auf ihn verließ. »Ich kann im Moment kein Risiko eingehen, bis ich meine kleine Schwester vor Parker gerettet habe.«

»Parker? Reden wir von dem Parker aus dem HRG?«

»Ja.«

»Und er hat deine Schwester?«

»Er hält sie seit Jahren gegen mich in der Hand und zwingt meine Familie und mich, nach seiner Pfeife zu tanzen.«

»Und ihr habt keinen Krieg gegen ihn geführt?« Die Tante sagte es so sachlich, als wäre es eine einfache Schlussfolgerung.

»Wir haben es versucht.« Und sie waren bestraft

worden. Mehr als nur ein paar Mercers hatten den Bayou verlassen, um Zeit hinter Gittern abzusitzen. Andere waren gar nicht gegangen. Sie wurden einfach nie wieder gesehen. Das ließ eine einst starke Familie zerbröckeln. »Wir haben es versucht und dachten, wir hätten es geschafft, als bei Bittech alles zum Teufel ging. Aber wir haben versagt. Wir haben darin versagt, meine Schwester zu holen. Wir haben darin versagt, Parker zu töten, und jetzt hat er uns vor der ganzen Welt offenbart.«

»Du meinst, er hat die Gestaltwandler offenbart. Das ist kein großer Verlust. Sie werden den Weg ebnen. Wenigstens wissen die Menschen noch nichts von unserer Art. Und so wie sie reagiert haben, werden wir ihnen vielleicht nie sagen, dass Drachen unter ihnen leben.« Die Tante schürzte missbilligend die Lippen.

Noch jemand, der glaubte, sie seien etwas Unmögliches. »Okay. Ich sehe, die Wahnvorstellungen, unter denen Mondstrahl leidet, sind eine Familienangelegenheit. Drachen. Wirklich? Sie denken doch nicht ernsthaft, dass das irgendjemand glauben wird.« Er konnte sich ein Lachen nicht verkneifen.

Xylia blinzelte und schien einen Moment lang keine Worte zu finden. »Du glaubst nicht an Drachen.«

»Nicht eine Sekunde lang. Ich habe in meinem Leben schon alle Arten von Gestaltwandlern gesehen. Große und kleine. Behaarte, gefiederte und geschuppte. Niemand, und ich meine *niemand*, hat jemals etwas über Drachen gesagt.« Seine Augen weiteten sich, als ihm plötzlich ein Gedanke kam. »Es sei denn, ihr seid Komododrachen. Ich habe mal welche im Zoo gesehen. Die nicht fühlende Variante natürlich. Sie sind ziemlich cool, auch wenn sie nur eine ausgefallenere Art von Alligatoren sind.«

Xylia stand vor Entsetzen der Mund offen. »Hat dein Gefährte gerade behauptet, wir seien Echsen?«

Aimi verzog das Gesicht. »Ja. Aber zu seiner Verteidigung: Er scheint wirklich nichts über unsere Art zu wissen.«

»Aber er ist ein Drache. Ich kann es riechen.«

»Ich weiß. Ich habe versucht, es ihm zu sagen, aber er besteht darauf.« Aimi zuckte mit den Schultern. »Vielleicht haben die Experimente bei Bittech sein Gedächtnis verwirrt.«

»Oder vielleicht sage ich dir die Wahrheit«, warf Brandon ein.

»Und was ist die Wahrheit?«, fragte die Tante.

»Ich bin nur ein Alligator aus den Everglades, bei dem ein Gen-Splicing durchgeführt wurde, was zu dem hier geführt hat.« Er deutete mit der Hand über seinen Körper. »Das ist keine Hybridgestalt, wie ihr sie ständig nennt. Das bin ich. Und nur ich. Keine Droge kann das ändern.«

»Wissenschaftler haben deine Gene verändert, sagst du?«

»Ja.«

Er bewegte sich nicht, als Xylia sich ihm näherte und an ihm schnupperte. Der Geruchssinn war bei Gestaltwandlern sehr wichtig. Menschen waren eher visuell veranlagt und entschlüsselten Dinge mit ihren Augen, aber bei Gestaltwandlern – bei Tieren noch mehr – konnte die Nase ein noch lebhafteres Bild zeichnen. Für gewöhnlich log die Nase nicht.

Die Tante trat einen Schritt zurück, die Stirn in Falten gelegt und mit nachdenklicher Miene. »Er riecht anders als alle anderen, denen ich bisher begegnet bin, aber trotz seiner Seltsamkeit würde ich einen guten Teil meines Hortes darauf verwetten, dass er ein Drache ist.«

»Hort? Wie ein Schatz? So kann man den Mythos auch aufrechterhalten.«

»Alle Drachen haben einen Hort«, antwortete die Tante, als sie sich umdrehte und weiterging.

»Was befindet sich in diesem Hort? Schatztruhen, Goldmünzen, Schmuck?«

»Bis zu einem gewissen Grad. Ich sammle auch alte Muscle-Cars und Rennpferde.« Xylia wedelte mit einer Hand über dem Kopf. »Zahra, ihre Mutter, ist besessen von originalem *Star Wars* Spielzeug.«

»Und Tante Yolanda sammelt Poolboys«, murmelte Aimi, wobei sie ihm ein anzügliches Grinsen schenkte.

»Was haben wir dir über Klatsch erzählt, junge Dame?«

»Ich soll ihn pikant machen.«

»Ich glaube, du verwechselst mich mit deiner Tante Waida.«

Das ständige verbale Trommelfeuer war so faszinierend, dass er einfach nur zusah. Er kehrte in den Moment zurück, als Xylia ihn ansprach. »Das ist meine Apotheke. Tritt ein.«

»Warum?«

»Schon wieder so eine dumme Frage.« Für eine Dame mit einem eleganten Äußeren rollte sie auf meisterhafte Weise die Augen. »Komm rein, weil ich etwas versuchen möchte.«

Brandon runzelte die Stirn. »Was versuchen? Ich habe Ihnen doch gesagt, dass man es nicht in Ordnung bringen kann.«

»Das sagst du in der Tat immer wieder. Lass mich raten, ein Mann hat dir das erzählt.«

»Ja.« Das wurde mit rasender Geschwindigkeit die zweitseltsamste Unterhaltung seines Lebens, direkt nach Aimis Erklärung, er sei ein Drache.

»Mal sehen, ob ich das richtig verstehe. Du hast deinen Feind beim Wort genommen? Denn ich nehme an, dass du nicht mit der Person befreundet bist, die das getan hat.« Sie deutete mit einer Hand auf ihn.

»Nein, wir sind nicht befreundet.«

»Du hast dir von deinem Feind sagen lassen, dass es unumkehrbar sei, und hast ihm geglaubt. Hast du eine zweite Meinung eingeholt?«

Er presste die Lippen aufeinander.

»Hast du irgendeine Art von Behandlungsplan ausprobiert?«

Er konnte fast die geisterhafte Ohrfeige seiner Mutter spüren, zusammen mit dem Murmeln: »Idiot.«

Ihre Stimme wurde weicher. »Lass mich dir helfen, Junge.«

Eine Hand packte seinen Unterarm und er musste nicht nach unten schauen, um zu wissen, dass Aimi ihn berührte. »Du kannst ihr vertrauen.«

Er wollte sagen: »Ich weiß nicht einmal, ob ich dir vertraue«, aber er hielt die Worte zurück, da er ihr seltsamerweise tatsächlich vertraute.

Sssie sagt die Wahrheit.

»Es wird nicht wehtun.«

»Das haben die Ärzte auch gesagt, bevor die Qualen anfingen.« Zusammen mit den entmannenden Schreien. Mit der Zeit hatten ihn selbst diese Schmerzen nicht mehr wecken können.

»Inkompetente Quacksalber. Sie versuchen, nur moderne Wissenschaft auf etwas anzuwenden, das in vielerlei Hinsicht uralte Magie ist. Ich mache eine Mischung aus beidem.«

»Tu es, oder ich nenne dich ein feiges Huhn.« Aimi gackerte.

»Hast du mich gerade doppelt herausgefordert?«

»Eher dreifach, was bedeutet, dass du jetzt nicht mehr Nein sagen kannst«, erwiderte Aimi, hakte ihren Arm bei ihm ein und zog ihn hinter ihrer Tante her. »Was hast du zu verlieren?«

Sein Leben? Das war kein großer Verlust, da es dieser Tage nichts mehr wert war. Was war mit seiner Schwester? Er war ihr noch nicht einmal nahe genug gekommen, um irgendetwas zu tun, das ihr half. Er konnte nichts tun – die ganze Sache mit der Echse auf zwei Beinen war nicht gerade zuträglich, wenn man sich in der Öffentlichkeit bewegen wollte.

Vor allem aber ... wollte er die Chance haben, wieder normal zu sein, und diesen Wunsch würde er nicht erfüllen können, wenn er nichts riskierte.

Er machte einen Schritt in den Raum. »Gut. Machen Sie, was Sie wollen.«

Das Labor der Tante erinnerte ihn an eine mittelalterliche Apotheke mit einem Hauch von modernem Komfort. Holzregale säumten eine der Wände und enthielten Hunderte von Glasgefäßen, die alle ordentlich beschriftet und mit Strichcodes versehen waren. Im Kontrast dazu bestand eine andere Wand aus modernem Chrom und Glas, wobei der Kühlschrank und die Gefriertruhe noch mehr Gläser und Fläschchen enthielten, deren Inhalt von hinten von einer Leuchtstoffröhre beleuchtet wurde. In der Mitte des Raumes besetzte den Ehrenplatz eine riesige Insel, die in mehrere Arbeitsbereiche unterteilt war und deren Oberflächen aus Metall, Granit und Holz bestanden. An der dritten Wand, an gegenüberliegenden Enden, waren zwei Bogengänge. Ein Blick hinein zeigte, dass sich in dem einen ein Büro mit einem großen Schreibtisch und Stapeln von Ordnern befand. Im anderen Raum standen Betten und medizinische Geräte, Maschinen zum Ablesen von Vitalwerten und andere Monitore, die nach Krankenhaus schrien.

Seine Angeberei spürte selbst, wie sie schrumpfte.

Geh. Sofort. Sein kaltes Ich wollte nicht bleiben, aber er konnte wohl kaum weglaufen, nicht wenn Aimi ihn beobachtete und ihm immer noch Antworten bevorstanden.

»Wie lange bist du schon in dieser Gestalt?«, fragte Xylia, während sie mit einem Finger über die Gläser strich und wahllos einige herausnahm.

»Zwei Jahre. Vielleicht etwas länger, wenn man den Beginn der Behandlung und der Veränderungen mitzählt.«

»Zwei?« Er merkte, dass er sie erschreckt hatte. »Und bist du in dieser Zeit jemals in deine Drachengestalt aufgestiegen oder zurück in deine Menschengestalt?«

In einen Drachen aufsteigen? Ha. Schön wär's. »Nein. Das ist alles. Ich habe keine andere Gestalt. Nicht mehr.«

»Nein, das ist die Gestalt, in der du feststeckst. Irgendetwas in deiner Psyche hindert dich offensichtlich daran, dich vollständig zu verwandeln.«

»Vielleicht weil ich kein Drache bin.«

»Lass uns das mit Sicherheit herausfinden, ja?«

»Sie meinen, es gibt einen Test? Muss ich etwa Feuer speien? Oder eine Prinzessin fressen?« Er warf Aimi einen verschmitzten Blick zu, die kicherte.

»Ja, es gibt einen Test. Unsere Rasse ist alt, und so wie die Gestaltwandler ihre Art unterscheiden können, können wir das mit ein wenig Hilfe auch. Das Testserum wurde im finsteren Mittelalter von Jägern entwickelt, die unsere Schätze suchten. Sie besuchten unsere Höfe in Verkleidung und taten ihr Bestes, um uns zu vertreiben. Wir dachten, die Formel sei zerstört, bis die Spanische Inquisition sie wieder zum Leben erweckte. Das war das letzte Mal, dass sie benutzt wurde.«

»Da Sie wissen, wie man es herstellt, nehme ich an, dass ihr das Rezept nicht zerstört habt?« Er fühlte sich gegen seinen Willen in die erfundene Erzählung hineingezogen.

»Natürlich haben wir es zerstört. Wir haben alle Spuren davon aus den Annalen und der Geschichte der Menschheit getilgt, aber das Geheimnis haben wir für uns behalten. Alles Wissen ist ein Schatz, der niemals zerstört werden sollte. Wir benutzen es nicht oft, da wir natürlich am Geruch erkennen können, wer ein Drache ist und wer nicht, aber angesichts deiner seltsamen Geschichte wollen wir einen richtigen Test durchführen, der uns zeigt, ob du ein Drache bist oder nicht.«

»Wie funktioniert das? Was muss ich tun?«

»Ein wenig Blut spenden.«

Bevor er zustimmen konnte, stach Xylia ihn mit einer Nadel.

»Autsch.« Er funkelte die Tante an.

»Sei kein Baby«, schalt Aimi.

»Sie könnten einen Kerl auch warnen, wenn Sie ihn mit scharfen Gegenständen piksen.«

»Ist deine ganze Familie so schwierig?«, war die Antwort, als die Tante sein Blut in ein Becherglas laufen ließ. Sie fügte ein paar Tropfen aus einem kleinen Fläschchen hinzu, das hellrot leuchtete. Streute eine Prise silbernes Pulver hinein. Fügte einen lilafarbenen Zweig von irgendetwas hinzu und schwenkte dann den Inhalt zusammen.

Es zischte, dann schäumte es. Außerdem nahm es schnell alle Farben des Regenbogens an, bevor es bei einem matten Grün verharrte.

Ein Teil von ihm konnte nicht anders, als enttäuscht zu sein. Er glaubte vielleicht nicht an Drachen, aber für einen Moment hatte ein Teil von ihm gehofft, dass der Test zeigen würde, dass er einer war. »Ich schätze, ich muss nicht erwähnen, dass ich es Ihnen ja gesagt habe.«

Zwei Augenpaare musterten ihn und er konnte nur

fragen: »Was?« Warum sahen sie ihn so schockiert an? »Habe ich so schlecht abgeschnitten?«

»Im Gegenteil, du hast bestanden.« Die Tante sah gequält aus, als sie hinzufügte: »Euer Gnaden.«

KAPITEL SECHS

Das konnte nicht sein. Sie hatten seit Jahrhunderten keinen mehr von seiner Sorte gesehen. Nicht seit der Säuberung. Diese Linie wurde für tot gehalten. Ausgelöscht.

Und doch war die Farbe der Flüssigkeit unverkennbar.

»Er ist königlich?«, fragte sie. »Bist du dir sicher?«

»Wir könnten es noch einmal überprüfen, um sicher zu sein«, sagte ihre Tante.

»Und hier kommt der Schwindel. Wisst ihr«, sagte Brand, als er sich kopfschüttelnd von ihnen entfernte, »ich bin vielleicht auf der falschen Seite des Bayou geboren und sehe vielleicht wie eine dumme Bestie aus, aber ich bin kein kompletter Vollidiot. Ihr versucht, mich zu verarschen. Erst versucht ihr, mich zu überzeugen, dass ich ein Drache bin, und jetzt auch noch angeblich Mitglied einer königlichen Familie. Und noch besser, von einer *verloren geglaubten* königlichen Familie.« Er gab Geräusch des Abscheus von sich. »Ihr hättet euch an etwas Glaubwürdigeres halten sollen.« Er ging zur Tür, aber Aimi stellte sich davor.

»Wir wollen dich nicht verarschen.«

»Aimi! Nicht solche Worte.«

Sie konnte nicht anders, als mit den Augen zu rollen. »Könntest du bitte deine Prioritäten richtig setzen? Ich versuche hier zu verhindern, dass er mich umbringt, Tantchen.«

»Ich werde dich nicht umbringen.« Er spuckte die Worte aus, und ihre eisige Kälte passte zu der in seinen Augen. »Ich bin vielleicht ein Monster, aber ich bin kein Mörder.«

»Ich weiß, dass du mich nicht töten wirst. Drachen töten ihre Gefährten nicht.«

»Ich bin kein verdammter Drache!«, schrie er.

»Nicht solche Worte!«, brüllte Aimis Tante.

»Scheiß auf eure Worte. Ich falle nicht auf das hier rein.«

»Auf was reinfallen? Auf die Wahrheit?«

»Auf diese Scheiße.«

»Das ist keine Scheiße.« Ausnahmsweise sagte ihre Tante nichts. Aimi streckte die Hände aus, eine beruhigende Geste – zumindest hoffte sie das, da sie einen ziemlich großen Hybrid vor sich hatte, der sich anspannte und sie anfunkelte. »Du bist ein Drache. Zumindest deuten deine Gene darauf hin.«

»Der Test ist falsch.«

»Das ist möglich.« Aimi zuckte mit den Schultern. »Es gibt sicher Ausnahmen.«

»Eigentlich nicht. Das ist noch nie passiert«, warf ihre Tante ein.

»Nun, gerade hat der Test versagt, denn ich garantiere euch, dass ich kein Drache bin. Und selbst wenn ich es durch irgendeinen verkorksten Zufall doch bin, stamme ich auf keinen Fall von einer königlichen Familie ab.«

»Bist du sicher, dass du nicht so geboren wurdest?« Xylia ging um ihn herum.

»Wie ich Mondstrahl schon sagte, ich bin ein Alligator.

Nur ein gewöhnlicher Sumpf-Alligator. Allein die Experimente haben mich verändert und mir Flügel und das Aussehen eines T-Rex mit längeren Armen gegeben.«

»Selbst wenn der Test fehlgeschlagen ist, behauptet dein Geruch es auch.«

»Ich würde es nicht wissen. Ich kann mich nicht riechen.« Eine seltsame Eigenschaft von Gestaltwandlern. Sie konnten andere mit Leichtigkeit riechen, aber wenn es um ihren eigenen Geruch ging, setzte diese Fähigkeit aus.

»Du sprichst von Experimenten, die nach heutigem Stand der Wissenschaft einige der Mutationen erklären könnten, aber es muss etwas da gewesen sein, das es ausgelöst hat. Vielleicht ein rezessives Gen. Wie lautet noch mal dein Familienname?«

»Mercer.«

Tante Xylia schüttelte den Kopf. »Nie von ihnen gehört.«

»Überraschend, wenn man bedenkt, dass wir oft wegen verschiedener Vergehen in den Nachrichten sind.« Seine Lippen zuckten und Aimi unterdrückte ein Kichern angesichts der Miene ihrer Tante.

»Deine Familie ist kriminell? Deiner Mutter wird das nicht gefallen, Aimi«, sagte Xylia.

»Mutter wird einen Weg finden, es zu verdrehen. Wenn unser erstes Kind geboren wird, wird sie die Mercers als eine Art vorherrschende Mafia-Familie darstellen und den Skandal dazu nutzen, fabelhafte Partys zu feiern.«

»Die Fantasiewelt, in der ihr lebt, ist faszinierend und scheinbar auch erblich.« Sein Blick sprang zwischen Aimi und ihrer Tante hin und her.

»Wie kann er ständig leugnen, was er ist? Wie kann man leugnen, ein Drache zu sein? Wurdest du als Kind auf den Kopf fallen gelassen?«, fragte ihre Tante ihn.

»Wahrscheinlich. Aber die Anzahl der Male ändert

dennoch nichts an der Tatsache, dass ich kein Drache bin, es sei denn, wir reden von dem in meiner Hose.«

Aimi schlug ihm für seine unverschämte Antwort eine Faust in den Bauch und prallte gegen eine Wand. Sie schaffte es, eine stoische Miene zu wahren.

»Du kannst fliegen«, betonte Aimi.

»Aber ich kann kein Feuer speien.«

»Feuer wird überbewertet. Es ist so unkontrollierbar. Warum jemand auf irgendetwas speien wollen würde, anstatt mit Klauen zu kämpfen, ist mir schleierhaft.« Xylia verzog die Lippen.

»Sie bevorzugt den persönlichen Kontakt«, vertraute Aimi ihm an. »Laut Adi –«

»Wer ist Adi?«

»Meine Schwester. Jedenfalls ist ihre Theorie, dass meine Mutter und meine Tanten in Menschengestalt kämpfen, damit der Wäscheservice im Geschäft bleibt. Tantchen trägt gern weiß. Es braucht ein besonderes Fingerspitzengefühl, um das Blut aus der Seide zu bekommen.«

Er kniff sich in die Nase und schloss die Augen. »Warum erzählst du mir das? Ich meine, wer gibt schon zu, eine mordende Tante zu haben?«

»Wer sagt, dass ich jemanden getötet habe? Zeig mir eine Leiche. Muss jemand verschwinden?« Xylia sah Brand mit zusammengekniffenen Augen an und Aimi schnippte mit den Fingern.

»Mein Gefährte wird nicht bedroht, Tantchen. Er ist meine Fahrkarte hier raus.«

»Ich gehe nirgendwo mit dir hin und ich glaube, ich sollte nicht einmal hier sein.«

»Komm mir nicht mit diesem *Ich werde gehen* Scheiß –«

»Aimi!«

»Meinetwegen, und damit meine ich den verdammten

Ich werde gehen Scheiß«, schrie sie und verdrehte die Augen. Seine Lippen zuckten, als er versuchte, nicht zu lachen. »Du willst wissen, was du bist. Ich werde dir sagen, was du bist, und dazu brauche ich nicht einmal einen Zaubertrank.« Sie trat näher an ihn heran, so nahe, dass sie den Kopf neigen musste, um sein Gesicht sehen zu können. »Du gehörst mir.«

»Das kann doch nicht dein Ernst sein.« An Xylia gewandt fügte er hinzu: »Was immer Sie denken, dass ich bin, ich bin es nicht. Und Sie können ihr nicht erlauben, sich an mich zu binden. Ich bin kein Drache.«

»Hast du wirklich noch nie über die Tatsache nachgedacht, dass es Drachen geben könnte? Nie ein Gerücht gehört?« Neugier lag in ihren Worten.

»Nie. Warum?«

»Weil dein Onkel, Parker, es weiß.«

»Das bezweifle ich sehr. Wenn er es wüsste, hätte er es schon ausgeplaudert.«

»Wie man hört, ist dein Onkel gerissen und spart sich diese Information wahrscheinlich für einen Zeitpunkt auf, von dem er glaubt, dass sie ihm da nützen wird.« Tante Xylia deutete auf seine Flügel. »Wenn dein Onkel das getan hat, dann war das vielleicht nur möglich, weil er etwas über deine Familie weiß. Gibt es in deiner Familie irgendwelche ungeklärten Bastarde? Entstammst du vielleicht einer unverheirateten Mutter oder einem unbekannten Vater?«

»Nennen wir mich jetzt nicht mehr *Euer Gnaden*, sondern hoffen, dass ich ein Bastard bin?« Brand hatte die Angewohnheit abzulenken, wenn es unangenehm wurde.

»In einem Punkt hast du recht. Wir wissen so gut wie nichts übereinander. Vielleicht war meine vorherige Ansprache verfrüht.«

»Also bin ich jetzt kein Drache?«, fragte er.

»Doch, das bist du«, warf Aimi eilig ein. »Und versuch

gar nicht erst, es zu leugnen, Tantchen. Wir beide wissen, was diese Farbe bedeutet.« Aimi zeigte auf den Zaubertrank, dessen Farbton unverkennbar war. Die Farben waren etwas, das sie alle in der Drachenschule gelernt hatten. In Madame Drakes Benimmschule gab es nicht nur Unterrichtsstunden darin, wie man ein richtiger Snob war – Kopf schräg halten, zuerst die Gabel benutzen, keine Körpergeräusche in der Öffentlichkeit –, sondern die Schule bot auch einen Intensivkurs für Drachenkinder, um ihre Geschichte auf konkretere Art und Weise zu lernen und nicht durch Familienmitglieder, die gewisse geschichtliche Schlüsselpunkte möglicherweise ausschmückten.

»Der Trank hat einen beschissenen Grünton. Nicht gerade aufregend, wenn ihr mich fragt.«

»Da hast du recht. Die Farbe selbst ist alles andere als aufregend. Sie hat auch nichts mit Gold gemeinsam, genauso wie der Farbton für unseren Familientest eine stumpfe rostige Farbe ist, ziemlich scheußlich, wenn man unser silbernes Erbe bedenkt. Die Gelben bringen ein sehr seltsames Pink, während die Seedrachen, die zum größten Teil blau sind, die Lösung klar färben.«

»Welche Drachenfarbe habe ich demnach also?« Er zeigte auf das Reagenzglas. »Violett? Aquamarin? Wie wäre es mit einem sehr schönen Schwarz mit grauen Untertönen?«

»Hier steht, du bist gold.«

Er schaute auf seinen nackten Oberkörper hinunter. »Gold? Echt jetzt? Ihr habt mich doch gesehen, oder?«

Tante Xylia untersuchte seine Flügel, aber als sie ihn berühren wollte, wich er zurück. Das hielt sie jedoch nicht von ihrer Frage ab. »Du bist noch nie aufgestiegen, oder?«

»Was heißt *aufgestiegen*?«

»Das ist ein Stadium, das die meisten Drachenkinder in

der Pubertät durchlaufen. Wenn du zum ersten Mal dein Drachenselbst annimmst.«

»Macht das einen Unterschied?«, fragte Aimi.

»Ja, denn die Farbe, die er jetzt trägt, ist die eines Jugendlichen, nicht die eines erwachsenen Hybrids.«

»Also ist das nicht seine wahre Farbe?« Aimi strich ihm mit einem Finger über die Brust, und er hielt still, die Muskeln starr, aber er bewegte sich nicht weg.

»Normalerweise haben die Drachenjungen weder die Kraft noch die Fähigkeit, ihren Hybrid zu ziehen, also habe ich noch nie eine nicht aufgestiegene Halbverwandlung gesehen. Ich könnte mir vorstellen, dass seine Hybridfarbe sich ändert, wenn er zu seinem wahren Drachen aufsteigt, und die ist, wenn man dem Test glauben darf, Gold.«

Er schüttelte den Kopf. »Nur, dass ich mich nicht verwandeln kann. Das hier ist alles.«

»Sei keine Diva«, gab Aimi zurück. »Meine Tante hat gesagt, dass sie etwas ausprobieren will. Mich interessiert allerdings mehr, ob du als Gefährte geeignet bist. Ist er das?« Mit anderen Worten, könnte ihre Mutter etwas dagegen haben und ihren Plan, das Haus zu verlassen, blockieren?

Vergiss das Verlassen des Hauses. Sie sollte besser nicht versuchen, mich von meinem Gefährten fernzuhalten.

»Obwohl er nicht aufgestiegen ist, ist er mehr als geeignet. Sollte er wirklich gold sein, dann wird die Verbindung mit ihm unserem Sept sehr zugutekommen. Und sollten eure Kinder golden sein ...« Ihre Tante lächelte.

Dann würde Aimi den größten Hort haben. Oh ja. »Er ist meine Fahrkarte hier raus.«

Er klammerte sich an diese Worte. »Dir ist schon klar, dass ich hier stehe und dir dabei zuhöre, wie du planst, mich zu benutzen? Habe ich kein Mitspracherecht?«

»Nein.«

Bevor er die Stirn noch weiter runzeln konnte, kitzelte Aimi ihn am Kinn. »Nicht so böse dreinschauen. Das wird eine gute Sache sein. Eine spaßige Sache«, schnurrte sie.

»Ich bin nicht auf der Suche nach Spaß. Ich will meine Schwester finden.«

»Ah, ja, die Schwester. Darauf werde ich Adi ansetzen müssen.«

»Du wirst mir helfen?«

»Natürlich. Betrachte die Rückkehr deiner Schwester als mein Paarungsgeschenk.« Es würde auch dafür sorgen, dass Parker verstand, dass sich mit Brand und seiner Familie anzulegen bedeutete, sich auch mit den Silvergraces anzulegen. Es gab einen Grund, warum niemand Geschichten darüber erzählte, sich mit dem Silbernen Sept angelegt zu haben. Tote Männer hielten den Mund.

»Du zwingst mich durch Erpressung zu einer Hochzeit mit dir«, sagte er mit einem Hauch von Ungläubigkeit in der Stimme.

»Erpressung, Bestechung, das sind bessere Möglichkeiten als Handschellen und eine Schrotflinte.« Bis heute machten sich alle über Waidas Hochzeitsfoto lustig.

»Du bist verdammt verrückt.«

»Nicht solche Worte.«

Zu Aimis Überraschung respektierte er Xylias Ermahnung. »Du bist total verrückt. Aber ich sag dir was, Mondstrahl, du hilfst mir, meine Schwester zurückzuholen, und wenn deine Tante mich zurück in einen Mann verwandeln kann, heirate ich dich. Zum Teufel, wenn ich wieder ich selbst sein kann, schenke ich dir sogar ein paar von den Babys, von denen du ständig jammerst.«

Der Vorschlag – mit Vorteilen für sie beide – ließ praktisch ihren Slip feucht werden. Manchmal wuchs ein Hort durch ein einfaches Versprechen. Die beste Art von Schatz, die man besitzen konnte. »Abgemacht.« Sie drehte sich von

Brand zu ihrer Tante um. »Bring ihn in Ordnung.« Eine herrische Forderung vom Feinsten.

Spöttisches Lachen war die Antwort. »*Bring ihn in Ordnung*, sagt sie. So einfach ist das vielleicht nicht.« Xylia tippte sich auf die Unterlippe. »Er ist gefangen zwischen dem Drachen und dem Menschen. Beide ziehen gleichermaßen an ihm. Wenn ich das Gleichgewicht in eine Richtung lenke, könnte der andere für immer verloren sein.«

»Was meinen Sie mit für immer verloren? Sie meinen, wenn ich ein Mensch werde, kann ich mich vielleicht nie wieder verwandeln?« Seine Flügel raschelten.

»Oder wenn du zu deiner wahren Drachengestalt aufsteigst, wirst du vielleicht nie wieder ein Mensch sein.«

»An diesem Punkt würde ich das Dasein als Mensch wählen, wenn ich die Wahl habe.«

»Dann habe ich vielleicht etwas, das funktioniert.« Ihre Tante durchstöberte die Regalreihen, fuhr mit den Fingern über die Etiketten, nahm wahllos Gläser heraus und stellte sie zurück. Schließlich fand sie das Gewünschte auf einem hohen Regalbrett, das teilweise hinter einer mit Symbolen beschrifteten Holzkiste versteckt war. Xylia stellte es ab und pustete darauf. Die Angestellten hielten die Gefäße gut abgestaubt, aber so wie Xylia mit dem Deckel kämpfte, war das Gefäß, was auch immer es enthielt, schon lange nicht mehr benutzt worden.

Mit einem Grunzen und einem Wort, von dem Aimi hätte schwören können, dass es französisch für »scheiße« war, öffnete ihre Tante es. Xylia streckte ihre Handfläche aus und neigte das Gefäß, das schwarz-weiß gefärbte Perlen zu enthalten schien, die am Boden kullerten. »Das sollte funktionieren. Es wäre auch besser, wenn sie funktionieren, denn ich hasse es, eine zu verschwenden. Mittlerweile sind sie nur noch schwer zu bekommen, jetzt, da die Meerjungfrauen nicht mehr mit denen an Land handeln.«

»Meerjungfrauen?«

Er war so niedlich, wenn er sein Gesicht vor Skepsis verzog. Es gab so viel, was Aimi ihm zeigen konnte. Orte, die zu erkunden waren.

Gemeinsam.

Also nicht allein.

Interessant ...

Der Gedanke überraschte sie. Sie hatte nicht damit gerechnet, jemals zu heiraten, und falls doch, war sie davon ausgegangen, dass sie weiterhin so leben würde, wie es ihr gefiel, mit gelegentlichen ehelichen Besuchen. So funktionierte die Ehe ihrer Eltern, und sie kannte auch andere, die es wie eine geschäftliche Vereinbarung behandelten. Aber so musste es nicht sein.

So sehr Aimi ihre Unabhängigkeit auch schätzte, musste sie zugeben, dass sie sich manchmal nach den Beziehungen sehnte, die sie im Fernsehen sah. Sie wünschte sich einen Liebhaber, der sie zum Lächeln brachte und mit ihr Abenteuer erlebte. Sie wusste, dass es so etwas mit den Harolds dieser Welt nie geben würde, aber andererseits ließen Harold und jeder andere Mann, den sie je kennengelernt hatte, ihren Puls nicht höherschlagen, wenn sie sprachen.

Menschen mochten Brand vielleicht als abscheulich empfinden, und vielleicht war er das auch für die Menschen, aber Aimi sah einen attraktiven Mann. Sie sah die Stärke in seiner Gestalt, den Willen, gegen alle Widrigkeiten zu überleben. Er war gerissen; gerissen genug, dass er sie ohne all die Hilfsmittel gefunden hatte, die ihr zur Verfügung standen. Unter seinem Zynismus steckten auch Mut und ein edler Kern, den sie begehrte.

Er mochte im Schlamm geboren worden sein, aber das machte ihn nicht zum Drachen.

DIE GESCHICHTE DES DRACHEN

Wahre Drachenwürde kommt von innen. Es sei denn, man hatte den größten Hort, was alles übertrumpfte.

Ihre Tante nahm die Perle zwischen zwei Finger und hielt sie hoch. »Das sind die unbefruchteten Nachkommen der Meerjungfrauen, die es nicht schaffen, sich zu paaren. Sie bringen alle zehn Jahre ein Ei hervor, also sind sie sehr selten, wie du dir vorstellen kannst. Und noch seltener, seit die Menschen sie dazu gezwungen haben, sich in die Tiefe zurückzuziehen, damit sie nicht mehr gejagt werden. Die Menschen haben so viele Arten vernichtet. Es hat Generationen gedauert, bis sich die Drachen wiederaufgebaut hatten, größer und stärker als zuvor. Unsere Zeit wird bald kommen.«

Er verzog die Lippen zu einem spöttischen Grinsen. »Jetzt klingen Sie wie mein Onkel.«

»Würde es dich überraschen, wenn ich sage, dass dein Onkel in vielerlei Hinsicht recht hat?«

»Sie würden einem Verrückten zustimmen?«

»Er hat einige gute Argumente«, konterte Xylia. »Er hat recht, wenn er sagt, dass wir nicht im Schatten leben sollten. Wir sollten keine Angst haben, von Menschen gejagt zu werden. Raubtiere sollten die Welt beherrschen, nicht die Schafe.«

Ein Gedanke, den auch Aimi teilte, auch wenn sie ihn nie laut aussprach. Es überraschte sie, dass ihre Tante das zugab.

»Und der verrückte Kommentar des Tages geht an deine Tante.« Brand klatschte und schüttelte den Kopf.

Aimi konnte sich ein Grinsen nicht verkneifen. »Der Tag ist noch nicht ganz vorbei.«

»Es gibt vieles an dieser Welt, das du nicht weißt, Junge.«

»Jetzt sind wir wieder bei Junge? Verdammt, ich vermisse es wirklich, Euer Gnaden genannt zu werden.«

»Wenn du den Titel willst, dann steige auf. Bis dahin bist du nur ein weiteres Drachenjunges, für das die Regeln aller gelten.«

»Ich bin fast dreißig.«

»Immer noch ein Baby.« Xylias Lippen zuckten. »Und du musst noch so viel lernen.«

Aimi wedelte mit einer Hand, um ihre Tante aufzuhalten, bevor sie anfing. »Ich werde ihm später unsere Geschichte beibringen. Wir müssen uns mit der Rettung seiner Schwester beeilen, damit ich ihn beanspruchen kann. Sollte sich herumsprechen, dass er möglicherweise königlich ist, könnten die anderen Septs versuchen, ihn zu fangen.«

»Mich für was fangen?« Er war hinreißend ahnungslos.

»Zur Fortpflanzung natürlich. Du bist frisches Blut, und wenn du wirklich gold bist, dann werden dich alle haben wollen.«

»Ich muss also damit rechnen, dass eine Horde Frauen mich entführt, um sich an mir zu vergehen?« Er lachte, der Klang war tief und hatte einen Hauch von Dekadenz. »Sollen sie doch.«

»Von wegen«, knurrte sie. »Niemand wird Hand an dich legen, sonst wird derjenige sie verlieren.«

»Ich werde deinen Schutz nicht brauchen, Mondstrahl, denn niemand wird ein Monster für Sex jagen.«

»Man muss keinen Sex haben, um Sperma zu gewinnen. Du müsstest dafür nicht einmal bei Bewusstsein sein.«

Nicht nur Brand starrte ihre Tante mit offenem Mund an.

Xylia zuckte mit den Schultern. »Ich meine ja nur. Und wir sind vom Thema abgekommen. Du wolltest ihn zurückverwandeln. Er muss das hier essen, gefolgt von einem Glas voll ...« Ihre Worte wurden leiser, als sie ein Kühlfach öffnete und mit einer braunen Flasche zurückkam. »Trink das.«

»Sie wollen, dass ich eine Perle esse und etwas trinke, das wie Pisse aussieht?«

»Ja.«

»Werde ich dadurch noch mehr zu einem Mutanten?«

»Möglicherweise.«

»Tante Xylia!«

»Wie ich schon sagte, wird er dadurch entweder zum Menschen oder zum Drachen, aber da er so stur ist, tendiere ich eher zum Menschen. Zumindest vorübergehend.«

»Wird es wehtun?«

»Es ist meine Aufgabe, Dinge zu heilen, nicht sie zu verletzen.«

Er streckte seine Hand aus und Xylia ließ die Perle hineinfallen. Dann legte er seine Finger um das kalte Glas mit der bernsteinfarbenen Flüssigkeit. Er zögerte. Möglicherweise war ein Gackern zu hören, und möglicherweise war es von Aimi gekommen.

Mit finsterer Miene steckte er sich die Perle in den Mund und trank schnell die Flüssigkeit.

Er knallte das leere Glas hin und verzog das Gesicht. »Das war ekelhaft. Mit einem fischigen Nachgeschmack.«

»Rizinusöl.«

»Rizinusöl hilft bei der Verwandlung?«, fragte Aimi.

»Es ist für seine unflätigen Worte. Die Perle ist das, was ihn in Ordnung bringen wird.«

Brand verschränkte die Arme. »Es passiert nichts.«

»Warte einen Moment. Männer«, schnaubte ihre Tante in Aimis Richtung, »immer so ungeduldig. Besonders im Schlafzimmer. Sie haben es immer eilig, zum Hauptereignis zu kommen.«

»Es funktioniert immer noch – argh. Ahh. Oh.« Das

Grunzen verzerrte seine Gesichtszüge und Brand sank auf die Knie, während seine lederne Haut sich kräuselte und seine Flügel zitterten.

»Was habt ihr getan?«, keuchte er. »Ihr habt gesagt, es würde nicht wehtun.«

»Tantchen hat gelogen.« Aimi kniete sich neben ihn. »Die Heilmittel tun fast immer weh.« Weil sie funktionierten.

Da ihre Tante das wusste, hielt sie ein Pulver bereit, das sie ihm ins Gesicht blies, und flüsterte: »Schlaf.«

KAPITEL SIEBEN

Das Halsband brannte an seiner Haut und er lag schaudernd auf dem Boden, sein Körper ein zitternder Haufen. Wieder einmal hatte er sich dem widersetzt, was seine Gefängniswärter von ihm wollten. Wieder einmal hatten sie ihn gefoltert, bis er nicht mehr konnte.

Aber wenn er schlaff war, konnte er wenigstens nicht tun, was sie verlangten. Es gab Böses, zu dem selbst *er* nicht gezwungen werden konnte. Seine Willensstärke übertrug sich nicht auf andere, und er musste die Schreie und das Grunzen hören und sich wünschen, er könnte sterben.

Denn der Schmerz nahm kein Ende, das Grauen begann immer wieder von Neuem, angefangen am Morgen, wenn er in den Spiegel sah und ein Monster erblickte.

Ein Monster, das den Schmerz verdiente.

Keine Schmerzen mehr.

Eine Bestie, die nach niederen Instinkten handelte.

Weil du keine andere Wahl hattest.

Ein Typ, der ausrasten würde, wenn ... »Geh mir aus dem Kopf!«

»Dir auch einen guten Morgen, Sonnenschein.« Dieses Mal sprach sie laut mit ihm.

»Was zum Teufel hast du mit mir gemacht?« Eine Vehemenz, die er nur schwer aufrechterhalten konnte, da er nicht unter Schmerzen zu leiden schien und sich wohlfühlte. Sehr wohl. Die Matratze, auf der er lag, hatte gerade genügend Polsterung, um ihn weich zu halten. Die Bettwäsche roch nach Vanille – und nach Frau, er durfte nicht den süßlichen Duft der Frau vergessen, der ihn an Mondstrahlen denken ließ. Der Stoff fühlte sich seidig weich auf seiner Haut an, aber noch besser war der nackte Körper, der sich an seinen schmiegte.

Moment mal. Der nackte Körper war an seine Haut gepresst. *Meine Haut.*

Heilige Scheiße!

Ohne einen Gedanken an die Frau zu verschwenden, die mit ihm kuschelte, sprang Brandon aus dem Bett, stellte sich auf zwei Füße – nicht auf Krallen – und ohrfeigte sich selbst. Seine Haut war blass und doch menschlich. Nicht geschuppt.

»Ich bin ich.« Er flüsterte das Wort und traute sich kaum, es zu glauben. Aber reichte es überall hin? Ein Blick zwischen seine Beine zeigte, dass seine gewaltige Schlange noch so hing, wie er es in Erinnerung hatte, zusammen mit seinen Eiern. Was war mit seinem Gesicht?

Mit den Fingern betastete er seine Gesichtszüge und sie fühlten sich richtig an, aber er musste sie sehen. »Ein Spiegel. Ich brauche einen Spiegel«, murmelte er, als er sich umdrehte und schließlich einen über einer Kommode entdeckte. Er musste nicht näher kommen, um sein Spiegelbild zu sehen, das ihm nach so langer Zeit nun seltsam vorkam. Sogar seine Haare standen in langen Strähnen ab.

»Es hat funktioniert. Es hat tatsächlich funktioniert.«

»Natürlich hat es das. Ich habe dir gesagt, dass meine

Tante Xylia ihr Handwerk versteht. Wenn Tante Waida es geschafft hätte, etwas in dich hineinzuschütten, wäre das vielleicht etwas anderes gewesen. Du hättest Hörner oder einen zweiten Schwanz bekommen können.«

Er wirbelte herum. »Danke.«

»Dafür, dass dir kein zweiter Schwanz gewachsen ist? Ich weiß nicht. Das hätte interessant sein können, wenn du mich fragst.«

»Verarsch mich nicht, Mondstrahl. Ich danke dir hierfür. Dass du mich hierhergelockt hast und deine Tante mich heilen konnte.«

Ihre Lippen zuckten. »Wenn du dich bei mir bedanken willst, dann komm doch einfach her.« Sie klopfte neben sich auf die Matratze.

Es war verlockend. Alles an Aimi war verlockend, angefangen bei ihren violetten Augen bis hin zu ihren schimmernden Haaren. Was ihren Körper anging, so versuchte sie nicht, ihn zu verstecken, sondern bedeckte ihn nur teilweise mit der Decke. Die alabasterfarbene Schönheit ihrer Gliedmaßen lockte ihn an. Er wollte hinübergehen und jeden Zentimeter von ihr lecken. Es fiel ihm schwer zu sagen: »Ich kann nicht.« Nicht, weil er es nicht wollte.

Es war schwer, den Beweis für sein Interesse zu verbergen, als sein Blick nach unten fiel. Die Tatsache, dass sie ihn anstarrte, half ihm nicht. Er schwoll noch mehr an. »Demnach zu urteilen kannst und solltest du dich mir anschließen.« Sie klopfte wieder auf die Matratze.

Er versuchte, die Tatsache zu ignorieren, dass er eine beeindruckende Erektion hatte, eine Erektion, die nichts anderes wollte, als in dieser wundervollen Frau zu versinken. Einer Frau, die er kaum kannte. Einer verrückten Frau, die glaubte, dass Drachen echt waren. Einer Frau, die ihm Hoffnung gegeben hatte.

Hoffnung und eine Chance, die er nicht verspielen durfte.

»Ein Teil von mir möchte wirklich bleiben.« Er betrachtete die Wölbung ihrer Brust, die über den Rand der Decke hinausschaute, das Bein mit der wohlgeformten Wade und den teilweise entblößten Oberschenkeln, die, wenn sie weiter gespreizt wären, ihm ihre intimste Stelle offenbaren würden. Er wandte den Blick ab. »Aber jetzt, da ich wieder normal bin, bin ich es meiner Schwester schuldig, sie zu retten.«

»Und wir werden sie retten. Bald. Sehr bald. Aber bis die Vorbereitungen abgeschlossen sind, brauchen wir Schlaf.« Sie tätschelte das Bett, ihr Lächeln war eine Einladung.

Die Verlockung war fast zu groß.

»Mit dir zu schlafen war nicht die Abmachung.«

»Aber wir hätten beide so viel Spaß.« Sie schob ihre Unterlippe zu einem Schmollmund hervor, der ihm praktisch befahl, daran zu saugen.

Ich könnte sie küssen, wenn ich wollte. Ich habe wieder Lippen. Das war etwas, das er schon lange nicht mehr genossen hatte. Verdammt, er hatte seit der Verwandlung keinen Spaß mehr mit einer Frau genossen. Warum genau sagte er also Nein?

Es war nicht so, als könnte er in diesem Moment irgendwo hingehen. Er hatte keine Kleidung, kein Geld und keinen Ausweis, und wie würde er ohne seine Flügel reisen?

Er war sich nicht einmal sicher, wie spät oder was für ein Tag es war. Die Vorhänge waren zugezogen und im Raum war es fast stockdunkel. Die einzige schwache Beleuchtung kam von einer Tür, von der er wetten würde, dass sie zum Badezimmer führte.

Ein Badezimmer bedeutete eine Dusche. *Verdammt*, wann hatte er denn das letzte Mal geduscht?

Im Handumdrehen stand er in der großen Glaskabine. Es war möglich, dass er seufzte, als der heiße Wasserstrahl auf seine Haut traf. Ein Stöhnen entwich ihm ebenfalls.

»Wurde ich gerade wirklich wegen einer Dusche abserviert?« Sie klang amüsiert.

Er drehte den Kopf und blinzelte Aimi durch ein Auge an, da er Mühe hatte, seine langen, nassen Wimpern auseinanderzuhalten. Er stützte sich mit den Händen an der Wand ab und lehnte sich leicht nach vorn, sodass der heiße Wasserstrahl seinen Kopf traf und seinen Rücken hinunterlief. Die durchsichtige Glasbarriere zwischen ihnen verhinderte vielleicht, dass die Tropfen spritzten, aber sie verbarg weder ihn vor ihr noch umgekehrt.

Er starrte. Er konnte nicht anders. Im Bett hatte sie sich als verführerisch erwiesen und nur Teile ihrer schlanken Figur gezeigt. Er hatte widerstehen können, da er genügend Selbstbeherrschung besaß, um nicht von entblößten Armen und Beinen beeinflusst zu werden.

Aber sie war jetzt nicht von einer Decke verhüllt. Sie trug auch keinen Schlafanzug oder andere Kleidung. Aimi stand ohne jede Schüchternheit da, die Schultern nach hinten gezogen, die Brüste eine knappe Handvoll und mit dicken Brustwarzen an der Spitze. Ihre Taille war nur leicht angedeutet und ging in schmale Hüften über. Ihr Schritt offenbarte silbrige Locken, die zu den Haaren auf ihrem Kopf passten.

Perrrrrfekt. Erneut schnurrte er ihretwegen fast.

»Sieh es dir genau an und weine, denn das ist es, was du für eine Dusche aufgegeben hast.«

Eine Dusche, unter der er sich endlich sauber fühlte und in Stimmung kam, sich schmutzig zu machen. »Es ist eine große Dusche. Platz genug für zwei.« Das Flirten, dem er immer gefrönt hatte, kam ihm leicht über die Lippen und er krümmte in einladender Geste einen Finger.

Ihr Haar bewegte sich, als sie das Kinn neigte. »Ich bin nicht schmutzig.«

Aus irgendeinem Grund zuckten seine Lippen und er drehte sich ganz zu ihr um, bevor er zurücktrat, bis seine Schultern die Wand berührten, ein Bein angewinkelt und dagegen gedrückt. »Ich schon.« Er blickte zu Boden, dann wieder zu ihr.

Es war dreist, weshalb er Röte, eine empörte Erwiderung oder sogar Gelächter erwartete, auch wenn er hoffte, dass sie sich ihm einfach anschließen würde. Was er nicht erwartete, war ...

»Nun, wenigstens ist er nicht impotent. Wir lassen deine Tante später die Funktionsfähigkeit seiner Schwimmer testen.«

Die Was des Was testen?

Brandon richtete sich auf und ließ die Hände sinken, um sich zu bedecken, als eine Frau, die er noch nicht kennengelernt hatte, hinter Aimi das Bad betrat. Die Ähnlichkeit war verblüffend und so war er nicht überrascht, als Aimi keuchte: »Mutter. Was machst du hier drin?«

»Anscheinend beansprucht meine Tochter einen Mann, und ich bin die Letzte, die es erfährt und ihn kennenlernt.«

»Ich habe ihn noch nicht beansprucht.«

»Natürlich hast du das nicht, weil du immer alles bis zur letzten Minute aufschiebst.«

»Wir haben uns gerade erst getroffen. Sicherlich haben wir ein paar Minuten Zeit, bevor wir uns fürs Leben binden.«

»Möglicherweise hätte ich dir ein paar Minuten geben sollen. Vielleicht wäre dann das ganze Blut stattdessen in deinem Kopf.«

»Kannst du es mir verübeln? Der Mann ist hübsch.«

Hübsch? Brandon war vieles, aber das hätte er nicht gesagt.

Augen musterten ihn mit einer klinischen Distanziertheit, die ihn abwägte, beurteilte und seine Eier schrumpfen ließ. »Er ist vögelbar.«

»Mutter!«, rief sie schockiert. »Sie hat keine Grenzen«, murmelte Aimi zu ihm.

»Ich bin deine Mutter. Diese gelten für mich nicht. Und bevor du fragst: Ich weiß immer, wenn du frech wirst. Das solltest du inzwischen wissen. Sag deinem Liebhaber, er soll sich sofort anziehen, damit du ihn mir vorstellen und erklären kannst, was um alles in der Welt los ist.« Aimis Mutter blaffte ihre Wünsche, aber Brandon war an Taktiken der Schikane gewöhnt.

Sie wollte, dass er sich anzog. Scheiß drauf. Brandon richtete sich auf und stieß sich von der Wand ab. Er stieg tropfnass aus der Dusche, ignorierte das Handtuch, das dort hing, und ging direkt zu Aimis Mutter hinüber. Er ragte über ihr auf, was sie dazu zwang, entweder aufzuschauen oder auf seine Brust zu starren.

Sobald ihre Blicke sich trafen, lächelte er sündhaft. Sein Tonfall tanzte vor Heiterkeit, als er sagte: »Sie müssen Aimis Mutter sein.«

»Ich bin Zahra Silvergrace, Contessa des Silbernen Sept und Matriarchin der Familie Silvergrace.«

»Schön, Sie kennenzulernen. Wie wäre es mit einer Umarmung?« Die Arme, die er um sie schlang, waren sehr nass, genau wie der Rest von ihm, und sie trug Seide.

Aimis trällerndes Lachen war Zahras Kreischen wert.

Es gefiel ihm allerdings weniger, dass die ältere Frau ihn mit einer Reihe von blitzschnellen Bewegungen auf den Hintern warf und ihn mit einem Absatz fixierte. Mit geschlitzten Augen, die grünes Feuer spien, sagte sie:

»Wenn du nicht schon fast mit meiner Tochter gepaart wärst –«

»Du würdest ihn mit einem anderen Mitglied der Familie verheiraten. Wir wissen beide, dass du nicht zulassen würdest, dass deine Würde einen paarungsgeeigneten Mann tötet.« Aimi stieß ihre Mutter an. »Jetzt lass ihn los.«

Zahra funkelte sie an. »Er hat angefangen.«

»Und du hattest es absolut verdient. Hier so reinzuplatzen. Das hättest du Eugenias Sohn nicht angetan.«

»Eugenias Sohn hätte nicht versucht, dich dazu zu verleiten, mit ihm zu duschen.«

»Ich wollte mehr tun als nur duschen«, fühlte er sich genötigt einzuwerfen.

Aimi hielt ihre Mutter zurück, die knurrte: »Zwing mich nicht, dich noch einmal zu tadeln.«

»Versuchen Sie es. Aber vielleicht vergesse ich beim nächsten Mal, dass Sie ein Mädchen sind.« Eigentlich bedeutete allein die Tatsache, dass Zahra eine Frau und Aimis Mutter war, dass er jede Prügel einstecken musste, die sie ihm verpasste. Alles andere bedeutete, dass seine Männlichkeitskarte zerfetzt wurde.

»Glaubst du, du kannst es mit mir aufnehmen, Gossenkreatur?«

»Sumpf, nicht Gosse. Und möglicherweise auch unehelich. Wir haben nie eine Heiratsurkunde für meine Eltern gefunden.« Er erhob sich vom Boden und beschloss schließlich, ein Handtuch um seine Hüften zu wickeln, damit Zahra nicht wie eine Katze reagierte und sich auf die baumelnden Teile stürzte.

»Er ist ein Bastard? Du nimmst einen Bastard mit in die Familie?« Ihre Mutter sah recht entsetzt aus.

»Aber er ist gold.«

Aimis Mutter musterte ihn mit dem kalten, berechnenden Blick, den er schon bei seiner Tante Tanya gesehen hatte, wenn sie etwas für den Kochtopf abmaß. Es machte die anderen Kirchgänger nervös.

»Ein möglicher Goldener. Der nicht aufgestiegen und mit diesem Idioten Parker verwandt ist. Wie um alles in der Welt kommst du darauf, dass ich das gutheißen würde?«

»Weil wir beide wissen, dass ich keine andere Wahl mehr habe. Außerdem, stell dir vor, wenn er aufsteigt. Kein anderer Sept kann einen Goldenen für die Fortpflanzung beanspruchen.«

Überall, wo er hinkam, wollten die Leute ihn benutzen. Komisch, dass Aimis Bedürfnis, ihn als Gefährten und Vater zu benutzen, ihn nicht störte. Vielmehr erfüllte es ihn mit einem warmen, besitzergreifenden Gefühl. Trotzdem konnte er nicht zulassen, dass sie über ihn sprach, als wäre er ein Objekt. »Deine gewinnsüchtige Seite kommt wieder zum Vorschein, Mondstrahl«, schalt er.

Die Mutter antwortete: »Ich danke dir. Ich habe mein Bestes getan, um sie richtig zu erziehen. Aber Schmeicheleien werden mich nicht umstimmen. Ich finde nicht, dass du akzeptabel bist. Noch nicht.«

»Dafür ist es zu spät, Mutter. Er gehört mir.«

»Wenn das wahr ist, warum hast du ihn dann nicht markiert?«

»Weil wir eine Abmachung getroffen haben.« Aimi zog einen Schmollmund. »Er will, dass seine Schwester bei der Zeremonie dabei ist.«

»Noch mehr Sumpfleute in unserem Haus? Vielleicht möchtest du, dass sie ihre Zelte auf dem Rasen aufschlagen?«

»Donnerwetter, vielleicht hängen wir auch Wäscheleinen auf und waschen unsere Wäsche in dem großen Brunnen vor dem Haus.« Brandon setzte seine beste

Bauerntrampelstimme ein, was ihn bei der lieben Mutter nicht gerade beliebt machte.

»Ich sehe, da braucht jemand Rizinusöl.«

»Tante Xylia hat ihm schon welches gegeben.«

»Offensichtlich nicht genug.«

»Er hat die ganze Flasche ausgetrunken.«

»Und das sollte dir zeigen, dass er keiner von uns ist.« Die Mutter drehte sich auf dem Absatz um. »Ein wahrer Drache kann den Geschmack nicht ertragen.«

»Daddy hat damit gegurgelt«, gab Aimi fast schon singend zurück.

»Argh.« Mit einem undeutlichen Schrei stapfte die Mutter aus dem Zimmer.

»Na, das lief doch gut.«

Sie zuckte mit den Schultern. »Es hätte schlimmer sein können. Du bist noch am Leben.«

»Und du bist immer noch nackt.«

Sie schaute nach unten. »Das bin ich.« Ihre Lippen zuckten. »Bist du immer noch schmutzig?«

Ja, in der Tat, das war er. Er zog sie an sich heran und genoss es, sie an sich zu spüren. Seidenweiche Haut. Noch weicheres Haar.

In den letzten zwei Jahren hatte er gedacht, dass es unmöglich wäre, einer Frau – die nicht schreien und sich wehren würde – so nahe zu kommen. Wer wollte schon ein Monster anfassen?

Aber er war kein Monster mehr.

Sei dir da nicht so sicher. Ich bin immer noch hier, erinnerte ihn der kalte Teil von ihm, der zum ersten Mal seit seinem Aufwachen sprach.

Seine andere Hälfte, der mutierte Teil, existierte noch, aber er hatte die Kontrolle.

Als müsste er seine spärliche Verbindung zu seiner Menschlichkeit bestätigen, umfasste er ihren Hinterkopf und zog sie auf die Zehenspitzen, nahe genug, dass er seinen Mund auf den ihren pressen konnte.

Der Wahnsinn dieser Handlung entging ihm nicht. Aimi benutzte ihn. Für welchen Zweck genau, war er sich nicht sicher. Vielleicht wollte sie ihn wirklich als Gefährten und Vater ihrer Kinder, aber es steckte noch mehr dahinter.

Ihre Lippen, weich und nachgiebig unter seinen, ihr geschmeidiger Körper, der an ihn drückte – es war ihm egal, was der Grund dafür war. Es reichte, wieder zu fühlen.

Zu berühren.

Zu schmecken.

Sie auf ein Bett zu werfen – nicht auf ein Dach oder eine grasige Lichtung. Es reichte, dass sie sich mit gierigen Händen an ihn klammerte, wobei sich die scharfen Kanten ihrer Fingernägel in seine Haut gruben, als sie ihn an sich zog und erst an seinem Mund, dann an seiner Zunge saugte.

Die Härte seiner Erektion drückte gegen sie, das Handtuch nur eine dünne Barriere, die sich leicht entfernen ließ. Er bewegte sich und zog den feuchten Frotteestoff von sich, sodass er sie mit seiner Spitze anstieß.

Er war ungeduldig. Er wusste, dass er ungeduldig war. Er musste langsamer werden. Aber wie konnte er das?

Was, wenn der Fluch zurückkehrte? Was, wenn dies die einzige Chance war, die er jemals bekam?

Dann sollte ich es besser gut machen.

Er lehnte sich so weit zur Seite, dass sein Körper sein Gewicht auf dem Bett hielt und er eine Hand frei hatte, um über ihre Rippen und ihren flachen Bauch zu streichen. Er fuhr mit den Fingern durch die seidigen Locken auf ihrem Schamhügel.

Die rosigen Spitzen ihrer Brüste lockten, und er umschloss eine mit seinen Lippen, saugte gierig daran und konnte nicht verhindern, dass er vor Vergnügen brummte, besonders als sie seinen Kopf umklammerte, ihn näher zu sich zog und ein gehauchtes »Ja« von sich gab.

Ja, allerdings.

Er ließ seine Finger zwischen ihre Schenkel gleiten und streichelte ihre samtige Feuchtigkeit. Ihre Muschi bebte bei seiner Berührung und tränkte seine Finger mit ihrem Honig.

Es waren nicht nur Bären, die gern daran leckten.

Beanspruche den Schatz. Die warme Anregung brachte ihn dazu, einen Platz zwischen ihren Beinen einzunehmen, ihre Oberschenkel auf seine Schultern zu legen und ihre pinkfarbene Perfektion zu entblößen.

Als er sie zum ersten Mal leckte, wölbte sie den Rücken. Beim zweiten Mal seufzte sie. Als er mit seiner Zunge über die geschwollene Knospe ihrer Klitoris schnellte, warf sie den Kopf hin und her. Sie wollte sich mit ihrem ganzen Körper aufbäumen, aber er hielt ihn fest und fixierte sie mit den Händen, damit er das Vergnügen genießen konnte.

Es war nicht zutreffend gewesen, es als Honig zu bezeichnen. Ihr Geschmack war mehr als das. Er betäubte seine Sinne und erregte ihn auf eine Weise, die er sich nie hätte vorstellen können. Zudem fühlte er sich mit ihr verbunden und war daher nicht überrascht, als er zwischen dem leisen Keuchen und Stöhnen ihre Gedanken hörte.

Mehr. Ja. Genau da. Leck mich.

Nicht gerade eine Unterhaltung, aber dennoch das Wundersamste, was er je vernommen hatte.

Es spornte ihn an und machte seine Bewegungen noch hektischer.

So ist es gut. Jetzt fick mich mit dem Finger, während du leckst.

So? Er rammte zwei Finger in ihre Wärme, und sie stieß einen Schrei aus.

Ja.

DIE GESCHICHTE DES DRACHEN

Sie drückte ihre Hüften gegen seine Hand, während er an ihrer Klitoris leckte. Ihr weiches Fleisch pulsierte um ihn herum und er spürte, wie sie sich anspannte, wie sich ihre Lust zu einem Netz um sie beide herum zusammenzog.

Er ließ seine Lippen über ihren flachen Bauch zu ihren Brüsten wandern, aber erst als er ihre Lippen erreichte, schob er einen dritten Finger in sie hinein.

Ihre Muschi zog sich um ihn zusammen und sie keuchte in seinen Mund. Er stieß in sie und musste sich nicht fragen, ob es ihr gefiel. Er spürte es nicht nur an seinen Fingern; er *spürte es*. Er spürte es durch sie. Das Vergnügen, die Erregung.

Und als sie kam, war es so schön, so verdammt erotisch, dass es gegen ihn prallte, und als sie um seine Finger herum zum Höhepunkt kam, kam auch er auf dem Bettlaken zum Höhepunkt, da sein Schwanz der Erregung nach so langer Zeit nicht widerstehen konnte.

Eine Erregung, die er vielleicht noch mehr genossen hätte, wenn nicht jemand gesagt hätte: »Es wurde auch Zeit, dass ihr fertig werdet«, kurz bevor dieser Jemand ihm in den Hintern schoss.

KAPITEL ACHT

»Adi!« Aimi schrie den Namen ihrer Schwester, als sie sich unter dem plötzlichen Totgewicht ihres Beinahe-Gefährten herauskämpfte. Beinahe-Gefährte deshalb, weil ihre Familie – das dämonische Böse – ihr ein weiteres Mal die Tour vermasselte. Am liebsten hätte sie jemandem auf die Brüste geschlagen – und es war ihr völlig egal, ob das damenhaft war oder nicht. Ihre Tante Waida hatte es ihr beigebracht.

»Die Leute machen den Fehler zu denken, dass ein Tritt in den Schritt eine Frau umwirft, als wäre es dasselbe wie ein Tritt in die Eier bei einem Mann. Das ist falsch. Wenn du sie gezielt an der Titte erwischst«, was sie in der Kneipe mit einem schnellen Schlag demonstrierte, der einen Gast schreiend zu Boden fallen ließ, »dann wirst du den Kampf gewinnen.«

»Ist das nicht schmutzig?«, hatte sie gefragt. Tante Waida hatte gelächelt, und das Beängstigende an diesem Lächeln war, dass es weder kalt noch berechnend war. Tante Waida hatte wirklich fröhlich ausgesehen, als sie sagte: »Ja. Ja, das ist es.«

»Wenn du fertig damit bist, *Versteck das Würstchen* zu spielen, dann zieh dich an. Mom will dich sehen.«

»Dann hätte sie anrufen oder eine SMS schreiben können. Während du es zum Beispiel mit Anklopfen hättest versuchen können. Du hättest ihn nicht betäuben müssen.«
Was besser war, als ihn zu töten.

Aimi würde es ihrer Mutter zutrauen, vor allem jetzt, da ihre Matriarchin festgestellt hatte, dass er nicht gerade aus den allerbesten Verhältnissen stammte. Die Ironie daran war, dass ihre Familie nicht immer so hochnäsig und über jeden Tadel erhaben gewesen war. Mehr als ein Ur-Ur-Ur-Irgendwas hatte die Gesetze umgangen. Es als Förderung des Verteilens von Waren zu bezeichnen war nur ein ausgefallener Name für Schmuggel.

Nachdem sie Brands Körper zur Seite gehievt hatte, stellte Aimi fest, dass er schlummerte, und zwar tief und fest. Sein Geist war ein dunkles Loch des Nichts, während er kurz zuvor noch voller Staunen und Freude gewesen war – *Staunen und Freude über mich.*

Diese Bindung zwischen ihnen erwies sich als ziemlich cool, zumindest beim Sex. Was den Rest der Zeit anging ... das blieb abzuwarten. Die Vorstellung, mit jemandem so eng verbunden zu sein, ließ sie nicht gerade überglücklich zurück. Ihre Vorstellung von einer Ehe bestand darin, sich für einen gelegentlichen Fick zu treffen und das Bett zu teilen, wenn das passierte, aber ansonsten ihr eigenes Leben zu führen. Das war, was ihre Eltern getan hatten, und es hatte gut für sie funktioniert.

Aber sie haben sich wegen eines Familienzusammenschlusses gepaart. Schon in dem Moment, in dem ich Brandon zum ersten Mal traf, habe ich etwas für ihn empfunden. Und es widersprach jeder Vernunft.

»Würdest du aufhören zu jammern? Wenigstens habe

ich ihn dich zum Höhepunkt bringen lassen, bevor ich auf seinen süßen Arsch geschossen habe.«

»Schau ihm nicht auf den Arsch.« Mit einem Stirnrunzeln zog Aimi eine Decke über ihn. Ihre Schwester zeigte ein wenig zu viel Interesse an seiner nackten Haut. *Meiner Haut.* Und auch wenn die Familie viele Dinge teilte, gehörten Männer nicht dazu – und batteriebetriebene Liebhaber waren ebenfalls tabu. Aber wenn es um das letzte Stück Kuchen im Kühlschrank ging? Es war wie Krieg.

»Sein Arsch war irgendwie schwierig zu übersehen, während er wie verrückt deine Hüfte gerammelt hat. Und liegt es an mir, oder hat jemand seine Ladung recht früh verschossen? Du armes Ding.« Adi schüttelte den Kopf.

Aimi hingegen sah die Dinge anders. »Er ist allein dadurch gekommen, mich zu befriedigen. Da sprich mal einer von supersexy und heiß, um nicht zu sagen schmeichelhaft, dass er mich so begehrenswert findet. Vielleicht findest du ja eines Tages jemanden, der dich unwiderstehlich findet.« Aimi warf ihrer Schwester mit dem pastellfarbenen Kurzhaarschnitt einen Blick zu. »Oder auch nicht.«

Der Seitenhieb saß. Adi verschränkte die Arme. »Ich brauche keinen Mann, um glücklich zu sein.«

»Dann willst du wohl auch nicht wissen, dass er mich mit seinen Fingern und seiner Zunge härter hat kommen lassen, als es jemals jemand geschafft hat. Und das schließt batteriebetriebene Liebhaber ein. Ich kann es kaum erwarten, eine Runde auf seinem Schwanz zu drehen.« Vulgär, aber zwischen ihr und ihrer Schwester gab es weder Hemmungen noch Grenzen.

»Sieh dich nur an, du bist schon um seinen Finger gewickelt.«

Aimi grinste. »Ja, so könnte man es auch ausdrücken. Eifersüchtig?«

»Nein«, erwiderte sie heftig schmollend. »Während du

mit Ficken beschäftigt warst, haben einige von uns gearbeitet.«

»Eine Beziehung zu haben ist auch Arbeit. All das Küssen und Fummeln und ... du weißt schon. Oh, warte, du weißt es nicht, weil ich einen Mann gefunden habe und du nicht.« Ja, sie krönte diese Stichelei mit einem Herausstrecken ihrer Zunge. Es gab Dinge, aus denen ein Mädchen nie herauswuchs, wie zum Beispiel ihre Zwillingsschwester zu schikanieren – und sich Bugs Bunny anzusehen. Sie hoffte nur, dass dieser erfolglose Kojote den Vogel eines Tages fangen und fressen würde.

»Du hast vielleicht einen Mann gefunden, aber das heißt nicht, dass du ihn behalten wirst. Wusstest du, dass er aus einer Familie von Sumpf-Alligatoren stammt?«

Sie würde ihn behalten, weil er ihr gehörte. »Ich weiß bereits von seinen Wurzeln. Er hat es mir erzählt.« Und obwohl sie dazu erzogen worden war, ein Snob zu sein, war es ihr seltsamerweise egal. *Er ist derjenige, den ich will.*

»Es stört dich nicht?«, fragte Adi. Eine seltsame Frage von ihr, da sie immer entschlossen zu sein schien, das Gegenteil dessen zu tun, was die Familie wollte. Wenn ihre Mutter sagte, sie solle sich benehmen, spielte Adi den Wildfang. Wenn ein Junge scheinbar von der falschen Straßenseite kam, warf Adi sich ihm an den Hals. Diese rebellische Ader trieb ihre Mutter in den Wahnsinn – und führte dazu, dass Aimi oft als die gute Tochter dastand.

Bis jetzt. Die Frage, die ihre Schwester stellte, war eine gute. Machte ihr seine Herkunft etwas aus? Ihre Mutter hatte sie dazu erzogen, ihre Abstammung zu schätzen. Von klein auf hatte Aimi gewusst, dass sie die Verantwortung hatte, diese Blutlinie mit allen erforderlichen Mitteln weiterzugeben. Sie hoffte, dies mit Brandon tun zu können, aber er war kein gebürtiger Drache. Er stammte von Gestaltwandlern ab, und zwar nicht nur von Gestaltwandlern, sondern von einer Kaste, die auf dem Totem der Macht als niedrig galt. *Aber Abstammung ist nicht alles.* Charakter, Integrität und wahre innere Stärke waren manchmal wichtiger.

Sie streichelte ihm mit den Fingern über die Stirn, strich über die Haarsträhnen und sagte leise: »Das ist mir völlig egal.« Und es war die Wahrheit.

Was sie mehr störte als Brands Gene war die Tatsache, dass ihre Mutter, und vermutlich noch ein paar andere Familienmitglieder – weil sie sich so äußerst gern einmischten –, seine Existenz und wahrscheinlich auch seine Zukunft besprechen wollten. *Besprechungen* – in geistigen Anführungsstrichen gesagt – bedeuteten Streit, wobei sie in diesem Fall dafür würde eintreten müssen, Brand zu behalten.

So sollte es denn sein. Aimi wappnete sich, ihn und ihre Pläne für ihn zu verteidigen. In der Frage der Paarung würde sie nicht nachgeben. Da sie nicht glaubte, dass ihre Mutter sie ernst nehmen würde, wenn sie nackt dort hineinmarschierte, nahm sie sich einen Moment Zeit, um eine Jogginghose und ein Hemd anzuziehen – natürlich von einer Designermarke.

Die etlichen Minuten, die sie brauchte, um durch das Labyrinth des Hauses zum Arbeitszimmer ihrer Mutter zu gelangen, gaben ihr Zeit, einige Argumente zu formulieren. Sie ignorierte die Begrüßungen der anderen, ganz in ihre Vorstellung von der Auseinandersetzung mit ihrer Mutter versunken. Sie hatte keinen Zweifel, dass sie sich streiten würden. Das taten sie immer. Da sie als Letzte der Brut ihrer Mutter und Jahre nach ihren anderen Schwestern geboren worden war, abgesehen von Ari und einem Bruder, bedeutete das, dass ihre Mutter viel zu viel Zeit hatte, ihre Nase in ihre persönlichen Angelegenheiten zu stecken.

Das würde sich ändern, sobald Aimi sich paarte und auszog.

Als sie das Arbeitszimmer betrat – ein Ort, der sie selbst jetzt noch dazu veranlasste, die Schultern zurückzuziehen und den Stoff ihres Hemdes glatt zu streichen –, stellte sie fest, dass das Treffen ein kleines war, nur bestehend aus Aimi, ihrer Mutter und ihrer Tante Xylia.

»Wo sind die anderen?«

»Wir hielten es für das Beste, einige der Informationen über unseren Gast vorerst für uns zu behalten, bis wir einen festen Plan haben.«

»Wie genau wollt ihr es geheim halten? Es ist ja nicht so, als wäre er heimlich gekommen, und es ist irgendwie schwer zu ignorieren, dass ich einen großen Kerl in meinem Bett habe.«

»Was übrigens äußerst unangebracht ist.« Missbilligung umspielte die Lippen ihrer Mutter. »Du hättest ihn in Xylias Labor lassen sollen.«

»Lasst uns eins klarstellen. Er gehört zu mir.« Ihre Augen wurden schmal, als sie das sagte. »Bis wir richtig gepaart sind, werde ich ihn nirgendwo zurücklassen, wo ihn jemand in seine dreckigen Klauen kriegen kann.« Was sie dummerweise mit ihrem Versprechen an ihn hinausgezögert hatte.

Mit geschürzten Lippen funkelte ihre Mutter sie missbilligend an. Es war nicht das erste Mal, dass Aimi *den Blick* bekommen hatte, weshalb sie ihn an sich abperlen ließ. »Und deshalb führen wir dieses Treffen im Stillen durch. Ich möchte nicht, dass deine seltsame Besessenheit von diesem Mann publik wird. Für den Moment haben wir der Familie nur eine knappe Verschleierungsgeschichte aufgetischt. Je weniger sie und die Angestellten über das *Ding*, das du gefunden hast, plappern können, desto besser. Wir brauchen keine unerwünschten Besucher.«

Mit anderen Worten: Sie mussten sich davor hüten, dass ein anderer Sept Brand aufgrund dessen stahl, was er möglicherweise war. Nach der Habgier war Paranoia ihr größter Antrieb. Das Motto eines Drachen, das in mehr als einem Wandteppich eingewoben war, lautete: *Sieh es, nimm es.*

Aimis Mutter hatte recht damit, paranoid zu sein. Die Chancen standen gut, dass ihre Feinde spionierten, und wenn sie ahnten, was die Silvergraces möglicherweise hatten – einen Goldenen! –, dann könnte das Abwehrsystem der Familie ein gutes Training bekommen.

Adi würde sich freuen. Sie hatte monatelang an den Sicherheitsvorkehrungen für das Haus und das Grundstück gefeilt und sich immer wieder beschwert, dass sie jemanden brauchte, der das System testete. Brand hatte bewiesen, dass es immer noch optimiert werden musste, denn er hatte es bis zum Haupthaus geschafft, bevor die Drohnen eingesetzt wurden.

Ihre Mutter, gekleidet in einen elfenbeinfarbenen Hosenanzug, schritt hinter ihrem Schreibtisch auf und ab. Selbst im reifen Alter von achtzig Jahren – sie hatte Aimi und Adi erst spät bekommen – sah sie keinen Tag älter als fünfzig aus, und zwar wie gute fünfzig Jahre. »Was machen wir jetzt mit dem Ding? Hast du ihn gesichert zurückgelassen?«

»Meinst du Brand?« Aimi würde nicht zulassen, dass ihre Mutter die Sache damit beginnen würde, Brand als Objekt und nicht als Person zu bezeichnen. Er war sogar noch besser als eine Person, er war ein Drache – mehr oder weniger. »Ich habe dir schon gesagt, dass ich ihn in meinem Bett gelassen habe, wo er schläft.«

»Ist das wirklich angemessen? Ihr seid noch nicht gepaart, und wir wissen nicht genug über ihn. Du vertraust viel zu leicht.«

DIE GESCHICHTE DES DRACHEN

Für gewöhnlich tat sie das nicht, aber in seinem Fall sagte ihr etwas, dass sie nichts zu befürchten hatte. Andererseits würde sie sich nie von so etwas Lächerlichem wie Angst abhalten lassen. Sie war ein Drache. Sie fürchtete sich vor nichts – außer vor Tante Waidas Heilmittel gegen einen Kater. Abscheuliches Zeug. »Brand wird mir nichts tun.«

»Ich mache mir nicht um dich Sorgen, sondern um deine jüngeren Cousinen. Was, wenn er hierhergeschickt wurde, um uns zu unterwandern und von innen anzugreifen?«

»Ich glaube, du solltest dir ein Höschen aus Alufolie anziehen.«

»Du machst Scherze, aber ich meine es sehr ernst. Du kennst diesen Mann nicht und trotzdem hast du ihn in deinem Zimmer, anstatt ihn in einer Zelle zu sichern.«

»Denk nicht einmal daran, ihn in den Kerker zu stecken.« Denn alle Drachenburgen hatten einen, ein Rückblick in die alten Zeiten. »Brand ist nicht unser Feind und in meinem Zimmer ist er absolut sicher.« Sie hatte ihre Tür mit einem Handabdruck verriegelt. Nur sie und ihre nervige Schwester mit demselben Abdruck konnten sie öffnen – es sei denn, jemand benutzte eine Panzerfaust, und wenn das passierte, hätte sie größere Probleme.

»Wenigstens lässt du ihn nicht frei durch das Haus laufen. Das ist wahrscheinlich das erste Kluge, was du getan hast, seit du ihn zu uns nach Hause geführt hast.«

»Ich habe ihn nicht hergeführt. Er hat nach mir gesucht.«

»Ich denke, du solltest die Dinge von Anfang an erklären.«

Das tat Aimi und erzählte ihrer Mutter detailliert von ihrem Treffen. Es war egal, dass sie es Adi und Xylia bereits mitgeteilt hatte. Ihre Mutter war niemand, der sich auf Informationen aus zweiter Hand verließ.

»Er saß auf einem Dach und du hast nicht daran gedacht, ihn zu fragen warum?«

»Ähm, nein?« Sie zuckte mit den Schultern.

»Was, wenn er ein Spion für einen anderen Sept war? Oder ein Attentäter? Wir haben Feinde, weißt du.«

»Ich weiß, aber ich glaube, du verstehst nicht, worum es hier geht. Ich habe einen männlichen Drachen gefunden, und nicht irgendeinen Drachen. Einen, der das Potenzial hat, das Gleichgewicht der Macht zu verändern.« Es gab nichts Besseres, als ihrer Mutter eine Karotte des Prestiges vor der Nase baumeln zu lassen, damit sie begann, ihn in einem anderen Licht zu sehen. *Er wird eine nette Ergänzung für unseren Hort sein. Meinen Hort.* Aber dennoch, jeder Vorteil, den ein Silvergrace erlangte, betraf sie alle.

»Ah ja, sein Potenzial«, sagte ihre Mutter. »Eher ein Ding der Unmöglichkeit. Wie kann das sein? Ein Goldener, nach all dieser Zeit? Könnte es sein, dass unsere Feinde versuchen, uns zu täuschen? Ist das ein Teil eines größeren Plans?« Sie fing wieder an, hinter ihrem Schreibtisch auf und ab zu gehen. Es war ein beeindruckender Schreibtisch, wie Aimi hinzufügen sollte, aus Mammutbaumholz geschnitzt. Die wunderschönen natürlichen Wirbel der Welten schimmerten, da der Künstler die einzigartigen Windungen und Muster zu einem Kunstwerk verarbeitet hatte.

»Irgendwie bezweifle ich, dass unsere Feinde wollen, dass wir ihn haben. Ich denke, es ist wahrscheinlicher, dass er genau das ist, was er zu sein scheint. Jemand, der aus der Gefangenschaft entkommen ist.« Und der, auch in diesem Moment, gejagt wurde.

Während Brand schlief, hatte Adi sie per SMS über ihre Ermittlungen auf dem Laufenden gehalten, und in einer davon stand, dass sie mehr als ein Angebot gefunden hatte, Brandon zu fassen – lebendig. Sie fand auch heraus, dass er nicht verheiratet war, keine Kinder hatte und bis zu seinem Verschwinden zu Hause bei seiner Mutter gelebt hatte. Davon ließ Aimi sich jedoch nicht stören, da sie selbst auch noch zu Hause wohnte. Für den Moment ...

Xylia hob einen Stapel Dokumente hoch. »Auch wenn die Tests darauf hindeuten, dass er ein möglicher Goldener ist, dürfen wir nicht vergessen, dass er nach seinen Angaben nicht als solcher geboren wurde.«

»Er kam aus dem Bittech-Labor«, sagte ihre Mutter, mehr nachdenklich als informativ.

Das ließ sich vor ihrer Mutter nicht verheimlichen, auch wenn Adi es nicht verraten hatte. Ihre Mutter hatte ihr eigenes Informationsnetzwerk.

Laut der gesammelten Daten waren Brandons Behauptungen wahr. Bittech hatte zwar nie die wahre Natur seiner Projekte preisgegeben, aber auch nie geleugnet, dass Brandon eine Folge derer war – eine Folge, die laut mehrerer Berichte nach der Großen Enthüllung verschwunden war.

»Ich weiß nicht, wie sie es gemacht haben, aber irgendwie haben es die Wissenschaftler in diesem Labor geschafft, ihn in einen Drachen zu verwandeln.«

»Einen möglichen Drachen«, korrigierte Xylia. »Es könnte sein, dass er aufgrund der Methode, wie er zum Drachen wurde, niemals aufsteigen wird. Oder hast du seine Probleme mit seiner Hybridgestalt schon vergessen?«

»Allein deswegen sollten wir uns Sorgen machen. Was hat dieser Schwachkopf Parker getan? Was genau war der Zweck seiner Experimente? Es scheint, als hätten wir dem Ganzen mehr Aufmerksamkeit schenken sollen. Andererseits hätte das, was er getan hat, unmöglich sein sollen. Drachen können nicht erschaffen werden.« Wut zerrte an den Zügen ihrer Mutter. »Das ist unnatürlich.«

»Es mag unnatürlich sein, und doch ist er allen bisherigen Tests nach ein Drache.« Aimi betonte diesen Punkt.

Die Tests bewiesen es immer wieder, selbst die, die durchgeführt worden waren, während sein Körper den Kampf geführt hatte, den er brauchte, um in einen natürlicheren Zustand zurückzukehren. Die Muskeln in seinem Körper hatten sich gekräuselt, seine Haut hatte sich wellenförmig bewegt und sein Gesicht war von Grimassen verzerrt worden. Der Kampf war real und intensiv gewesen.

Das Warten darauf, zu sehen, wie Brand wirklich aussah, war von ihrer Tante nicht unbemerkt geblieben. Sie hatte gestichelt: »*Er ist wahrscheinlich hässlich. Aber wenigstens ist er gut bestückt.*«

Das war etwas, das sie nicht hatten übersehen können. Ihn auszuziehen, um die Verwandlung seines Körpers zu erleichtern, bedeutete, freie Sicht darauf zu bekommen. Besser sie als jemand anderes. Schlimm genug, dass ihre Tante es sehen konnte.

Es stellte sich heraus, dass Brand sehr gut aussah. Er hatte dichtes, dunkles Haar, scharfe Gesichtszüge und ein kantiges, stures Kinn.

Er hatte bei der Verwandlung nicht an Masse verloren. Ein großer Hybrid war zu einem großen Mann geworden. Er war überall groß, hatte blasse Haut und fast keine Haare am Körper, nicht einmal um seinen ...

Aimi, die normalerweise kein schüchternes Mädchen war, hatte den Blick abgewandt, bevor ihre Tante sie erwischen und noch mehr aufziehen konnte.

Angesichts seiner Größe konnte sie sich nur fragen, was für ein Drache Brand wohl wäre, wenn er aufstieg.

Der Streit zwischen ihrer Mutter und ihrer Tante brachte sie zurück in die Gegenwart im Arbeitszimmer, wo es wütende Stimmen und keinen reizvollen, nackten Brand gab.

»Ich habe den Test mehrmals durchgeführt und sogar mit dem Blut anderer Drachen verglichen, das wir in der Gefriertruhe aufbewahren. Es ist immer das Gleiche. Es sagt, dass er gold ist.«

»Unmöglich. Goldene sind ausgestorben.« Aimis Mutter wandte sich von ihnen ab und starrte aus dem Fenster auf die üppigen Gärten, die von der schwindenden Nachmittagssonne beleuchtet wurden.

»Wie kannst du sicher sein, dass sie ausgestorben sind? Ich meine, sieh uns an, wir sind es nicht. Die Silbernen haben sich von der Säuberung erholt, genauso wie die Septs überall auf der Welt.« Aimi kannte ihre Geschichte.

»Ja, viele Septs und Familien haben überlebt, aber wir hatten eines gemeinsam: Wir wussten von der Existenz der anderen. Wir kannten einander und halfen uns gegenseitig beim Überleben. Seit diesen dunklen Zeiten hat niemand mehr etwas von den Goldenen gehört.«

»Das stimmt nicht ganz«, unterbrach Xylia. »Du weißt, dass es Gerüchte gab.«

»Sind wir jetzt Bauern, die auf Klatsch und Tratsch vertrauen?«, fauchte ihre Mutter.

Aber Aimi sah es als das, was es war: eine Verleugnung. »Was waren das für Gerüchte?« Sie fragte sich, ob es dieselben waren, über die man an ihrem Mädcheninternat geflüstert hatte.

Ihre Mutter verdrehte die Augen. »Ist das nicht irgendwie offensichtlich? Die Gerüchte besagen, dass mindestens ein Goldener überlebt hat, und aufgrund irgendeiner zweitklassigen religiösen Gruppe wird es immer wieder in Umlauf gebracht, obwohl es keine Beweise gibt. Überhaupt keine.«

Xylia nickte. »Glaube braucht keine Beweise. Manchmal reicht mündliche Überlieferung, und nachdem die Septs nach der Säuberung wieder zueinandergefunden hatten, schien es jeder gehört zu haben – dass die letzte goldene Königin mit dem König ein Ei gezeugt hatte, bevor sie starb.«

»Ein Ei?« Aimi rümpfte die Nase. Es war ihr unangenehm, daran erinnert zu werden, dass sie in der Vergangenheit ihre Jungen lieber ausgebrütet hatten, als sie im Bauch zu tragen.

»Verachte nicht deine Wurzeln. Damals wurde die menschliche Verkleidung nur selten benutzt. Wir waren Drachen, und wir waren stolz. So stolz.« Der nostalgische Tonfall erinnerte Aimi an Geschichten, die ihr als Kind erzählt worden waren, Geschichten über Drachen, die den Himmel beherrschten und bei Sonnenschein flogen. Fliegen bei Tageslicht war mittlerweile ein absolutes Tabu. Selbst in der Nacht durfte man nur unter strengsten Sicherheitsvorkehrungen fliegen. Es gab einen Grund, warum das Grundstück, das sie besaßen, so weit außerhalb der Stadt lag und so viel Land umfasste. Es gab ihnen wenigstens einen kleinen Ort, an dem sie sie selbst sein konnten. Einen Ort, an dem sie nicht beobachtet wurden, aber jetzt, mit dem Aufkommen der Technologie – verflucht seien die Satelliten am Himmel –, wurde ihnen auch das genommen.

Wenn wir nicht Drache sein können, warum halten wir dann an der Vergangenheit fest? Die glorreichen Zeiten sind vorbei. Wir sind durch Menschlichkeit und Angst gebunden. Die Angst, dass sie uns wieder holen werden.

Man musste sich nur die Kryptozoiden ansehen. Sie hatten ihre Anwesenheit angekündigt und der Welt gesagt: »Hier bin ich.« Der Silberpreis war durch die Decke gegangen und die Wirtschaft florierte – vor allem im Waffensektor. Als clevere Geschäftsleute hielten die Drachen mehr als nur ein paar Anteile an diesen Unternehmen, stellten aber auch fest, dass es einen Aufschwung beim Schutz des Zuhauses gab.

DIE GESCHICHTE DES DRACHEN

Das Bite Back System schützt vor unerwünschten haarigen Schädlingen. Sogar vor den großen. Und mit nur sechs Raten von neunundneunzig Dollar gehört es Ihnen.

Was für eine Geldverschwendung. Alle wussten, dass die Kryptos die Jagd dem Einbruch vorzogen. Früher hatten die Drachen bei der Jagd geherrscht. Jetzt flogen sie mithilfe eines Zeitplans, sodass jeder seinen gerechten Anteil an Flugzeit bekam. Es war beschissen. Sehr sogar.

Die Vorteile einer Enthüllung häuften sich. Vielleicht wäre es gar nicht so schlecht? Die Menschen liebten Drachen. Man musste sich nur ansehen, wie die Zuschauer einer gewissen Fernsehserie reagierten, wenn eine blonde Königin auf dem Rücken eines geflügelten Rächers in die Lüfte stieg. Ja, sie würde zugeben, dass sie heimlich Freude daran hatte, sich *Game of Thrones* anzusehen.

Aber die berüchtigte GoT-Serie hatte sich nie mit der Realität auseinandersetzen müssen, wie ein Ei erzeugt wurde. Es mussten bestimmte Bedingungen erfüllt werden. Keine davon in menschlicher Gestalt.

»Ich kann immer noch nicht glauben, dass sie, ähm, es«, sie wackelte mit den Augenbrauen, da ihr keine feinfühlige Art einfiel, *vögeln* zu sagen, ohne Ärger zu bekommen, »ihr wisst schon, als Drachen getan haben.«

»Sei nicht so prüde. Das ist ein natürlicher Teil des Drachenlebens.«

»Das war es mal, Mom. Wann wurde das letzte Mal ein Ei ausgebrütet? Ich weiß von keinem Fall. Du etwa?«

Ihre Mutter schürzte die Lippen. »Das ist eine taktlose Frage. Was ich sagen will: Ja, es kommt immer noch vor. Es ist nichts Obszönes oder Falsches daran, uns in unserer wahren Gestalt fortzupflanzen.«

»Und«, warf Xylia ein, »es hat auch Vorteile.«

Allerdings. Statt einer neunmonatigen Schwangerschaft konnte eine Drachin in der Fortpflanzungsphase ein paar

Eier produzieren. Sobald die Eier befruchtet waren, konnten sie gelagert werden und schlüpften erst, wenn die richtigen Bedingungen erfüllt waren. Das Fehlen eines Erben war die häufigste Bedingung.

»Die Königin hat also angeblich vor Jahrhunderten ein Ei gelegt. Wissen wir, ob es geschlüpft ist?«, fragte Aimi.

»Das weiß niemand. Die Gerüchte besagen nur, dass die Königin ein Ei versteckt hat. Ein befruchtetes goldenes, und es wurde nie gefunden.«

Das klang wie etwas aus einem Märchen. »Das ist doch Bockmist.«

»Nicht solche Wörter!«

»Vergesst die Wörter. Ich bin ein wenig sauer, dass ich erst jetzt von dieser Legende über das Goldei erfahre.«

»Es ist keine Legende.«

»Ach, papperlapapp.« Aimi schaute zwischen ihrer Tante und ihrer Mutter hin und her. »Die Sache macht mich stutzig. Ihr wisst offensichtlich schon lange von diesem Gerücht. Glaubt ihr daran?« Aimi war sich nicht sicher, ob sie es tat. In keiner der Geschichten war jemals von einem Ei die Rede gewesen. In allen waren die Goldenen dezimiert worden, nachdem sie einen allerletzten Angriff gegen die Menschen angeführt hatten. Er war gescheitert.

»Es spielt keine Rolle, ob ich daran glaube. Es braucht nur ein paar wenige, um eine Religion anzutreiben.«

»Das ist schon das zweite Mal, dass du eine Religion erwähnst. Drachen folgen keinen Göttern oder Doktrinen. Wir haben die Sept-Gesetze.« Der Informationsfluss begann zu nerven. Wie viele Geheimnisse verbarg ihre Mutter?

»Es ist keine sehr große Religion, nicht mehr, aber es gibt sie seit der Säuberung. Die Gläubigen verehren die letzte goldene Mutter und das letzte Ei, das sie gezeugt hat.

Ihre Geschichte erzählt, wie sie es versteckt hat und dass, wenn der goldene Erbe zurückkehrt, er die Drachen wieder in die Sonne führen wird.«

»Und jetzt gibt es einen Helden, der zu dem Märchen passt.« Sie rollte mit den Augen. »Weiß ich überhaupt noch, wer ich bin? Warum erfahre ich jetzt plötzlich von all diesem seltsamen Scheiß?«

»Weil, wie du es so wortgewandt bezeichnet hast, dieser Scheiß jetzt passiert. Bis vor Kurzem war es einfach, den unerschütterlichen Glauben einer versteckten religiösen Sekte zu verspotten und zu ignorieren. Wie ich schon sagte, ist ihre Zahl gering und sie sind sogar noch verrückter als diese Tempelritter. Ich habe mich über sie lustig gemacht, als meine Mutter mir schließlich ihre Existenz offenbarte. Aber wir scheinen in interessanten Zeiten zu leben, und dieser Glaube ist heute stärker denn je.«

»Aber warum?« Aimi fiel es schwer zu verstehen, warum sich die Leute an ein vages Gerücht über ein Ei klammern würden. Wirklich, ein Ei? Selbst wenn es nach all der Zeit geschlüpft wäre, was könnte ein Drache schon ausrichten? »Warum sollte man an so etwas Dummes glauben?«

»Ist es dumm?« Ihre Mutter fixierte sie mit einem festen Blick und seufzte. »Musst du wirklich fragen, warum sie glauben wollen? Benutze deinen Kopf für etwas anderes als für eine Krone.«

»Sei ein wenig nachsichtig mit dem Kind. Es hat weniger Zeit mit den anderen Septs verbracht als wir. Viele von ihnen rücken zusammen, und wir sind nicht anders. Wir haben seit über einem Jahrzehnt kein Drachenjunges mehr zur Pflege aufgenommen. Der technische Fortschritt hat alle Septs vorsichtiger werden lassen.«

»Du meinst paranoider. So wie sich die dunklen Zeiten

wieder anschleichen, suchen sie nach dem Goldenen, auf dass er sie retten möge«, murmelte ihre Mutter.

»Was zum Teufel soll das bedeuten?«

»Das Zitat bezieht sich auf einen Grundsatz ihres Glaubens. Damals wie heute war es eine dunkle Zeit für Drachen. Wir durften nicht fliegen, nicht so sein, wie wir sind. Wir mussten uns immer verstecken. Zuerst versuchten wir, uns zu wehren, aber es waren zu viele Menschen, und sie hatten Bögen und Speere, ganz zu schweigen von ihrer Anzahl. Wir begannen zu sterben und merkten schnell, dass wir nicht überleben würden, nicht, wenn wir uns so langsam fortpflanzen. Damals hatten wir keine Hilfe von der Wissenschaft. Es blieb nur eine Möglichkeit.«

Das Drachenvolk musste sich verstecken, und der goldene König, der letzte König, befahl seinem Volk zu gehen, während er ihren Rückzug deckte. Aber die Goldenen konnten sich nicht verstecken. Als die wertvollsten der Drachen wurden sie am intensivsten gejagt. Sie wurden dezimiert, vor allem weil die Goldenen sich in ihrem Stolz weigerten, sich zu verstecken. Die Golddrachen waren Kämpfer bis zum Ende, und das führte zum Ende ihrer Linie.

Die Menschen fanden die einst stolze Herrscherfamilie und brachten sie bis auf den Letzten zu Fall. So viele verloren die Hoffnung.

Ihre Tante erzählte die Geschichte, aber sie gab ihr eine Wendung, die Aimi sich nie hätte vorstellen können. »Die Drachen hatten alle Hoffnung verloren. Wir wollten kämpfen, und doch kauerten wir in unseren Höhlen. Wir beklagten unseren Ruhm und trauerten um die Gefallenen. Es schien, als wäre alles verloren, und dann tauchte das Gerücht von einem einzigen Ei auf, das vor den Jägern versteckt auf eine Zeit wartete, in der es geboren werden und uns in die Drachendämmerung führen würde, in der wir nicht nur die Lüfte, sondern auch das Land beherrschen würden.«

»Dir ist schon klar, dass das wie ein Manifest für die Weltherrschaft klingt?« Aus irgendeinem Grund brachte sie das zum Grinsen. »Cool.«

Ihre Mutter zog eine Augenbraue hoch. »Mehr als cool. Es ist, was sein sollte, schließlich sind wir die höher entwickelte Spezies.« Und auch langlebig waren sie. Nicht unsterblich, wie manche menschliche Legenden behaupteten, aber die meisten Drachen lebten bis weit über hundert Jahre, manche erreichten sogar zweihundert. Allerdings hatte man ihre Urgroßmutter Liandra in eine gesicherte Berghütte bringen müssen – eine extrem verstärkte Berghütte –, da sie senil geworden war und sich weigerte, ihren Platz über ihrem Hort zu verlassen, und jeden mit Silberpfeilen beschoss, der sich ihr zu nähern versuchte.

»Selbst wenn es ein Ei gäbe, ist Brand offensichtlich nicht daraus geschlüpft.« Adi hatte wie ihre Tanten Vanna und Valda tief genug gegraben, um zu wissen, dass Brandon James Mercer von einer echten Mutter und einem echten Vater geboren worden war. Brand stammte tatsächlich von einer sehr langen Linie von Alligatoren – und ein paar Schlangen – ab und war ganz sicher nicht von einem Drachen gezeugt worden. Es war auch nicht so, als wäre er plötzlich aus dem Nichts aufgetaucht. Seine Geburt und die seiner ganzen Familie standen in öffentlichen Verzeichnissen. Bei der Durchsuchung beschränkter Datenbanken – die den Hacking-Fähigkeiten der Familie nicht gewachsen waren – wurden Fotos, Schulzeugnisse, Akten über Ordnungswidrigkeiten, Verhaftungen und sogar ein paar Haftbefehle gegen die Mercers gefunden, allerdings nicht gegen Brandon.

Interessanterweise hatte Theodore Parker für Brand

eine Vermisstenanzeige aufgegeben. Sie konnte die Art und Weise, wie sein Onkel die Menschen manipulierte, damit sie für ihn arbeiteten, um seinen Neffen zu finden, fast bewundern.

»Der Mann in meinem Bett wurde vielleicht nicht als Drache geboren, aber wir sollten nicht vergessen, dass Parker etwas mit seinen Genen gemacht hat.« Die aus Gerüchten gesammelten Informationen besagten, dass Parker Monster erschuf und einige von ihnen verrückt wurden.

»Du denkst, er hat Drachengene in Brands Helix gespleißt«, sagte Xylia mit einem Nicken.

»Eigentlich wollte ich sagen, dass er einen Milchshake mit seinem Blut und so gemacht hat, aber deine Erklärung klingt wesentlich wissenschaftlicher.«

Ihre Mutter schüttelte den Kopf. »Ein DNA-Transplantat oder ein Milkshake – wie Aimi es nach fünf Jahren Privatschule nennt – sind beide unwahrscheinlich. Ich wüsste nicht, wie das funktionieren sollte.«

»Wissenschaft ist eine beängstigende Sache. Sie kann viele Dinge tun, die man für unmöglich hält. Sogar die Verschmelzung zweier Arten. Schau dir die Hybridpflanzen an, die die Bauern jetzt benutzen. Es ist gar nicht so weit hergeholt, dies mit einem biologischen Wesen zu tun, zumal sich die Genomsequenz der Alligatoren und die der Drachen gar nicht so sehr unterscheiden.«

Ihre Mutter machte eine unzufriedene Miene. »Sprich es nicht einmal aus. Wir sind nicht wie diese dreckigen Schlammkreaturen.«

Aimi konnte nicht anders, als sich über den Abscheu ihrer Mutter lustig zu machen. »So schlimm ist es nicht, Mutter. Sieh es wie die Art, auf die Schimpansen und Menschen sich ähnlich sind. Wir sind die weiterentwickelte

Version von beiden.« Nur um frech zu sein, kratzte Aimi sich an der Achsel.

Als sie es das erste Mal tat, erstarrte ihre Mutter. Beim zweiten Kratzen seufzte ihre Mutter laut und wandte sich ab.

Erfolg!

»Ich kann nicht glauben, dass du auf die Idee kommst, eine Sumpfkreatur in die Familie zu holen. Was soll ich den Leuten sagen?«

»Erkläre es nicht. Starre sie einfach mit hochmütiger Verachtung darnieder.« So wie es ihre Mutter jetzt gerade tat. Aimi grinste. »Denk nur an den Spaß, den wir haben werden, wenn wir ihn in einen Snob wie uns verwandeln. Und du scheinst etwas zu vergessen, Mutter. Sagen wir, er ist ein Goldener. Selbst wenn seine Herkunft vielleicht zweifelhaft ist, hast du noch nicht verstanden, was das bedeutet?«

»Er könnte der Vorausgesagte sein, nach dem diese religiösen Fanatiker suchen«, antwortete ihre Tante mit einem weisen Kopfnicken.

Was? Eigentlich war das gar nicht die Richtung, in die ihre Gedanken gegangen waren. Verdammt. Noch eine Sache, über die sie sich Sorgen machen musste. Aber anscheinend hatte ihre Mutter das Offensichtliche immer noch nicht begriffen. »Ich wäre mir nicht so sicher, dass Brand derjenige ist, der in der Legende vorkommt, denn damit Parker die goldene DNA in Brand spleißen konnte, müsste er –«

»– Zugang zu einem Golddrachen haben. Oder seinem Ei«, sagte Xylia und beendete ihren Gedanken.

Ihre Mutter wirbelte vom Fenster herum. »Wie dem auch sei, wir müssen es finden.«

Und ihre Mutter tappte prompt in die Falle. Aimi schlug ihre Hände auf die Armlehne des Klubsessels. »Ich denke, es ist an der Zeit, dass wir dem Onkel meines Verlobten einen Besuch abstatten.« Ja, Verlobter, denn jetzt, da ihre Mutter durch die Möglichkeit eines weiteren Goldenen abgelenkt war, hatte sie weniger Zeit, sich über Aimis Pläne Sorgen zu machen, und zu Aimis Plänen gehörte es, eine bestimmte Herausforderung mit Brand zu gewinnen und ihn dann für ihren Hort zu beanspruchen. Ähm, sie meinte, ihn als ihren Ehemann zu beanspruchen.

»Ein Besuch bei Parker?« Ihre Mutter dachte laut über die Idee nach. »Ja, ich denke, es ist an der Zeit, dass wir ihm einen Besuch abstatten. Er wagt viel bei seinen Experimenten, und noch mehr, wenn er unsere Leute als Geiseln hält. Die Welt muss wissen, dass man niemals mit unserer Art –«

»– Scheiße treiben sollte.«

»– Unsinn treiben sollte. Junge Dame, was ist heute mit deinem Mundwerk los?«

Es ist schmutzig, so schmutzig. Wahrscheinlich verdiente es den widerlichen Löffel Rizinusöl, der ihren Magen in heftigen Wellen rebellieren ließ, aber das Würgen war es wert. Aimi hatte ihre Mutter geschickt dazu gebracht, gegen Parker zu handeln, und es kostete sie ihre volle Selbstbeherrschung, ihr triumphierendes Grinsen zu bewahren, als sie das Arbeitszimmer ihrer Matriarchin verließ und auf dem Flur still mit der Faust in die Luft stieß. Sie tanzte immer noch, als sie zu ihrer Schwester in die Bibliothek kam.

»Deinem ernsthaften Mangel an Rhythmusgefühl nach zu urteilen nehme ich an, dass Mutter uns jetzt die Mittel gibt, um Speedys Schwester aufzuspüren.«

»Eigentlich denkt sie, dass wir hinter einem Goldei her sind. Aber da das Ei wahrscheinlich dort ist, wo Parker ist, und Brands Schwester bei Parker ist«, ein kleiner Freudensprung, »ist die Mission im Gange.«

»Was du nicht alles tust, um die Familie zu manipulieren.« Adi schüttelte den Kopf. »Gut gemacht, Schwesterherz. Mom wäre so stolz, wenn sie es wüsste.«

»Das wird sie aber nicht, weil wir es ihr nicht sagen werden.« Denn die liebe Mutter wäre wahrscheinlich nicht damit einverstanden, dass Aimi noch einen dieser »dreckigen Sumpf-Alligatoren« rettete.

Aimi und ihre Schwester feierten ihren Sieg nicht mit einem High five, sondern schlugen ihre Hände wie Drachenschwänze gegeneinander. Nicht verurteilen. Sie taten es bereits seit langer Zeit.

»Da die Mission im Gange ist, müssen wir jetzt nur noch eine Position auswählen.« Adi wirbelte herum und begann zu tippen. »Ich habe drei mögliche Orte, an denen sie sein könnten. Der Mann besitzt mehr als eine Unterkunft. Ich nehme an, dass wir unsere Mission geheim halten und keine der anderen Septs einbeziehen?«

»Verdammt richtig.« Aimi grinste. »Es bringt nichts, die anderen Septs wissen zu lassen, dass sie einen Schatz in ihrer Mitte haben könnten.«

»Hast du eine Idee, wie wir Mutter erklären, dass wir die Schwester zurückbringen?«

»Mir wird schon etwas einfallen.«

»Wann sollen wir aufbrechen?«

Wir, da Adi Aimi auf keinen Fall allein auf Abenteuerreise gehen lassen würde. »Sofort. Wir können auf keinen Fall gebrauchen, dass Mutter ihre Meinung ändert. Ich nehme an, die Cousinen werden auch mitkommen«, sagte Aimi.

»Wir können es alle kaum erwarten, aus dem Haus zu kommen. Es ist schon eine Weile her, dass wir ein wenig Action genossen haben.«

»Super. Dann lass uns in einer Stunde aufbrechen. Ich packe nur schnell eine Tasche und hole Brand.« Sie würde ihn auf keinen Fall zurücklassen.

»Apropos ... Hallo, was ist das?« Adi beugte sich vor und vergrößerte das Bild auf einem der Sicherheitsmonitore. »Beeil dich lieber, wenn du deinen Mann festhalten willst, denn es sieht so aus, als wollte er ohne dich abhauen.«

»Was meinst du damit?«

Ihre Schwester zeigte auf einen Monitor, der die große Garage überwachte. Sie war mit Fahrzeugen aller Art gefüllt, angefangen bei riesigen Geländewagen wie dem Suburban und dem luxuriösen Escalade bis hin zu schnittigen Sportwagen wie dem Audi R8 und dem neuesten Mustang-Modell. Außerdem gab es eine große Auswahl an Motorrädern.

Die Kamera zoomte näher heran und Aimi ballte die Hände zu Fäusten, als sie sah, wie Brand auf einem Motorrad saß, sein Profil deutlich und äußerst reizvoll. Irgendwie hatte er es während ihrer Abwesenheit geschafft, sich anzuziehen und aus einem verschlossenen Raum zu entkommen.

Der Mann erwies sich als gerissen, denn er hatte sich durch die vielen Gänge des Hauses geschlichen und es tatsächlich unbemerkt in die Garage geschafft, wo er sich nun auf die Flucht vorbereitete.

Er läuft vor mir weg.

Nein, verdammt. Er gehört mir.

Und dieses Mal würde sie ihn nicht bei der Verfolgung verlieren. Sie stürmte aus der Bibliothek durch die Gartentür.

Es erforderte weder Gedanken noch Mühe, nur den Willen der Verwandlung. In einem Moment war sie noch durch die engen Fesseln der Haut gebunden, und im nächsten brach sie aus. Ihre Atome dehnten sich aus, ihre silbrige Gestalt war geschmeidig und ihr Schwanz spitz. Die verzierte Mähne, die von ihrem Scheitel herabhing, raschelte und Strähnen hoben sich, um im geisterhaften Wind zu tanzen, der immer mit ihr reiste.

Ihre Flügel entfalteten sich, hauchdünn, schimmernd und doch stark wie Leder. Mit einem flötenden Ton sprang sie auf die Brüstung des Balkons und grub ihre Krallen in den dicken Stein. Die letzten Sonnenstrahlen küssten den Horizont – noch nicht ganz die Abenddämmerung, aber es reichte aus.

Ich komme, Gefährte. Sie sprang in die Luft, ein riesiger entfesselter Goliath.

In den alten Zeiten, als Drachen flogen, versteckten sich die Menschen. In diesem Jahrhundert waren die Sterblichen sicher, da die Sept-Gesetze die Jagd auf die Zweibeinigen verboten. Heute konnten sogar die Rinder ohne Angst fressen, während sie auf dem riesigen Grundstück umherstreiften. Dieser Drache hatte ein anderes Ziel im Visier.

Brand. Oh, Brand.

Sie brummte seinen Namen und sah, wie sein Kopf zuckte, aber er blieb auf seinem Kurs und raste die lange Einfahrt hinunter. Wie drollig. Er dachte, er könnte entkommen.

Nicht heute.

Mit einem gewaltigen Flügelschlag schwebte sie über ihm und warf einen Schatten, der ihn dazu brachte, den Kopf zu neigen. Sie sah, wie sich seine Lippen bewegten – *Was zum Teufel?* –, und spürte sein Erstaunen durch ihre Verbindung.

Das Motorrad wackelte, als er die Kontrolle verlor. Vermutlich war er von ihrer Großartigkeit überwältigt. Ihre Familie hatte die eindrucksvollsten Schuppen aller Septs.

Ein anmutiger Sturzflug brachte sie in Reichweite, gerade als er das schwankende Motorrad wieder unter Kontrolle brachte. Seine Position auf dem Sitz machte es ihr leicht, ihn mit den Klauen zu packen, ähnlich wie ein Raubvogel sein Abendessen. Ein paar Flügelschläge und sie stieg höher in den Himmel. Als sie die richtige Höhe erreicht hatte, drehte sie ab, flog zurück zum Haus und dann daran vorbei. Sie wollte mit ihrem Gefährten unter vier Augen reden, und sie kannte genau den richtigen Ort dafür.

Der vorbeirauschende Wind übertönte jeglichen Protest, den er von sich gab, und sie ignorierte den von seinem Verstand ausstrahlenden Ärger. Nicht ignorieren konnte sie jedoch Brands Gebrüll, als sie ihn in das Becken natürlichen Quellwassers fallen ließ.

Sie entschied sich, auf einem großen Felsbrocken zu landen, bevor sie ihre Gestalt wechselte.

Er kam prustend und schreiend an die Oberfläche. »Du bist ein verdammter Drache.«

Wurde auch Zeit, dass er das merkte.

KAPITEL NEUN

EIN DRACHE. AIMI WAR EIN VERDAMMTER DRACHE. UND IHRE Antwort auf diese bedeutsame Neuigkeit?

»Ich habe es dir ja gesagt.«

Er schwamm zum Rand des Beckens und stieg hinaus. »Nein, das kannst du nicht sein. Du solltest ein verrücktes Mädchen sein, das sich einbildet, ein verdammter Drache zu sein. Kein echter verdammter Drache.« Und so ein schöner dazu. Als er den Schatten über dem Kopf gesehen hatte, der selbst in der einbrechenden Dämmerung deutlich zu erkennen war, hatte er geahnt, dass es Aimi war, aber den Rest hätte er sich niemals vorstellen können.

In Zeichentrickfilmen wurden Drachen oft mit dicken Bäuchen dargestellt, sie spuckten Feuer und trugen Hörner, während Rauch aus ihren Nasenlöchern aufstieg. Manche sangen sogar – hallo, Paff der Zauberdrache? Die Wahrheit über Drachen lag irgendwo in der Mitte.

Aimis Bestie hatte eine geschmeidige Gestalt, mehr schlangenartig schlank als runder Bauch. Auch wenn sie noch immer zwei Arme und zwei Beine hatte, so waren diese in leicht anderem Winkel platziert, und an ihren

Zehen befanden sich scharfe Klauen – *von denen ich wie ein Wurm an einem Haken gebaumelt habe.* Seine Männlichkeitskarte schluchzte in seiner Tasche.

Ihre Schuppen waren unglaublich und schienen aus echtem Silber zu bestehen, glänzend und auffällig. Er fragte sich, wie sie wohl aussehen würde, wenn ihre Haut die Strahlen der untergehenden Sonne brach.

Ich sehe wunderschön aus. »Bevor du fragst: Du hast laut gesprochen, nicht in deinem Kopf.«

Trotz ihrer Behauptung starrte er sie dennoch mit zusammengepressten Lippen an. Jetzt sah sie nicht mehr wie ein Drache aus. Selbst ihre Augen waren normal und menschlich. Er vermutete, dass in ihren Pupillen nur grünes Feuer brannte, wenn ihre Bestie sich in den Vordergrund drängte.

»Du bist ein verdammter Drache.« Er konnte nicht anders, als sich zu wiederholen.

»Ich weiß nicht, warum du so überrascht tust. Ich habe dir von Anfang an gesagt, was ich bin. Du warst derjenige, der darauf bestand, dass ich gelogen habe.« Sie zuckte mit den Schultern, und die Bewegung ließ ihre Haare zu einem silbrigen Vorhang werden, der sich um ihren Körper legte. Ihren nackten Körper. Teile davon blitzten auf, während ihr Haar über ihrer Haut schimmerte. Verstecken. Ein Spiel, das er mit seinen Lippen und Händen durch die seidenen Strähnen ihrer Locken spielen wollte.

Ich will sie. Das tat er auf jeden Fall. Er wollte sie für sich selbst. Den hübsch glänzenden, kostbaren Mondstrahl, der plötzlich in sein Leben getreten war.

Eine Frau, die ein Drache war.

»Drachen gibt es nicht wirklich.« Eine Leugnung, die nicht länger funktionierte. Er hatte Aimi in ihrer ganzen schimmernden Schönheit gesehen. Eine so majestätische

Kreatur. Nur wenige Dinge beeindruckten ihn. Sie tat es jedoch; ein seltsames, neues Gefühl für ihn.

Und er hatte daran gedacht, sie zu berühren? Sie zu küssen? Er war ihrer nicht würdig. Bei Weitem nicht.

»Lass uns rekapitulieren, damit du aufhören kannst, dich zu wiederholen. Ich bin ein Drache. Drachen sind real. Willst du mich noch einmal anfassen, um sicherzugehen?« Ein neckisches Lächeln umspielte ihre Lippen und sie bewegte ihre Hüften nach links, sodass sich das seidige Haar löste, das sie bedeckte. Selbst in den dunklen Schatten konnte er ihre nackte Haut sehen.

Wie gern würde er sie anfassen und schmutzige, verruchte Dinge mit ihrem Körper tun. *Sie meinen Namen schreien lassen, wenn sie für mich kommt.* Eine sündhaft verlockende Fantasie, aber eine, die er nicht haben konnte. »Leck mich.«

»Ich bin jetzt bereit, wenn du es bist.« Sie machte einen Schritt nach vorn.

Die Versuchung ließ ihn fast in die Knie gehen. *Auf meinen Knien könnte ich sie so verehren, wie sie es verdient.* Eine wahre Mondgöttin, die ihn in ihren Bann zog. »Ich kann nicht.«

»Du meinst, du wirst nicht, denn wir beide wissen, dass du es kannst.« Ihr Blick fiel auf eine Stelle unterhalb seines Gürtels.

»Sieh mich nicht so an. Vorhin war ich mehr als willig, und dann hast du mich betäubt.«

»Meine Schwester hat dich betäubt. Zu deiner eigenen Sicherheit.«

»Wie kann es sicher sein, mich hilflos zu machen?«

»Weil du dann keine dummen Dinge tust, wie zum Beispiel zu versuchen, zu verschwinden.« Sie schaffe es, gleichzeitig zu schmollen und ihn anzufunkeln. Eine starke Kombination.

Ich werde sie nicht küssen. Nein, nicht er. Er war immer noch wütend. Und das aus gutem Grund. Er war aus einem durch Betäubungsmittel ausgelösten Schlaf aufgewacht und in einem Zimmer eingesperrt gewesen. Das Ergebnis war eine Litanei von Flüchen – gottverdammter Scheißpennersohn eines Bastards –, die nicht halfen, ihn zu befreien.

Allerdings hatte er bei seiner Arbeit bei Bittech das ein oder andere über elektronische Türschlösser gelernt. Es gab immer eine Möglichkeit, sie abzuschalten und die Tür manuell zu öffnen – anders als im Film.

»Ich bin gegangen, weil du kein Recht hattest, mich gefangen zu halten.«

»Du bist mein Gefährte.«

»Nun, du hast dich nicht so verhalten.«

»Bist du nicht mit mir in meinem Bett aufgewacht?«

»Schließt du alle deine Liebhaber ein?«

Sie lächelte. »Nur den, den ich behalte. Gratuliere, du bist der erste.«

Die Worte hätten ihn nicht erwärmen sollen. Warum wehrte er sich nicht gegen ihre Verlockung? *Halt verdammt noch mal die Klappe und genieße es.*

Es war nichts falsch daran, die Tatsache zu genießen, dass eine Frau ihn zu schätzen wusste. Er hatte sich diese Wertschätzung von der Hand waschen müssen, damit sie ihn nicht verriet, als er sich aus dem Staub machte.

Ein Mann sollte niemals den Duft der Leidenschaft seiner Frau teilen. Er gehört mir und nur mir allein. Teilen war etwas für Trottel.

»Weißt du, wenn ein Mann das Gleiche macht, ist das ein schweres Verbrechen.«

»Es ist scheiße, einen Penis zu haben.«

Er verzog das Gesicht. »Du solltest dieses Wort nicht benutzen.«

»Welches Wort? Penis?« Erneut eine Grimasse. Sie

lachte. »Das glaube ich nicht. Er zieht bei dem Wort Penis den Kopf ein.«

»Ich ziehe nicht den Kopf ein«, sagte er, die Lippen vor Verärgerung zusammengepresst.

»Penis.«

Er zuckte zusammen. Funkelte sie an.

»Peeeee-nnnnnisssss.« Sie sang es.

»Es ist mir egal, ob du ein Drache bist. Wenn du das noch einmal sagst, lege ich dich übers Knie und versohle dir den Hintern.«

»Versprochen?« Sie klimperte mit ihren Wimpern, die im Gegensatz zu ihren Haaren dunkel waren. »Welches Wort soll ich stattdessen benutzen? Penis ist das richtige Wort.«

»Schwanz.« Das Wort platzte aus ihm heraus und gab seinen Kronjuwelen ein wenig Männlichkeit zurück. »Schwanz. Riesenechse.«

»Echse? Du findest, Echse ist eine attraktivere Bezeichnung als Penis?« Sie starrte ihn mit offenem Mund an.

»Schlange geht auch, genauso wie Liebesschaft, Ständer und Schwengel. Die sind auch in Ordnung, je nachdem, wie du sie benutzt.«

»Es gibt noch einen anderen Begriff, den meine Mutter gutheißt – Babymacher.«

Komisch, dass er dabei nicht zusammenzuckte. »Es wird kein Babymachen geben.«

»Lass meine Mutter das nicht hören.«

Er blinzelte sie an. »Deine Mutter will, dass ich dich ficke?«

»Das ist die bevorzugte Methode, um schwanger zu werden. Übrigens, ich sollte wohl erwähnen, dass sie das F-Wort hasst.«

»Deine Mutter kann mich am Arsch lecken.«

»Vielleicht wird sie ihn küssen, wenn sich herausstellt, dass du wirklich ein Goldener bist.«

Ah ja, der verrückte Glaube, dass er ein Drache war. Als ob. Er konnte niemals die Schönheit erreichen, die er gesehen hatte. Ein Alligator oder ein Freak mit Flügeln waren sein Schicksal. Zu diesem Zeitpunkt war er sich nicht einmal sicher, ob er noch die Fähigkeit besaß, sich zu verwandeln. Das einzig Sichere war, dass die kalte Stimme in seinem Inneren immer noch zu ihm sprach und, was noch besorgniserregender war, sich mit ihm zu vermischen schien.

»Was ist, wenn ihr euch irrt? Was, wenn ich kein Goldener bin? Was dann?« Er kannte die Antwort bereits. Sie würden ihn schneller rausschmeißen als einen Betrunkenen aus einer Kneipe bei Sperrstunde.

»Wenn du es nicht bist, dann kannst du als Trostpreis stattdessen mir den Hintern lecken.« Sie lächelte. »Oder reinbeißen. Ich bin für beides offen.«

Warum machte sie es ihm so hart? Und er meinte hart. Konnte es sein, dass sie nicht wusste, welche Wirkung sie auf ihn hatte? Nach ihrem koketten Lächeln nach zu urteilen ... nein, sie wusste es. »Du versuchst wieder, mich abzulenken.«

»Funktioniert es?«

Es funktionierte nur allzu gut. Als Aimi von dem riesigen Felsen stieg, wehten ihre Haare um ihren Körper, offenbarten nur kleine Teile ihrer Perfektion und reizten ihn damit.

»Du bist nackt.« Die Beobachtung von zuvor kam ihm über die Lippen.

»Dein Gespür für das Offensichtliche ist verblüffend.«

»So habe ich es nicht gemeint. Ich meine, dass du keine Kleidung trägst, obwohl du dich wieder zurückverwandelt hast. Aus Filmen und so dachte ich, dass Drachen nicht wie

Gestaltwandler sind. Ich dachte, ihr wärt magischer. Sollte das nicht bedeuten, dass ihr eure Kleidung behaltet, wenn ihr euch verwandelt?«

»Es würde die Dinge sicherlich einfacher machen, wenn wir das könnten. Leider sind wir den Kryptos vielleicht ähnlicher, als wir glauben wollen.«

»Kryptos?«

»Kurz für Kryptozoide. So nennen wir alle, die weder Drachen noch Menschen sind.«

Die Grenze, die ihn von ihr trennte, wurde breiter. Er war nur ein Gestaltwandler, dessen ganzes Glaubenssystem auf den Kopf gestellt worden war. »Eure Kultur ist ganz anders als meine, nicht wahr?«

»Ja. Wir haben eine einzigartige Lebensweise, vieles davon ist sehr strukturiert, aber viele unserer Gesetze sind nach der Säuberung aus der Notwendigkeit zu überleben entstanden.«

»Die Säuberung war ...«

»Als die Menschen versuchten, uns bis zur Ausrottung zu jagen. Ähnlich wie das, was jetzt passieren könnte, wo die Kryptozoiden sich der Menschheit offenbart haben.«

»Du glaubst, sie werden uns alle töten?«

»Das will ich nicht hoffen, denn das würde bedeuten, dass wir keine Chance hätten, uns jemals zu offenbaren.«

»Und *wollen* sich die Drachen offenbaren?«, fragte er.

»Ich glaube, die meisten von uns wollen einfach nur wieder frei in der Sonne und am blauen Himmel fliegen können.«

»Das hast du gerade getan.« Die Sonne ging unter, aber es war noch lange nicht dunkel draußen.

»Und dafür werde ich wahrscheinlich bestraft werden. Auch wenn ich es an einem sicheren Ort getan habe, habe ich eine grundlegende Regel gebrochen.«

»Du bist die Rebellin der Familie, nicht wahr?«

Sie schien verwundert über seine Aussage. »Ich? Nein. Das ist normalerweise meine Schwester Adi.«

»Und doch ist deine Schwester nicht diejenige, die mit mir hier auf diesem Berg ist.«

»Natürlich ist sie das nicht. Ich habe dich beansprucht.«

Die Lässigkeit, mit der sie ihm das entgegenschleuderte, schmälerte die Worte selbst nicht. »Sollte ich mich geschmeichelt fühlen?«

»Suchst du nach Komplimenten?« Ihre Lippen verzogen sich zu einem Lächeln. »Ich habe dich beansprucht, weil du mich faszinierst. Es ist schon schwer genug, einen unverpaarten Mann zu finden, aber einen zu finden, der gut aussieht und stark ist und kein Muttersöhnchen ...« Sie streckte eine Hand aus, um seine Unterlippe nachzufahren. »Das war ein Preis, den ich nicht ignorieren konnte.«

»Ich lasse mich von niemandem besitzen.« Sein Onkel, Andrew und Bittech hatten ihn schon einmal zu besitzen geglaubt. Das würde er nicht noch mal zulassen.

»Aber ich kümmere mich so gut um meine Sachen. Warte, bis du meinen Hort siehst.«

»Moment, hast du gerade gesagt –«

»Du redest zu viel. Komm her.« Sie packte sein Kinn und zog ihn herunter, und er ließ sie gewähren, überwiegend weil er in diese schockierend schönen violetten Augen starrte und sich nicht zurückhalten konnte.

»Du bist gefährlich, Mondstrahl.« Seine Worte berührten ihre Lippen, während sie seine Wangen umfasste.

Die Antwort traf ihn mit Wärme. »Ich danke dir. Vergiss das nicht, falls du jemals beschließt, mich zu verärgern. Anscheinend muss meine Familie erst noch lernen, mir meinen Freiraum zu lassen.«

Sie wirbelte von ihm weg, stemmte die Hände in die

Hüften und schrie die herannahende Drohne an. »Ja, ich weiß, dass ich in Schwierigkeiten stecke. Aber könntest du mir fünfzehn Minuten mit meinem Gefährten geben?«

Fünfzehn? Er könnte es vermutlich auf fünf für sie beide reduzieren.

Zack. Der Blitz aus Hitze traf den Boden vor ihren nackten Füßen und Aimis Miene wurde finster. »Du sexblockierende, gebärmuttergierige, arschkriechende Verräterin. Das werde ich dir heimzahlen.«

Zapp. Aimi wich dem Laserstrahl mühelos aus. »Wir werden dieses Gespräch später fortsetzen müssen.«

»Oder ich könnte mir die Drohne schnappen und sie in Schrott verwandeln.« Ihm kam in den Sinn, dass die Tugend von ihm verlangte, den Spielzeugroboter zu zerstören.

»Sie wird einfach einen anderen schicken. Außerdem sollten wir zurückgehen. Wir haben eine Mission.«

»Eine Mission? Um was zu tun?« Das zu beenden, was sie angefangen hatten?

»Willst du immer noch deine Schwester retten?«

»Ja.« Die Erwähnung von Sue-Ellen ließ ihn jeden Gedanken an Verführung vergessen. Sue-Ellen war der Grund, warum er das Haus überhaupt verlassen hatte. »Hast du eine Ahnung, wo sie sich aufhält?«

»Noch nicht ganz, aber ich bin mir sicher, dass es nicht mehr lange dauern wird, bis wir sie genau lokalisiert haben.«

»Was meine definitiv in Schwierigkeiten steckende Zwillingsschwester sagen will«, sagte eine blecherne Stimme aus der Drohne, »ist, dass sie eine Einladung zu der Gala hat, die Sue-Ellen Mercer heute Abend in Beverly Hills besucht. Und rate mal, wer Aimis Begleitung sein darf?«

»Ich werde meine Schwester sehen?« Diese Vorstellung verblüffte ihn.

»Anscheinend. Also lass uns gehen.«

Und mit *gehen* meinte Aimi sofort, als sie sich mit einem Schimmern von der Verführerin in eine Drachin verwandelte – eine silbern geschuppte Majestät.

Atemberaubend schön.

Nicht anfassen.

Scheiß drauf, er berührte sie, die Schuppen waren warm an seiner Haut und von seltsamer Beschaffenheit.

»Mom wird dich umbringen«, sang Aimis Zwilling, worauf Aimi antwortete, indem sie die Drohne vom Himmel schlug.

Er hingegen wurde entmannt, als sie ihn ein weiteres Mal mit ihren Klauen packte und durch die Lüfte trug – mit Leichtigkeit, wie er hinzufügen sollte.

Wie konnte eine so zierliche Frau eine so große Kreatur packen? Es machte keinen Sinn.

Keine zwei Stunden später hatte er die Gelegenheit, sie das zu fragen, als sie an Bord eines Flugzeugs zur Westküste waren. Natürlich in der ersten Klasse, ein Bereich, der überwiegend von Personen mit platinblondem Haar besetzt war. Anscheinend benötigte Aimi als eine Silvergrace ein Gefolge, während Brandon einen Anzug aus Blei brauchte, da er sich ziemlich sicher war, dass ein paar der Cousinen, die mitgeflogen waren, mit einem Röntgenblick ausgestattet waren.

Um sie zu ignorieren, entschied er sich, mit der Verführerin an seiner Seite zu sprechen. »Wieso ist dein Drache so groß?«

»Das ist eine unhöfliche Frage.« Helle Augen blickten ihn über die Kopfstütze vor ihm hinweg an. »Ich bin sicher, du würdest nicht hören, dass Aimi fragt, wie dein Schwanz so groß geworden ist.«

Aimi stürzte nach vorn, packte – war es Cousine Deka

oder Babette? – bei den Haaren und knurrte. »Schau nicht auf die Kronjuwelen meines Gefährten. *Meiner.*«

»Du kannst ihn behalten. Ich habe gehört, er ist schnell im Bett.«

Er spürte, wie die Wärme in seine Wangen trat. Er verkniff sich die Erwiderung: »Du würdest auch schnell kommen, wenn du seit zwei Jahren keine Frau mehr richtig angefasst hättest.« Aber es war mehr als nur das. Aimi erregte ihn ebenso sehr. Außerdem faszinierte sie ihn, vor allem, wie sie von einer anständigen Dame zu einem feurig dreinblickenden Wildfang wurde, der den Kopf seiner Cousine gegen den Sitz knallen ließ.

»Aimi! Lass sie los«, rief jemand eine Reihe weiter hinten. »Du weißt doch, dass die Fluggesellschaften Blut nicht gern sehen.«

Mit einem letzten Knurren und einem Ruck ließ Aimi ihre Cousine los, die sich in ihren Sitz zurückfallen ließ. Das hielt seinen Mondstrahl nicht davon ab zu murmeln: »Wenn du ihn das nächste Mal ansiehst, fresse ich deine Augäpfel.«

Manche Leute hätten das vielleicht wörtlich genommen, aber Brandon, der an diese Art von Familieninteraktionen gewöhnt war, dachte sich nichts dabei. Mercer-Feiern waren für gewöhnlich mit ein paar Schlägereien, Blut und lockeren Zähnen verbunden. Um weiteren Ärger zu vermeiden, lenkte er ihre Aufmerksamkeit stattdessen auf sich selbst. »Okay, Kapitän Höhlendrache, hast du gerade ernsthaft *meiner* gesagt? Steht das nicht auf der gleichen Stufe wie *ich habe es abgeleckt?*« Er mochte gekränkt wirken, aber es hatte definitiv etwas Heißes, wenn eine Frau – und zwar nicht irgendeine Frau, sondern Aimi – so etwas sagte.

»Jup.« Sie zuckte mit den Schultern. »Drachen neigen

dazu, ein Hortungsgen zu haben. Sobald du aufgestiegen bist, wirst du es auch spüren.«

Warum warten? Ich begehre bereits einen bestimmten Mondstrahl für mich selbst.

Er wartete darauf, dass sein kälteres Ich seinen Senf dazugab, und war überrascht, als es schwieg. Es hatte nicht viel gesagt, seit er sich in seine menschliche Gestalt verwandelt hatte. Schmollte sein Alligator?

Ich bin hier. Noch mehr als zuvor. Kryptische Worte, für die er keine Zeit hatte. Sue-Ellens Rettung hatte Vorrang vor allem anderen. »Also, was ist das für eine Party, auf die wir gehen und an der meine Schwester teilnimmt?«

»Du hast überhaupt keine Ahnung, welches Datum wir haben, oder?«

»Nein. Warum?« Er runzelte die Stirn. In den letzten Monaten hatte er in seiner Fluchtroutine den Überblick über viele Dinge verloren.

»Sagt dir der dritte November etwas?«

Der dritte November. »Ah, verdammt. Das ist Sue-Ellens Geburtstag. Du meinst, das ist eine Party für sie?«

»Ja.«

»Aber wie wurdest du eingeladen? Ich dachte, du kennst weder sie noch Parker.«

»Ich nicht, aber Mutter schon, und da die Geburtstagsparty auch als Benefizveranstaltung dient, um Geld zum Bewerben eines besseren Verhältnisses zwischen Gestaltwandlern und Menschen zu sammeln, wurden wir eingeladen.«

»Warte mal kurz. Ich dachte, die Leute wissen nicht, dass ihr Drachen seid.«

»Das tun sie auch nicht, aber wir haben jede Menge Geld.«

»Eine Einladung ist ja schön und gut, aber du kannst nicht ernsthaft erwarten, dass wir einfach so reinspazieren.

Ich habe das Gefühl, Parker hat es immer noch auf mich abgesehen.« Natürlich wollte sein Onkel das entlaufene Haustierprojekt zurück. *Onkel Theo will seinen Sklaven.* Er ballte seine Hände zu Fäusten, anstatt sie seinen nackten Hals berühren zu lassen. Es war ihm so schwergefallen, das Kontrollhalsband abzunehmen, dass er kein Interesse daran hatte, wieder eines zu tragen.

»Natürlich spazieren wir nicht einfach so rein.« Sie warf ihm einen spitzen Blick zu. »Wir sind Drachen. Wir stolzieren.«

Die Behauptung brachte ihn zum Grinsen. »Du hast Mumm, Mondstrahl, das muss ich dir lassen, aber ich weiß nicht, ob es eine gute Idee ist, ihn so zu konfrontieren. Onkel Theo wird wahrscheinlich einen Sicherheitsdienst haben, der nach mir Ausschau halten soll.« Eine verdeckte Operation, um seine Schwester zu befreien, schien eine klügere Lösung zu sein.

»Mach dir keine Sorgen um deinen Onkel. Was glaubst du, warum so viele Freiwillige mitgekommen sind? Sie rechnen mit Ärger. Wir werden so viel Spaß haben.«

»Ihr wollt kämpfen? Ich dachte, ihr Drachenmädels haltet euch lieber zurück. Du weißt doch, dass dort Kameras sein werden.«

Ein neckisches Lächeln umspielte ihre Lippen. »Überall, wo wir hingehen, gibt es Kameras, und trotzdem wirst du nicht viele Bilder von uns sehen.«

»Ihr werdet es nicht vermeiden können, heute Abend erwischt zu werden, wenn ihr irgendetwas anfangt. Es sind nicht nur die Kameras, um die ihr euch sorgen müsst. Vergiss nicht, dass Parker nicht zögern wird, eure Existenz zu enthüllen.«

»Parker mag vieles sein, aber er ist nicht dumm. Wenn er uns offenbart, wird es das Letzte sein, was er je tun wird, und das weiß er. Aber gleichzeitig darf er nicht weiterhin ungestraft bleiben, vor allem wenn sich herausstellt, dass er uns für Experimente benutzt hat. Wir werden ihn zerquetschen.« Sie schlug eine Faust in ihre Handfläche, wobei sie ein fast grausames Lächeln aufsetzte.

Es war so verdammt heiß. »Ihn wie einen Käfer zerquetschen? Darf ich zusehen? Ich würde gern sehen, wie er von einem Mädchen vernichtet wird.«

»Ich würde ihm auch gern die Zähne rausschlagen. Leider würde das zu viel Aufmerksamkeit erregen.«

»Wie willst du ihn dann zerquetschen?«

»Nicht alle Kämpfe sind körperlich. Wir werden Parker mit Eleganz vernichten.«

»Klingt zivilisiert«, sagte er mit einer unzufriedenen Miene.

»Hast du jemals gesehen, wie jemand gesellschaftlich ruiniert wird?« Sie zog eine Augenbraue hoch.

»In der Highschool ständig.«

Sie machte ein Geräusch. »Das ist nur Mobbing. Das hier ist eine Kunst. Du wirst schon sehen.«

Was er sah, war ein Haufen aufgeregter Frauen, die diesen Ausflug als einen Spaß betrachteten. In diesem Moment wurde ihm klar, welchen Bärendienst er den Silvergrace-Damen möglicherweise erwies, indem er sie in Gefahr brachte. Was, wenn Parker beschloss, Aimi oder eines ihrer anderen Familienmitglieder als Geisel zu nehmen, um sie für seine Experimente zu benutzen? Aimi konnte so viel behaupten, wie sie wollte, dass Parker es nicht wagen würde, aber Brandon bezweifelte keine Sekunde lang, dass Parker tun würde, was immer er wollte, wenn er glaubte, dass es ihm von Nutzen wäre.

»Ich sollte allein auf diese Mission gehen.«

»Schämst du dich für mich?«

»Was? Nein?« Es war eher so, dass er die Verantwortung nicht tragen wollte, sie aus den Fängen seines Onkels herauszuhalten.

»Wenn du dich nicht schämst, warum willst du dann nicht, dass ich mitkomme?«

»Keine von euch sollte mit mir gehen. Ist euch nicht klar, von welcher Gefahr wir hier sprechen? Mein Onkel, Theo, ist der Typ, der kein Problem damit hatte, die Familie zu erpressen. Der an mir und unzähligen anderen experimentiert hat. Ob Drache oder nicht, Theo wird nicht zögern, dir etwas anzutun. Was, wenn ich dich nicht beschützen kann?« Genau wie er seine Schwester nicht beschützt hatte. Was, wenn er wieder versagte?

Scheitern ist keine Option. Das nächste Mal lassen wir es knacken.

»Ach, ist das nicht süß. Er denkt, wir könnten verletzt werden. Mach dir keine Sorgen um uns, Speedy«, schalt Adi, als sie vorbeiging. »Wir können auf uns selbst aufpassen und wir werden auch auf deinen Hintern aufpassen.«

Er runzelte die Stirn. »Warum nennt sie mich Speedy?«

»Das willst du wirklich nicht wissen.«

Aber die Art und Weise, wie sie es sagte, ließ ihn verstehen, und seine Wangen wurden heiß. Aber etwas dagegen zu tun bedeutete, ein Mädchen zu schlagen – Aimis Zwillingsschwester. *So ein Mist.*

Da der Flug, den sie gebucht hatten, über Nacht ging, schloss er die Augen und genoss das Gefühl, dass Aimi ihn als Kissen benutzte. Er ließ seine Gedanken schweifen und fragte sich, ob sein Glück sich bald wenden würde. Könnte seine Pechsträhne endlich zu Ende gehen?

Würde er nach mehr als zwei langen Jahren wieder mit seiner kleinen Schwester zusammenkommen? *Ich bin kein Monster mehr. Ich kann ein Leben haben. Ein normales Leben.*

Normal wird überbewertet, und esss wäre besser, wenn Monster die Welt regieren würden. Monsssster wie ich.

Ich bin kein Monster.

Die Kälte wirbelte um ihn herum und zog ihn an einen Ort aus Rauch und Schatten, einen Ort in seinem Kopf, an dem er und seine Bestie zusammenlebten.

Du bist mehr als ein Mann, und doch versuchst du immer wieder zu leugnen, was du bist.

Und was bin ich? Er war sich nicht mehr sicher.

Du und das, was du als Monster bezeichnen würdest, seid eins, und du musst aufhören, dagegen anzukämpfen.

Ich bin ich!

Du bist der Drache, den wir suchen. Wir sehen dich. Wir kommen.

Die seltsame Stimme sprach in seinem Traum und rüttelte ihn auf, als sie ihre fremde Präsenz in seine Realität drängte.

Er riss die Augen auf und der Schlaf, in den er gefallen war, wurde augenblicklich ausgelöscht. Er fragte sich sofort, ob er es sich nur eingebildet hatte. Das Unterbewusstsein war ein mächtiger Ort, das hatte ihm seine Urgroßmutter erzählt. Sie glaubte an Omen und Botschaften aus der Traumwelt. Sie glaubte auch an ein paar Gläser schwarzgebrannten Schnaps vor dem Schlafengehen.

Die Stimme sprach nicht erneut, und um ihn herum bemerkte er weder Panik noch Aufregung. Aimi, die an seinen Arm gelehnt war, döste immer noch. Dem leisen Schnarchen nach zu urteilen schienen das alle zu tun. Wer nicht schlief, war seine Blase.

Er glitt unter Aimi heraus, stand auf und streckte sich. In der ersten Klasse hatte er genügend Platz, um sich an ihr vorbeizuquetschen, ohne sie zu wecken. Sie grummelte dennoch auf niedliche Weise über den Verlust ihres Kissens.

DIE GESCHICHTE DES DRACHEN

Auf der Tür zur Toilette im vorderen Bereich des Flugzeugs stand *Besetzt*. Da es ihm nichts ausmachte, sich die Beine zu vertreten, ging er durch den Vorhang auf die hintere Toilette zu und betrachtete die Passagiere in diesem Bereich. Er war weniger als ein Drittel voll, und nur wenige waren wach und lasen bei schwacher Beleuchtung. Niemand beachtete ihn.

Nicht normal.

Paranoia, sein lieber Freund, wollte ein Problem daraus machen. Er hingegen interessierte sich mehr für die beiden Toiletten am anderen Ende. Eine war frei.

Es bedurfte einiger Manöver, um in die schmale Kabine zu gelangen, da sie für kleine Menschen gemacht war. Schließlich schaffte er es, die Tür zu schließen, das Schloss auf *Besetzt* zu schieben und sein bestes Stück herauszuholen.

Während des Pinkelns ruckte das Flugzeug und er zielte daneben, was zu einem Anfängerspritzer führte. »Mist.« Er wurde fertig, wischte schnell alles ab und wusch sich die Hände, bevor er hinausging. Das Flugzeug wackelte erneut. Verdammte Turbulenzen.

Als er den Gang hinaufging, bemerkte er, dass mehr als ein paar Lichter brannten und einige Passagiere aus den Fenstern schauten. Aber noch interessanter war ihr Flüstern.

»Was ist das?«

»Ist das ein riesiger Vogel?«

»Sieht für mich aus wie Wasserspeier.«

Die letzte Bemerkung ließ sein Blut gefrieren. Er beugte sich hinunter und tat sein Bestes, um hinauszuspähen. Der Himmel blieb dunkel, so dunkel, da nur die Lichter an den Flügeln des Flugzeugs ihn beleuchteten, aber das reichte aus, um eine klobige Gestalt auf dem Metall zu sehen – eine Gestalt, die sich bewegte.

»Monster!« Das Wort, das die Panik auslöste.

Piep. Piep. Piep. Alarme wurden ausgelöst, als die Leute die Flugbegleiter riefen. Brandon erkannte plötzlich, was die Gestalt auf dem Flügel war.

Das Flugzeug wurde angegriffen von ... »Drachen!«

KAPITEL ZEHN

Das gebrüllte Wort traf Aimis Bewusstsein, und sie wurde sofort wach. Sie war nicht die Einzige, die sein Schrei geweckt hatte. In kürzester Zeit fielen ihr mehrere Dinge auf – das wichtigste davon, dass Brandon nicht auf seinem Platz saß, aber ein leichter Zug an ihrer Verbindung zeigte, dass er nicht weit entfernt war.

Doch die chaotische Mischung seiner Gedanken war nicht beruhigend. Er sah etwas außerhalb des Flugzeugs. Ein Drache, hier in neuntausend Metern Höhe? Unmöglich.

Aber warum wackelte das Flugzeug?

Vielleicht Turbulenzen. Der Pilot spielte ihnen einen Streich. Oder, wie ein kurzer Blick zeigte, eine gekrümmte, geflügelte Gestalt, die wie ein Kobold auf den Flügeln saß, auf und ab sprang und einige Schreie auslöste.

Noch bevor sie die Unwahrscheinlichkeit eines Angriffs in dieser Höhe verarbeiten konnte, riss jemand an der Tür des Notausgangs in der Mitte des Flugzeugs und löste die Versiegelung, woraufhin die Hölle losbrach. Eigentlich brach so ziemlich alles los und wurde zum Loch in der Kabine gesaugt.

Viele der Menschen in der zweiten Klasse drehten durch, aber Aimi und die anderen Silvergrace-Mädchen waren aus härterem Holz geschnitzt. Sie drängten und schubsten – aber höflich: »Geh mir bitte aus dem Weg, du Kalb« – und stürmten auf den Tumult zu, wobei sie sich vom Sog mitreißen ließen und ihre Haare wie ein Heiligenschein um ihre Köpfe wehten.

Die wilde Frisur versperrte ihr jedoch nicht die Sicht, sodass Aimi deutlich sehen konnte, wie der grinsende Rotschopf, ein Mann um die Mitte dreißig, kahl werdend und mit Sommersprossen, mit Brand rang. Hinter ihnen klaffte ein Loch an der Stelle, an der zuvor die Tür des Notausganges gewesen war.

»Warum hast du sie geöffnet?«, hörte sie ihren Gefährten schreien.

»Gepriesen sei der Blutrote Sept, Hüter des Goldenen Glaubens.« Der rothaarige Kerl stieß sich von Brand ab und stürzte sich durch das Loch.

»Was zum Teufel?« Brand stemmte sich im Gang gegen die Sitze, wobei er sich mit ganzer Kraft gegen den starken Sog festhielt.

Krallen packten die Ränder des Notausganges, gefolgt von einem hineinblickenden schlangenartigen Kopf, zerfurcht und leuchtend rot, die Augen von bösartigem Gelb.

Ein Wyvern. Wie unerwartet.

»Mädels, wir haben Besuch«, sang sie, als sie die Sitze losließ und mit den Füßen wie ein Pfeil in Richtung der Kreatur schoss, die versuchte hereinzukommen. Sie kam zu spät. Ein Mensch, der sich nicht angeschnallt hatte, wie es all die blinkenden Anzeigen verlangten, traf den Eindringling zuerst. Sie flogen beide aus der Öffnung und Aimi folgte ihnen.

Sie hörte Brand schreien: »Was zum Teufel machst du

da, Mondstrahl? Komm wieder rein.« Die Panik, die aus ihm heraussprudelte, brachte sie zum Lächeln.

Sieh dir das an, er macht sich Sorgen. Hinter sich hörte sie die schrillen Schreie ihrer Schwester und ihrer Cousinen. Es schien, als wäre der Wyvern an Bord nicht allein gekommen. Sie sah eine rote Gestalt an der Tür vorbeihuschen.

Ein Wyvern, der sich deutlich sichtbar verwandelt? Sie konnte sich nur vorstellen, was für ein Chaos das in den Medien auslösen würde. Aber darum würden sie sich später kümmern. Jemand war dreist genug gewesen zuzuschlagen, während sie in der Luft waren. Ein Drachen-Sept hatte die Regeln ihrer Art gebrochen. Der Blutrote Sept hatte angegriffen, und das verlangte eine Antwort. Eine sehr eindeutige und tödliche Antwort.

Aimi kümmerte sich wenig um Kleidung, als sie sich in ihre silberne Gestalt verwandelte. Wer hatte schon die Zeit, sich um mickrige Stofffetzen zu kümmern, wenn wunderschöne Schuppen ihren Körper zierten?

Sie schnellte rechtzeitig in die Luft, um zu sehen, wie ihr Widersacher, ein flammenfarbener Wyvern, auf dem Flugzeug landete. Wyvern, die kleiner als wahre Drachen waren, kräftigere Hinterbeine, kleinere Köpfe und keine angeborene Macht hatten, waren das Ergebnis einer Paarung aus Drache und Mensch. Sie waren verpönt, da sie Mischlinge waren, die sich nicht fortpflanzen konnten und nur als Fußsoldaten taugten. Ein Vorteil, den sie hatten? Ihr fehlender Duft in menschlicher Gestalt machte es schwer, sie als Spione zu entdecken. Ihr riesiger Nachteil? Sie waren recht wild und gewalttätig, der Hauptgrund, warum ihre Zeugung mehr oder weniger verboten war.

Es schien, als würden die Roten heutzutage mit mehr als nur Feuer spielen. Der Wyvern stieß einen schrillen Schrei aus, ein raues Geräusch, dem der angenehme Klang eines reinrassigen Drachen fehlte.

Sie antwortete mit einem lauten Flöten, dessen Töne durchdringend hell waren. Gleichzeitig war es eine Herausforderung. Mit einem Schrei stürzte der Wyvern sich auf sie, wurde jedoch von seinem Kurs abgebracht, als Babette ihn attackierte. Ihre silberne Gestalt war von Blau durchzogen, womit ihre Schuppen an ihren Vater erinnerten.

Während sich ihre Cousine um den Eindringling kümmerte, sah Aimi sich nach seinen Gefolgsleuten um. Sie wusste bereits, dass ein Wyvern nicht allein angreifen würde, schon gar nicht gegen ein halbes Dutzend Silvergraces. Sie wusste, dass ein paar an Bord waren und sich mit ihrer Familie anlegten, aber sie vermutete, dass es auch außerhalb des Flugzeugs noch welche gab. Warum sonst sollten sie die Tür öffnen?

Sie tauchte unter das Flugzeug und ihre Augen weiteten sich, als sie die vielen Gestalten am Himmel bemerkte, die ihnen entgegenflatterten. Es waren viele, und dazu kamen noch diejenigen, die plötzlich auf dem Flügel des Flugzeugs saßen. Ihre Platzierung störte das Gleichgewicht, woraufhin sich die Nase des Flugzeugs gen Boden neigte. Sie schnellte am Bauch der Maschine vorbei und kam auf der anderen Seite wieder hoch, wo sie zwei weitere Wyvern auf den Flügeln erblickte, die sich mit der zweiten Luke beschäftigten und schafften, sie loszureißen.

Nichts kam herausgeflogen, da die erste Öffnung alle losen Gegenstände herausgesaugt hatte, einschließlich mindestens eines unglücklichen Passagiers.

Somit gab es an Bord nur noch eine nicht angeschnallte Sache. Brand!

Bevor Aimi sich auf den Weg zum Flugzeug machen konnte, wurde sie von einigen des sich nähernden Wyvern-Geschwaders entdeckt, woraufhin sie in ihre Richtung abdrehten und schrille Schlachtrufe ausstießen.

DIE GESCHICHTE DES DRACHEN

Ihr wollt kämpfen? Na dann los. Mit dem Ertönen ihres eigenen Kriegsrufs ging sie in den Angriff über.

Kämpfe in der Luft klangen in der Theorie großartig. Auf der Leinwand sahen sie sogar noch fantastischer aus. Aber in Wirklichkeit waren sie ein einziges Chaos.

Winde kämpften gegen kämpfende Paare, zerrten an ihren Flügeln und versuchten, sie zu Fall zu bringen. Sie kämpften mit Klauen, holten aus und versuchten zu packen, mussten jedoch gleichzeitig aufpassen, sich nicht ineinander zu verhaken, damit ihre Flügel sich nicht verhedderten und sie beide in den Tod stürzten. Auch die Schwerkraft spielte eine große Rolle, da sie an ihrem Gewicht zog. Ihre Knochen waren leicht und hohl, dennoch unglaublich stark, und die Pfunde, die sie als Mensch komprimierten, mochten sich in ihrer Drachengestalt vielleicht ausdehnen, aber jegliches Gewicht unterlag der Schwerkraft.

Wie Tante Waida oft sagte: »Was hinaufgeht, kommt immer mit einem Platschen herunter.«

Es war nie spaßig, die Erde mit halsbrecherischer Geschwindigkeit näher kommen zu sehen, nicht mit der Erinnerung an ihre Tante, die mit der Faust in ihre flache Handfläche schlug, begleitet von einem platschenden Geräusch. Gut, dass ein unkontrollierter Sturzflug die erste Lektion war, die eine Mutter ihrem Drachenjungen beibrachte. Als es das erste Mal passiert war, konnte Aimi wenigstens sagen, dass sie sich nicht eingepinkelt hatte, aber ihrem Mittagessen war es nicht so gut ergangen, genauso wenig wie der Kuh, auf der es gelandet war. Cousine Jackie des Silverheart Septs hatte ihr nie verziehen, da sie damals an besagter Kuh geknabbert hatte.

Aber Aimi war jetzt ein großes Mädchen, und obwohl sie nicht die Erfahrung ihrer Vorfahren hatte, wenn es um einen Kampf in der Luft ging, konnte sie ihr Mittagessen behalten und sich gegen einen kleineren Wyvern behaupten. Es sei denn, es griffen mehrere auf einmal an.

Kleine Mistkerle. Da sie versuchten auszuschwärmen, legte sie sie rein, ließ sich direkt nach unten fallen und drehte sich dann auf den Rücken. Sie überrumpelte den ersten Wyvern und weidete ihn aus – ihre Klauen waren mehr als nur hübsch. Adi prallte in einen zweiten hinein. Sie war selbst ohne ihre Verbindung leicht zu erkennen, da ihre Drachengestalt eine kurze pinkfarbene Krause am Hals hatte. Was den dritten Wyvern anging, der dachte, er könne unfair spielen? Aimi musste ihn verfolgen.

Als sie ihm zum Greifen nahe war, veranlasste sie ein schriller Schrei dazu, mitten in der Luft zu bremsen.

Was ist das? Ein Nachzügler?

Sie reckte den Kopf, drehte ihren langen Hals und entdeckte einen Angreifer, einen roten Drachen, der direkt vor dem Flugzeug und der offenen Tür schwebte.

Aha, da ist der Schuldige hinter der Attacke. Und anscheinend hatte die Attacke nichts mit dem Silbernen Sept zu tun, dafür alles mit ihrem Gefährten. Zwei Wyvern drängten Brand in die Tür. Er konfrontierte sie mit geradem Rücken, und ... lag es an ihr oder zeigte er ihnen den Mittelfinger, als er sagte: »Ihr könnt mich mal. Kommt und holt mich.«?

Unerschrocken. Furchtlos. *Und mein.*

Bis der Drache sich streckte und ihren Mann aus dem Flugzeug riss. Oh, auf keinen Fall.

Er gehört mir. Es war Zeit, ihn zurückzuholen.

Brand befreite sich jedoch, bevor sie ihn erreichen konnte, und schlug mit der geschlossenen Faust auf die Klauen, die ihn festhielten, bis der Drache mit einem Kreischen losließ und Brand nach unten fiel.

Ich fange ihn wohl besser auf. Ein Plan, der besser funktioniert hätte, wenn der rote Drache sie nicht entdeckt und herausgefordert hätte.

Ich habe keine Zeit für so etwas. Der Drachin war das egal. Sie prallte gegen Aimi und zischte. Es war nett von ihr, den Kampf zu eröffnen, aber Aimi war nicht in der Stimmung, nicht, wenn Brand sich im freien Fall befand – und zwar nicht auf die gute Art, die Tom Petty besungen hatte.

Lass mich los. Sie kämpfte mit dem anderen Drachen, wobei die rote Viper ihr widerliche Dämpfe ins Gesicht blies, weshalb Aimi nur hoffen konnte, dass sie ihr Feuer bereits gespien hatte und die Flammen nun erloschen waren. Anders als in den Märchenbüchern hatten Drachen keinen unbegrenzten Vorrat. Das war auch gut so, denn ansonsten hätte sie möglicherweise ein ganzes Fass an Aloe gebraucht, um ihr verbranntes Gesicht zu beruhigen.

Sie schlugen mit den Flügeln und zogen sie an, damit sie sich in der Luft halten und die starken Winde in dieser Höhe nutzen konnten, aber gleichzeitig zog die Schwerkraft an ihnen und zwang sie zum Flattern, damit sie nicht in eine Todesspirale gezogen wurden.

Ihre Atemzüge wurden kurz. Sie konnten nicht ewig ringen, denn je länger es dauerte, desto weiter fiel ihr Gefährte.

Brand vom Pflaster zu kratzen schien kein guter Start ins Eheleben zu sein.

Genug. Aimi nutzte ihre Drachenkraft nicht oft. Keiner der reinblütigen Silvergraces tat das, da sie so tödlich und endgültig war. Ihr Familien-Sept war nicht umsonst eine der mächtigsten Familien. Ihr Atem konnte den Tod herbeiführen.

Lebwohl, Schlampe.

Aimi zog an ihrem Inneren, an dem Kern, der sie zum Drachen machte, der silbernen Essenz ihrer selbst. Es kribbelte.

Sie blies, atmete tief aus und ließ die Klappen in ihrer Kehle öffnen, durch die sie das Gift zog, das sie in sich trug. Alle Drachen hatten irgendeine *besondere Kraft*. Ein giftiges Gas, Säure, Flammen und sogar Eis.

Ein Zweig der Silbernen hatte den Midas-Fluch, und ja, er war mit dem Märchen verwandt, das die Menschen erzählten, nur dass bei der Nacherzählung der Midas-Legende ein paar Dinge falsch gelaufen waren. Erstens war Midas ein Drache – ein Onkel soundsovielten Grades. Er war außerdem ein König, ein Eroberer, der alle, die sich ihm in den Weg stellen wollten, in Silber – nicht in Gold – verwandelte. Es waren eine Menge Leute, bis er eines Tages ganz allein war und nur noch silberne Statuen von Menschen, noch immer mit schreiender Miene, übrig waren, die ihm Gesellschaft leisteten.

Und dann waren da noch die mit der Gabe des Silberregens. Sie konnten Maschinengewehrfeuer spucken. Die Silverleafs? Sie konnten Silber formen und es benutzen, um ihre Feinde in Käfige zu sperren oder ein feines Gitter zum Verkauf herzustellen.

Was die Silvergraces anging, so war ihre Kraft die gemeinste von allen. Sie hatten den Staub.

Als Aimi ausatmete, sah sie das Entsetzen in den Augen des anderen Drachens. Sie sah sein Zurückweichen, als er plötzlich seine Sterblichkeit erkannte.

Zu spät.

Ihr Ausatmen pustete feine Partikel auf den anderen Drachen. Zuerst schien es harmlos zu sein. Ein Staub, den der Gegner einsaugte. Es tat nicht weh, nicht im Geringsten, und doch waren sie tot, sobald sie einatmeten.

Ähnlich wie ein Virus verbreitete sich der Staub in lebendem Gewebe, verzehrte und tötete es. Schlimmer noch: Es zerfiel zu ... nichts.

Der Rote kreischte, als der Staub ihn ergriff, und die

Reaktion erfolgte sofort. Teile des anderen Drachens lösten sich ab, wobei sie ähnlich flatterten wie Asche. Die rote Drachin wand sich in der Luft und wurde grau, als immer mehr von ihr dem verwüstenden Tod zum Opfer fiel.

Früher, so erzählte ihre Tante Waida, hatten die Menschen es die Zunichtemachung genannt, was laut Adi wesentlich cooler klang als der Staub, aber ungeachtet des Namens – niemand, der davon betroffen war, überlebte.

Da ihr Feind kein Problem mehr darstellte, konzentrierte Aimi sich auf Brand, der kaum noch ein Fleck zu tief unter ihr war. Sie donnerte auf ihn zu und spürte das Zerren der Schwerkraft, die ihren Sturz beschleunigte. Der Wind strömte ihr heftig ins Gesicht und drückte gegen ihre zweiten Augenlider, die dünne Membran, die ihre Augen vor Schäden während des Fluges schützte. Ihre Flügel waren eng an ihren Körper gepresst, sodass sie so klein wie möglich war – alles, um sie während ihres Sturzfluges noch stromlinienförmiger zu machen.

Sie bewegte sich schnell auf die Erde zu, aber es war nicht genug; sie würde ihn nicht rechtzeitig erreichen. Ein Scheitern war inakzeptabel und sie stieß einen trällernden Schrei der Frustration aus.

Und bekam eine Antwort.

Mach dir keine Sorgen, Mondstrahl. Ich habe alles unter Kontrolle.

KAPITEL ELF

Die Beruhigung, die er an Aimi übertrug – da er irgendwie ihre Sorge um ihn spürte –, war möglicherweise ein klein wenig zuversichtlicher, als Brandon sich tatsächlich fühlte. Andererseits brauchte er genau in diesem Moment Zuversicht.

Der Sturz in Richtung Boden gab einem Mann Zeit, über Dinge nachzudenken, wie zum Beispiel den Schwur, sich nie die Chance entgehen zu lassen, Cheeseburger mit allen erdenklichen Gewürzen von einem Fast Food Truck zu essen. Er musste außerdem den Grand Canyon besuchen und einen Sonnenuntergang sehen, nur weil er immer gedacht hatte, dass es im Fernsehen cool aussah. Aber die Sache, die er noch immer am meisten tun wollte? Mondstrahl bis zur Besinnungslosigkeit vögeln, denn er fühlte sich wie ein Idiot, dass er sich diese Gelegenheit hatte entgehen lassen.

All der Optimismus und die Zuversicht der Welt konnten nicht die Tatsache verbergen, dass er sterben würde – auf den Boden geprallt, sodass ein Brandon-Brei entstand. Er sah sein Ableben in ihrem hektischen Flug, hörte es in der Panik, die irgendwie von ihr zu ihm überschwappte.

Und dann fiel es ihm ein.

Ich kann auch fliegen. Zumindest hatte er das früher gekonnt, aber die Frage war, ob er die Gestalt wechseln konnte, zurück in die Hybridform, in der er Aimi getroffen hatte.

Ist jemand da drin?

Für eine Sekunde konnte er in diesem Satz Anklänge an Pink Floyd hören.

Ja. Ich bin selbstverständlich immer hier.

Ihm fiel auf, dass sein Alligator das S nicht mehr zu zischen schien. Wann hatte er gelernt, seinen Akzent zu kontrollieren?

Es gibt kein er *mehr. Wir sind alle eins.*

Nicht gerade das geistig Gesündeste, was er je gehört hatte, aber es hat keinen Sinn, darüber zu streiten. *Würdest du mir mal kurz zur Hand gehen?*

Meinst du nicht zum Flügel?

Wie auch immer. Na wenn es nicht passte, dass seine andere Seite ihren Akzent verloren und einen Sinn für Humor gewonnen hatte.

Er schloss die Augen, überwiegend um die Erde zu ignorieren, die auf ihn zuraste. Weit gespreizte Arme und Beine konnten den Sturz eines Mannes nur bedingt bremsen.

Zuerst spürte er nichts. *Warum funktioniert das nicht?* Er zwang sich, die Außenwelt auszublenden und an dem Teil in seinem Inneren zu zerren, der früher seine Bestie beherbergt hatte, aber sie war nicht da.

Wohin war sie verschwunden?

Alles ist jetzt eins.

Da war sie wieder, diese Behauptung, dass sie nicht zwei Wesen waren. Was für ein seltsames Konzept. Er und seine Bestie hatten schon immer unterschiedliche Gedanken gehabt, während sie sich einen Körper teilten.

Wir teilen nicht. Nicht mehr.

Das deutete an, dass es keine Grenze zwischen Mensch und Bestie gab.

Keine Andeutung, sondern eine Feststellung.

Alles ist eins.

Wenn das die Wahrheit war, dann sollte das Wechseln der Gestalt so einfach sein wie das Bewegen einer Gliedmaße.

Schnapp. Autsch. Es war immer noch verdammt schmerzhaft.

Die schlechte Nachricht war, dass er sein verdammtes Hemd verlor und es kalt genug war, dass seine Brustwarzen Glas hätten durchschneiden können. Die gute Nachricht?

Ich habe Flügel. Zisch. Er drehte auf den Luftströmungen ab, eine langsame Schleife, um seinen Schwung zu berücksichtigen. Seine Flügel breiteten sich aus und fingen die Luft ein.

Du bist nicht gestorben!

Der überschwängliche Ausruf traf ihn fast körperlich, woraufhin er zurückzuckte. Er spähte nach oben und sah trotz des dunklen Nachthimmels einen silbernen Streifen auf ihn zukommen.

Auf keinen Fall würde er sich erneut von ihr packen lassen. Für einen Tag war er bereits genug entmannt worden.

Wohin willst du?, fragte sie. *Wir müssen zum Flugzeug zurückkehren.*

Zurück in diese Todesfalle? Nein danke.

Nein danke? Wie höflich.

Hatte sie gerade seine Gedanken gelesen?

Nicht ganz. Es ist eher so, dass du sie nicht besonders gut versteckst.

Bedeutete das, dass ihn alle hören konnten? Wie beängstigend.

Nicht alle. Nur ich, weil wir miteinander verbunden sind.

»Willst du mir sagen, dass ich dich höre, weil ich deine Gedanken lese?« Brand sprach es laut aus, da ihm die Sache mit den Gedanken einfach seltsam falsch vorkam.

Du hörst nur die Gedanken, die ich auf dich projiziere.

Etwa so? Er kniff die Augen zusammen und projizierte eine Botschaft. *Pack mich nicht wie eine Maus.*

Du musst nicht schreien. Ich höre dich sehr gut, und du hörst mich sehr gut, und ich werde dich nicht packen, wenn du aufhörst wegzufliegen und mit mir zum Flugzeug zurückkommst.

Das Problem dabei war, dass das Flugzeug im Moment nicht sehr sicher zu sein schien. Er konnte sehen, wie es auf den Boden zusteuerte, da der Pilot offensichtlich eine Notlandung plante. Nur ein Idiot würde zurück an Bord gehen, oder – er sah sie an und bemerkte, dass sie den Hals in Richtung des Flugzeugs reckte – jemand, der noch Familie im Flugzeug hatte.

»Lass sie uns retten.«

Sie retten? Ihre mentale Frage klang aufrichtig verwirrt. *Wovor retten?*

»Vor dem Absturz. Dem Tod.« Als sie ihn mit durchscheinenden Augenlidern anblinzelte, fügte er weitere Hinweise hinzu. »Wie in einem feurigen Ball des Untergangs. *Kabumm.*« Er mimte eine Explosion mit den Händen.

Sie lachte, ein trillerndes Geräusch, während sie herabflog und um ihn herumschlängelte, wobei ihr Körper auf den Luftströmungen wogte – nahe und doch, ohne ihn zu berühren.

Es war seltsam erotisch.

Das Flugzeug explodiert nicht. In diesem Gebiet gibt es mehr als genügend Platz zum Landen. Und auch wenn es so aussähe, als würde es hart aufschlagen, sind wir keine welkenden Blumen. Wir sind Silvergraces. Wir würden überleben. Wir überleben immer.

Wie unheilvoll das klang. Aber in gewisser Weise erinnerte es ihn an den Mercer-Clan. Wie seine Grand-Mère oft sagte: »Ja, wir bekommen viel Scheiße ab, aber wenn es passiert, wachsen wir immer darüber hinaus und schaffen es, Prügel zu verteilen.«

»Wenn du dir keine Sorgen um sie machst, warum willst du dich ihnen dann wieder anschließen? Ich für meinen Teil würde es vorziehen, auf das Flugzeug zu verzichten. Ich bin nicht in der Stimmung, einen Sturz aus viel zu vielen Tausenden von Metern zu wiederholen.«

Ich bin sicher, dass keine Wyvern übrig geblieben sind, die Ärger machen könnten.

»Was sind Wyvern?«

Die kleineren, wesentlich weniger fantastischen Kreaturen.

»Und der, gegen den du am Ende gekämpft hast, das war ein Drache, so wie du?« Er war zwar gefallen, aber er hatte dennoch Teile dessen gesehen, was zwischen Aimi und ihrem roten Widersacher geschehen war.

Der andere Drache war verschwunden. Einfach in Flocken zerfallen und davongeweht.

Das war ein roter Drache, natürlich nicht so schön wie ich. Und auch nicht so talentiert, da ich den Kampf gewonnen habe. Lag es an ihm oder stieß der silberne Drache eine Faust in die Luft? Oder eine Klaue?

Es hätte ihn erschrecken müssen, welche Macht sie hatte. Es hätte ihn zumindest dazu inspirieren sollen, seine Eier zu kratzen – was in dieser Hybridgestalt alles andere als zufriedenstellend war, da sie zusammen mit einem großen Teil seines Schwanzes im Inneren steckten. Es war traumatisch gewesen, als er es zum ersten Mal gesehen hatte, und er war in eine kleine Depression verfallen, dass sie seinen Schwanz geschrumpft hatten.

Ich freue mich, verkünden zu können, dass ich immer noch genauso groß bin wie früher. Oder noch größer.

»Ich schlage vor, wir lassen deine Familie zurück und ziehen das Ding alleine durch.«

Okay. Ihre Antwort kam sofort.

Das schien ziemlich einfach zu sein. Auf der anderen Seite hatte sie möglicherweise auch aus einem Grund zugestimmt. Die Silvergrace-Mädchen an Bord zurückzulassen würde sie davor bewahren, in die Sache hineinzugeraten. Toller Plan. Allerdings war damit immer noch Aimi in Gefahr. *Ich muss sie beschützen.*

Oder er konnte darauf vertrauen, dass sie noch zäher war als er und nicht glücklich darüber wäre, wenn er etwas tat, um sie aus dem Geschehen herauszuhalten. Ritterlichkeit bekriegte sich mit ihrer Zufriedenheit.

Sie zu beschützen würde sie verärgern. Es drückte aus, dass er sie nicht für fähig hielt, seine Partnerin zu sein. Aber er wusste, dass sie damit umgehen konnte. Vermutlich sogar besser als er. Man musste sich nur ansehen, wie gut sie mit dem Angriff umgegangen war. Keine Tränen oder Hysterie, kein wildes Fuchteln mit einer Bratpfanne oder der Einsatz von Silberkugeln. Aimi kämpfte, mit keiner Waffe außer sich selbst. Und sie hatte gewonnen.

Nur ein Idiot würde nicht wollen, dass sie in seinem Team spielte.

Dennoch musste er es versuchen. »Bist du sicher, dass du sie zurücklassen willst? Ich dachte, du wolltest, dass deine Schwester und deine Cousinen bei dieser Geburtstagsfeier-Mission dabei sind.«

Mehr Ruhm und Belohnung für uns, wenn wir es selbst erledigen.

Gutes Argument. Komisch, dass sein Einverständnis gar

nicht so seltsam erschien. Andererseits, wer würde sich nicht mehr Belohnungen wünschen?

Apropos wertvolle Dinge: Er drehte sich auf den Rücken und ließ seine Flügel flattern, damit er Aimi sehen konnte, wie sie mit der Strömung neben ihm schwebte. Er konnte nicht leugnen, wie schön er es fand.

Es war nicht das erste Mal, dass er mit jemandem flog, aber er zog es vor, den tollwütigen Freak zu vergessen, mit dem Bittech ihn zu paaren versucht hatte. Ein paar Missionen mit diesem Psycho-Reptil – einer gescheiterten Version von Brandon, wie sein Onkel ihn gern erinnerte – hatten ausgereicht, um ihn die Vorzüge darin erkennen zu lassen, tollwütige Haustiere einzuschläfern.

Das Fliegen mit Aimi war interessant, zum einen, da er sich neben ihr in gewisser Weise klein fühlte. Dennoch hatte er nicht den Eindruck eines überwältigenden Gewichts, als sie über ihn flog, wobei ihre Gestalt einen Schatten verursachte, da sie das Sternenlicht blockierte.

»Ich glaube nicht, dass ich jemals eine Erklärung dafür bekommen habe, wie du so groß sein kannst. Ich habe schon einige Leute gesehen, die den Gesetzen der Wissenschaft trotzten, vor allem die Bärenrassen, die schon große Kerle sind, aber ihre Bären sind noch größer. Aber du, du bist so groß wie ein –«

Wenn du Haus sagst, fresse ich dich.

»– Haus. Sag mir, wann du isst, und ich lasse meine Hose runter.« Das war wahrscheinlich das Dreisteste, was er seit Jahren zu einer Frau gesagt hatte, vielleicht auch jemals. Unverschämt. Geschmacklos. Und aus irgendeinem Grund fand er es unglaublich komisch. Also lachte er.

Zu seiner Überraschung schickte sie ihm ein geistiges Kichern, und in diesem Moment wurde ihm eine interessante Sache klar. Aimi mochte ein Drache sein, aber sie war auch immer noch die Frau, die er kennengelernt hatte. Was aus ihr werden konnte, nahm ihr nichts von ihrem skurrilen Sinn für Humor und ihrer Zielstrebigkeit. Er empfand Ehrfurcht für sie, und Lust. Er begehrte sie. *Ein silberner Preis, um meinen Hort zu beginnen. Ich werde ihr Juwelen schenken, um ihre Schönheit zu unterstreichen. Feine Seide, um ihren Körper zu umschmeicheln.*

Was zur Hölle? Er schüttelte den Kopf.

Gibt es ein Problem, Brand?, fragte sie.

Ja, das gab es, denn jetzt konnte er nicht mehr anders, als sie als sein Eigentum zu betrachten. Wann hatte das angefangen?

Wahrscheinlich weil sie immer wieder behauptete, er gehöre ihr. Er konnte nur nicht verstehen, warum sie ihn wollte.

Was sieht sie in mir?

Er hatte ihre Verbindung vergessen und hätte deshalb vor Verlegenheit auf etwas einschlagen können, als sie antwortete: *Ich sehe einen sexy Adonis von Schatz.*

KAPITEL ZWÖLF

Einen sexy Adonis von Schatz? Wer zum Teufel hatte das gesagt? *Wo bin ich, in der siebenten Klasse?* Kein Wunder, dass er sich umdrehte und sie ignorierte.

Das Problem war, dass er sie provozierte. Er war sexy. Sehr wohl ein Adonis und ein Schatz, den sie mit ihrem Mund und ihrer Zunge verehren wollte.

Die Dinge, die ich mit dir tun will. Und er tat so, als wäre sie nicht da.

Nein. Das würde nicht passieren. *Hast du die Lektion über die Welt vergessen?*

»Ja, was das angeht.« Brand drehte sich wieder auf den Rücken, wodurch er die harten Muskeln seiner Brust und die Art präsentierte, wie seine Hose tief an den Hüften ging. Es war möglich, dass ihr Blick an dem V zu seinem Schritt hängenblieb.

Er hatte ein schönes V. Sabber.

Will es.

Ups, vielleicht hatte sie diesen Gedanken projiziert, denn seine Augen weiteten sich. Dann grinste er.

»Dann komm und hol es dir.«

DIE GESCHICHTE DES DRACHEN

Eine Herausforderung? Möglicherweise sabberte sie noch etwas mehr. Er wusste wirklich, wie er sie reizen konnte.

Sie schoss herab und streckte sich, um ihn zu packen, aber er schnellte außerhalb ihrer Reichweite.

Außerdem verspottete er sie. »Zu langsam.«

Ich wärme mich nur auf. Ich will die Sache nicht zu schnell beenden.

»Aber schnell und heftig kann Spaß machen. Ich weiß noch, wie du dich an meinen Fingern angefühlt hast.«

Die ablenkende Erinnerung an das Vergnügen ließ sie schwanken. Er tat es absichtlich, um außer Reichweite zu bleiben. Oh nein. Sie würde es ihm zeigen.

Sie drehte nach links ab und setzte erneut an, ihn zu fangen, aber er tauchte in der letzten Sekunde ab und erschien hinter ihr, wo er ihrem Schwanz einen Ruck verpasste.

Du hast nicht gerade an meinem Schwanz gezogen!, schrie sie ihn im Geiste an.

»Doch, habe ich. Und ich tue es erneut.« Zupf.

Welch Respektlosigkeit. Das würde er büßen. Sie sah ihn mit zusammengekniffenen Augen an. Er lachte und winkte sie zu sich, bevor er davonrauschte. Mit einem trällernden Schrei, den sie nicht unterdrücken konnte, nahm sie die Verfolgung auf.

Es war nicht Zorn, der ihr das wilde Grinsen ins Gesicht zauberte; die Jagd, das Adrenalin, der pure Spaß, draußen zu sein, brachten sie zum Grinsen – was, wie sie anmerken sollte, ihrem *Ich werde dich zerfetzen und fressen* Gesicht ähnelte.

Die Gelegenheit, frei zu fliegen, bot sich nicht oft, nicht bei all den Regeln und Genehmigungen. Es war zwar kein Flug im Sonnenlicht, aber mit der strahlenden Mondsichel und den Sternen war es hell genug, um zu fliegen.

Juhuuu. Sie konnte es genauso gut genießen, solange es ihr möglich war. Mutter würde ausflippen. Andererseits, wann flippte sie nicht aus?

Aber sie hätte aufgrund wichtigerer Dinge den Verstand zu verlieren als aufgrund der Tatsache, dass Aimi nach dem Sprung aus einem Flugzeug geflogen war.

Der Blutrote Sept hatte gegen sie gehandelt. Die Frage war, ob die Drachin allein mit ihren Wyvern-Lakaien gearbeitet hatte oder ob dies nur der Anfang einer größeren Bewegung war.

Was auch immer der Grund war, Aimi würde es nicht dulden, dass jemand es auf Brand abgesehen hatte. *Meinen Gefährten.*

Sie hielten sich in den größeren Höhen auf und mieden die Lichtpunkte, die unter ihnen verteilt waren. Ab und an fanden sie ein unbewohntes Stück Land, weite Felder und Wälder. Sie nutzten die Gelegenheit und flogen tief über den Baumkronen, wobei Brand sie gelegentlich damit überraschte, wie tief er in den Wald eintauchte. Brands Hybridgestalt konnte sich mit großer Anmut bewegen, da ihm seine geringere Größe eine faszinierende Wendigkeit verlieh.

Sie flogen stundenlang, wobei sie ein paar Worte miteinander austauschten, die meiste Zeit jedoch einfach nur nahe beieinander blieben. Es war eine beruhigende Kameradschaft zwischen ihnen, die gelegentlich elektrisch wurde, wenn er näher kam und mit einem Finger über ihre Schuppen fuhr. Sie konnte seine Bewunderung spüren. Sie blühte dadurch praktisch auf.

Die Morgendämmerung näherte sich mit hoher Geschwindigkeit und sie wusste, dass sie nicht ewig fliegen konnten. Die Lichter einer Stadt winkten ihnen von unten aus zu, als das trockene Land, das sie überflogen hatten, der Zivilisation wich.

Sie landete, und nach einem Moment gesellte er sich zu ihr. »Warum haben wir angehalten?«

Weil wir nicht einfach in die Stadt fliegen können.

»Warum nicht?« Er legte den Kopf schief.

Weil uns jemand sehen wird.

»Ja. Vielleicht. Und vielleicht machen sie sogar ein Foto, das dann die Titelseite einer Zeitung ziert, mit einer Schlagzeile wie *Drachen stehlen eure Haustiere.*«

Wir fressen keine Katzen und Hunde. Sie konnte sich eine empörte Antwort nicht verkneifen.

»Dann verpasst ihr etwas.« Aufgrund seiner ernsten Miene konnte sie nicht erkennen, ob er scherzte oder nicht.

Wir sollten uns etwas zum Anziehen suchen.

»Sprich für dich selbst, ich habe eine Hose.«

Nicht mehr lange, wenn du mich weiter ärgerst. Sie fletschte die Zähne, woraufhin er lachte.

»Wenn du mich nackt haben willst, musst du es nur sagen, Mondstrahl.«

Sie wollte ihn tatsächlich nackt haben, aber ihr Wunsch, dekadente Dinge mit seinem Körper zu tun, würde warten müssen. Inzwischen sollte das Flugzeug eine Notlandung gemacht haben – oder abgestürzt sein. Beamte würden es durchkämmen, die Passagiere auf der Liste abhaken und feststellen, dass ein paar fehlten.

Es könnte schwierig sein zu erklären, wie sie und Brand überlebt hatten, aber wie sie ihre Mutter kannte, würde sie irgendeinen Beamten bestechen, Adi würde ein paar Aufzeichnungen frisieren und alles würde gut werden. Viel wichtiger war jedoch, dass sie heute Abend zu der Party mit seiner Schwester gelangen mussten. Dafür brauchte sie ihren menschlichen Körper und Kleidung.

Ich bin gleich wieder da. Ich muss einkaufen gehen. Bevor er etwas erwidern konnte, schwang sie sich in die Lüfte und er folgte ihr, während sie Ausschau hielt, bis sie fand, was sie brauchte. Eine Wäscheleine. Mit einem schnellen Sturzflug riss sie ein Kleid von der Leine, wobei die Klammern, die das Kleidungsstück hielten, bei dem harten Ruck zerbrachen.

Als sie ein paar Hundert Meter entfernt landete, brauchte sie nur einen Moment, um das übergroße Kleid anzuziehen, das vermutlich einmal den Ausverkaufsständer eines Kaufhauses geziert hatte. Ihre Mutter wäre entsetzt. Wie sehr Aimi sich eine Kamera wünschte, damit sie ihr ein Foto schicken konnte.

Sie strich den Rock glatt und wandte sich an Brand, der über sie wachte. »Musstest du so ein Gentleman sein?«

»Beschwerst du dich, weil ich dich respektiert habe?« Der verwirrte Blick kehrte zurück, liebenswerter denn je.

»Hätte es dich umgebracht, mich anzupacken, während ich versucht habe, mich anzuziehen?«

»Dich anzupacken hätte zu anderen Dingen geführt. Wir haben keine Zeit, und außerdem fehlt uns ein Bett.«

»Wo ist dein Sinn für Abenteuer?«

»Im Flugzeug. Für den Moment habe ich genügend Abenteuer erlebt. Ich würde mir jetzt ein wenig Ruhe gönnen, bevor wir uns heute Abend wieder ins Getümmel stürzen.«

Ah ja, die Mission heute Abend. Sie würden seine Schwester retten und er würde sich gebührend erkenntlich zeigen. Im Bett. »Du hast recht. Wir dürfen keine Zeit verschwenden. Sollen wir per Anhalter fahren?«

»Kein Fahren. Ich werde fliegen.«

»Das ist zu gefährlich. Hier draußen gibt es viele Waffen und schnelle Finger am Abzug.«

»Es wäre nicht das erste Mal, dass auf mich geschossen wird.«

»Zwing mich nicht, dir die Flügel zu brechen.«

»Zwing mich nicht, dich übers Knie zu legen.«

DIE GESCHICHTE DES DRACHEN

»Du weißt schon, dass das keine Drohung ist?«

»Ja.« Er lächelte. »Und dafür haben wir jetzt auch keine Zeit. Wir müssen los.«

»Fliegen wird nicht ausreichen. Und du bist müde. Wir müssen eine Mitfahrgelegenheit finden.«

»Falls du es noch nicht bemerkt hast, ich bin nicht als Anhalter geeignet.« Er flatterte mit den Flügeln.

»Amerika liebt grüne Reptilien. Sieh dir Kermit an, der auch nach Jahrzehnten noch erfolgreich ist.«

»Kermit kann singen. Ich nicht.«

»Du hast recht. Du kannst kein Muppet-Frosch sein, denn dann wäre ich ein Schwein. Das ist wahrscheinlich irgendwie falsch«, sie rümpfte die Nase, »aber ich habe gerade riesiges Verlangen nach Speck.«

»Dein Verstand ist ein faszinierender Ort.«

»Genau wie mein Bett, also komm, lass uns eins suchen.« Sie ging ein paar Schritte, bevor sie sich in Brands Armen wiederfand. »Was tust du da?«

»Ich trage dich. Falls du es noch nicht bemerkt hast, deine Füße sind nackt und der Boden ist rau.« Ritterlichkeit. Wie bezaubernd.

»Deine Füße sind auch nackt.«

»Aber ich gehe nicht.« Er schlug mit den Flügeln und erhob sich, wobei er sie mit sich nahm. »Ich setze dich in der Nähe einer Tankstelle ab. Irgendwo in der Nähe muss es eine geben. Dort solltest du eine Mitfahrgelegenheit finden können.«

»Ohne dich werde ich das nicht tun.« Sie würde nicht zulassen, dass sie getrennt werden, schon gar nicht nach dem Angriff. Das war ein direkter Schlag gegen die Familie Silvergrace. Es spielte keine Rolle, dass ihr Ziel Brand zu sein schien, ein rivalisierender Sept hatte angegriffen und versucht zu stehlen. Das war ein Grund zum Krieg.

Brand gehört mir. Wehe den Drachinnen oder ihren

Lakaien, die ihn entführen wollten. Sie mussten nur vierundzwanzig Stunden warten, vielleicht auch weniger, wenn sie etwas Schlaf bekam – was mit Brand in der Nähe unwahrscheinlich war. In knapp einem Tag würde sie mehr Staub haben, um ihre Feinde zunichtezumachen. Was in ihr die Frage aufwarf, ob Tante Waida vielleicht recht gehabt hatte, als sie gesagt hatte: »Kauf dir eine Waffe, das geht schneller.«

»Tut mir leid, Mondstrahl, aber wir werden uns aufteilen müssen. Es sei denn, du hast eine Perle mitgebracht, um mich zurückzuverwandeln?« Sie schüttelte den Kopf und er zuckte mit den Schultern. »Dann werde ich dir nicht viel nützen. Ich schätze, wir müssen uns einen neuen Plan für meine Schwester ausdenken.«

»Du musst aufhören, ein Miesepeter zu sein.« Sie strich ihm über die Wange und liebte die fein gefurchten Linien. »Hast du noch nicht gemerkt, dass du die Perle nicht brauchst? Du hast offensichtlich mehr Kontrolle, als du denkst. Du hast es geschafft, dich in deine Hybridgestalt zu verwandeln. Jetzt verwandle dich wieder zurück.«

»Ich kann nicht.«

»Du wirst es tun, wenn du willst, dass ich dir einen blase.« Das schmutzige Versprechen ließ sie nach unten sinken, als seine Flügelschläge für einen Moment ins Stocken gerieten.

Er erholte sich. »Du spielst nicht fair.«

Nein, das tat sie nicht. Sie knabberte an seiner Kieferpartie, während sie murmelte: »Meine Mutter hat mir beigebracht, immer mit allen nötigen Mitteln zu gewinnen.«

»Ist das alles, was ich bin? Ein Preis, den es zu gewinnen gilt?«

Er war mehr als nur ein Preis, mehr als die Summe all ihrer Schätze. »Du gehörst mir.«

DIE GESCHICHTE DES DRACHEN

Sie sprach es leise aus, und doch umarmte er sie fest, während sie seine Freude über ihre Worte durch ihre Verbindung spürte. Sein *Bedürfnis*.

Die Neonlichter einer Tankstelle erhellten den dunklen Himmel, und wie versprochen landete er, bevor sie seine Anwesenheit preisgeben konnten. Als er sie jedoch auf dem Boden absetzte, drehte sie sich um und ergriff seine Hände, wobei sie die Schuppen, die sie bedeckten, und die Krallen an den Fingern ignorierte.

»Du kommst mit mir.«

»Ich kann nicht –«

»Du kannst«, beharrte sie. »Schließ die Augen und entspann dich. Du scheinst zu vergessen, dass dieser Körper dir gehört. Du bestimmst seine Gestalt. Entspann dich und übernimm die Kontrolle.«

Er schloss die Augen und zog eine Grimasse. »Das ist dumm. Es wird nicht funktionieren. Glaubst du, ich habe nicht versucht, mich mit Willenskraft zu verwandeln, als ich bei Bittech war?«

»Vielleicht fehlte dir der richtige Anreiz.« Sie beugte sich vor und presste ihren Mund leicht auf die harte Linie seiner Lippen.

Sein ganzer Körper spannte sich an, und durch ihre Bindung spürte sie Panik, Scham und ... Sehnsucht.

Sie schlang ihre Arme um ihn und sprach leise an seinem Mund. »Verwandle dich für mich, Brand. Ich brauche einen Mann. Meinen Mann. Ich brauche dich.«

Ein Schauer durchlief ihn und sie lockerte ihre Umarmung. Als sie ihn zum zweiten Mal küsste, waren seine Lippen so menschlich wie die ihren, aber seine Zunge hatte ihren eigenen Willen, als sie in ihren Mund eindrang und ihre liebkoste.

Mit den Händen knetete er ihren Hintern, als die Umarmung inniger wurde, und sie seufzte in seinen Mund.

Dann biss sie ihn fast, als er sagte: »Da kommt ein Wagen.«

Tatsächlich fuhr ein Jeep in die Tankstelle ein, dessen Fahrer nach Gras stank, sich aber nichts dabei dachte, ihnen eine Mitfahrgelegenheit anzubieten, als er hörte, dass ihre Freunde sie als Streich im Stich gelassen hatten.

Er setzte sie an einem Motel am Rande einer Großstadt ab, und Brand sah sich stirnrunzelnd um.

»Hier sollen wir also übernachten?«

»Was stimmt mit diesem Ort nicht?«, fragte sie und legte den Kopf schief.

»Weil das ein Ort ist, an dem meine Familie übernachten würde, nicht jemand wie du.«

»Wirfst du mir vor, ein Snob zu sein?«

»Bist du das nicht?«

»Schon. Ich könnte nie an einem Ort wie diesem bleiben. Ich meine, hast du die Zimmer schon von innen gesehen?« Sie erschauderte. »Der Teppich muss gründlich mit Feuer gereinigt werden, und für die Bettwäsche gibt es nicht genügend Bleichmittel. Kein Drache sollte jemals in einer solchen Absteige schlafen.«

»Wenn wir also nicht hierbleiben, warum hast du uns dann an diesem Ort absetzen lassen?«

»Weil es der richtige ist.« Am Ende der Straße tauchten Lichter auf, die sich schnell bewegten, und der Motor dröhnte mit dem tiefen V8-Brummen, das sie so begehrte. Das dunkel lackierte Muscle-Car schoss vorbei, kam quietschend zum Stehen und setzte rückwärts.

Ein Fenster wurde heruntergekurbelt und ein Kopf mit silbernen Locken, durchzogen von einem Hauch von Rot, kam zum Vorschein. »Bist du das, Rotznase?«

»Hey, Natty.« Aimi winkte. »Das ist meine Cousine«, informierte sie Brand, während sie ihn an der Hand zu dem Fahrzeug zerrte. »Sie ist unsere Mitfahrgelegenheit.«

Er stemmte sich gegen ihr Ziehen, um zu fragen: »Woher wusste sie, dass sie uns hier abholen muss?«

»Was denkst du, was ich mit dem Handy unseres letzten Fahrers gemacht habe?«

»Ich weiß es nicht. So wie es sich anhörte, hast du deine Mutter angerufen und kaum mehr gesagt, als dass es uns gut geht. Du hast nicht einmal den Namen dieses Motels erwähnt.«

Sie rollte mit den Augen. »Natürlich habe ich das nicht. Was, wenn jemand mitgehört hat?«

»Sagt das Mädchen, das heute seine Paranoia-Pille nicht genommen hat.«

»Da du derjenige bist, an dem experimentiert wurde und der vor mehr als nur ein paar Leuten davonläuft, würde ich sagen, du solltest von mir lernen, wie man sich schützt. Erste Lektion: Gehe immer davon aus, dass jemand spioniert.«

»So wie ich«, meldete sich Natty, »und mein Mann hier. Wir lassen euch absolut keine Privatsphäre, weil du interessant bist.«

»Es ist kein Spionieren, wenn ich euch sehen kann«, betonte er. »Und ich warte immer noch auf eine Erklärung, wie deine Cousine uns gefunden hat, wenn du deiner Mutter nicht gesagt hast, dass wir hier sind. Ist das eine Art Falle? Hast du das Flugzeug absichtlich angreifen und uns die ganze Nacht fliegen lassen, damit wir hier landen?«

Misstrauen trübte seinen Blick, und sie hätte vor Stolz strahlen können. »Du hast gerade Lektion Nummer zwei gemeistert. Geh immer davon aus, dass es jemand auf dich abgesehen hat.«

»Ist Lektion drei die, in der ich alle Verrückten töte?«

»Nur wenn ich helfen darf.« Aimi zwinkerte. Dann lachte sie. »War nur ein Scherz. Ich töte nur, wenn ich es muss.«

»Das beruhigt mich nicht gerade.«

Sie beugte sich vor, um zu flüstern: »Hast du vergessen, dass ich fühle, was du fühlst? Und gerade jetzt fühle ich, wie heiß du mich findest.«

»Die Tatsache, dass du sexy bist, ändert nichts daran, dass du mir nicht alles erzählst. Woher wusste deine Cousine, dass sie hierherkommen muss?«

»Wenn du aufgepasst hättest, wüsstest du, dass ich meiner Mutter erzählt habe, dass wir uns verspäten und auf ein Chalupa einkehren wollen, bevor wir einen Wagen mieten, in Wirklichkeit habe ich jedoch gesagt, dass wir sicher in Flagstaff am Boden sind und nach einem fahrbaren Untersatz suchen.«

»Ein Notfallplan, der davon ausgeht, dass das Flugzeug abstürzen würde?«

»Zunächst einmal bezweifle ich, dass das Flugzeug abgestürzt ist.« Ihr Zwillingsband zu Adi war immer noch stark, und das Adrenalin darin war der Gereiztheit gewichen, was normalerweise bedeutete, dass Adi sich mit Papierkram und Idioten beschäftigte. »Zweitens, hast du schon deine zweite Lektion vergessen? Die Leute sind immer darauf aus, uns zu töten. Ob Menschen oder Drachen. Es spielt keine Rolle, auf wen wir uns vorbereiten. Unsere Art hat nicht so lange überlebt, indem sie nicht für jede Eventualität vorgesorgt hat, und dazu gehört auch, das Flugzeug verlassen zu müssen.« Seit dem feurigen Ableben ihres Vaters ließ Mutter sie nie mehr fliegen, ohne Plan B, C und D durchzugehen. »Wir haben überall auf der Welt Treffpunkte eingerichtet, besonders hier in den Staaten.«

»Aber wir sind trotzdem gerade erst angekommen und mussten nicht einmal auf unsere Mitfahrgelegenheit warten. Deine Cousine ist einfach zufällig direkt danach vorbeigekommen.«

DIE GESCHICHTE DES DRACHEN

»Der Ortungschip hat wahrscheinlich bei der Zeitplanung geholfen.«

»Du trägst GPS?«

»Jup.« Sie grinste, bevor sie sich auf den Rücksitz des Wagens schwang. »Und du auch.«

»Du hast mir einen Mikrochip verpasst, als wäre ich ein Hund?«, brüllte er recht empört.

Daraufhin streckte sie den Kopf heraus, um hinzuzufügen: »Möglicherweise hast du während deiner Bewusstlosigkeit auch ein paar Spritzen bekommen, um sicherzugehen, dass du keimfrei bist. Es wird dich freuen zu hören, dass du jetzt vor jeder Menschen und Drachen bekannten Krankheit geschützt bist, einschließlich Zecken und Flöhen.«

»Hat irgendjemand etwas, das mich vor verrückten Frauen schützt?«, brummte er, und doch gesellte sich der finster dreinblickende Brand zu ihr ins Fahrzeug.

Mit wippenden Locken drehte Natty sich auf dem Vordersitz um, um die beiden zu beobachten, während ihr Mann Sam den Gang einlegte und wieder losfuhr.

»Nette Klamotten«, kicherte Natty.

Aimi zupfte an dem Stoff und zog eine Grimasse. »Ich hätte auf die Blumen und Streifen verzichten können. Aber ich will nicht über mein neues Modestatement reden. Was ist mit dem Flugzeug passiert, in dem ich war? Ist es gut gelandet?«

»Warst du in dem Flugzeug, das abgestürzt ist?« Ihre Augen weiteten sich. »Mist, das hat mir niemand gesagt. Mir wurde nur gesagt, ich solle meinen Arsch zum Motel bewegen und jemanden abholen.«

»Dann gibt es also Neuigkeiten über den Flug?«

»Bisher nur öffentliches Zeug. Den Medien zufolge musste ein Flugzeug wegen mechanischen Versagens mitten in der Walachei notlanden.«

»Wenn du mit mechanischem Versagen die klaffenden Löcher in der Seite meinst, weil wir angegriffen wurden, dann ja.«

»Nein!« Nattys Augen weiteten sich. »Wer war das?«

»Wyvern, angeführt von einem roten Drachen.«

»Sie würden es nicht wagen, uns anzugreifen. Das würde einen Krieg auslösen.«

»Oh, das wird es, und sie werden vielleicht nicht die Einzigen sein, die es versuchen. Der Silberne Sept hat dem Hort kürzlich etwas von möglicherweise unglaublichem Wert hinzugefügt.«

»Was?« Natty konnte die Gier nicht verbergen, die in ihren Augen glänzte. Kein Drache konnte das.

»Das kann ich noch nicht sagen. Alles zu seiner Zeit. Bis dahin ... du hast meinen Gefährten noch nicht kennengelernt. Brand Mercer, das ist meine Cousine, Natalia Silvercrest. Und das ist ihr Ehemann, Samuel. Sein Bruder Leopold ist mit meiner älteren Schwester Mika verheiratet.«

»Offenbar bedeutet die Tatsache, dass unsere Familien verheiratet sind, gar nichts. Wie konntest du dich paaren, ohne dass ich davon erfahren habe oder zur Party eingeladen wurde?« Natty schaffte es, gleichzeitig finster dreinzublicken und zu schmollen.

»Es ist ganz plötzlich passiert –«

»Im Sinne von vor einem Tag«, murmelte er.

»Und es ist noch nicht offiziell.« Etwas, das sie unbedingt berichtigen musste, jetzt, da die Aufmerksamkeit auf ihn gerichtet war.

»Aus welchem Sept ist er? Ich erkenne ihn nicht.« Natty lehnte sich näher heran und schnupperte. »Er ist nicht silbern.«

»Du wirst seine Farbe nie erraten.«

»Weil ich keine habe. Ich bin kein Drache.« Der dumme

DIE GESCHICHTE DES DRACHEN

Mann konnte es einfach nicht zugeben. Wahrscheinlich war das im Moment auch gut so.

»Was meint er damit, dass er kein Drache ist?« Natty nahm einen längeren Atemzug, um seinen Geruch richtig aufzunehmen. »Das riecht definitiv nach Drache. Liebling«, sie drehte sich zu Sam um, »du hast eine gute Nase, wonach riecht er für dich?«

»Drache. Aber ich kenne seinen Sept auch nicht.«

»Welche Farbe hat er?« Natty legte den Kopf schief und musterte Brand, der nur den Kopf schüttelte und leise murmelte: »Das verrückte Gen lebt in ihnen allen.«

»Seine Farbe ist eine Überraschung.« Die größte Überraschung überhaupt. »Du wirst alles bei dem Empfang erfahren, den wir zur Feier unseres Zusammenschlusses geben werden. Halte also die Augen nach einer Einladung offen.«

Er grummelte neben ihr. »Du nimmst eine Menge Dinge an, Mondstrahl.«

»Annahmen sind für diejenigen, die die Wahrheit nicht kennen.« Sie drehte sich um, um seinen Blick einzufangen. »Ich weiß alles, was ich über dich wissen muss.« *Du gehörst mir.*

Lag es an ihr oder hatte er seine Gefühle endlich so weit verschlossen, dass alles, was sie hörte, *Dito* war?

»Klingt, als hättest du von einem interessanten Liebeswerben zu erzählen. Ich kann es kaum erwarten, alles darüber zu erfahren.« Cousine Natty schaffte es vielleicht, ihren Neid in ihrer Rede zu verbergen, aber mit der Begierde in ihren Augen gelang es ihr nicht. Die arme Natty mochte ihren Mann zwar, aber es war eine arrangierte Ehe. Sie hatten einfach Glück, dass es funktionierte.

»Ich verspreche, dass ich dir die Details sobald ich kann bei mindestens zwei Flaschen von Mutters bestem Wein erzählen werde. Jetzt aber genug von Brand und mir. Ich brauche mehr Informationen über meine Schwester und meine Cousinen. Hast du ein Handy, das ich mir ausleihen kann?«

Ein reichlich funkelndes Smartphone erschien. Hübsch. Sie nahm es in die Hand, und es war möglich, dass sie über die echten Diamanten strich, die darauf klebten, bevor sie wählte. Der Anruf wurde beim zweiten Klingeln angenommen.

»Arschlecken für fünf Dollar.« Ihre Schwester sagte es mit der Anmut eines professionellen Marktschreiers und kicherte dann. »Wie läuft's, Schwesterherz? Wie ich sehe, hat Natty dich gefunden.«

»Schön zu hören, dass du noch lebst und keine Fleischpastete bist. Haben alle anderen es auch geschafft?« Denn als sie ihre Mutter angerufen hatte, versuchten sie immer noch, Einzelheiten zu erfahren.

»Die Mädchen und ich haben es alle geschafft, die meisten anderen Passagiere auch, aber es waren ein paar Jungs im Flugzeug ... na ja, sie hätten sich anschnallen sollen. So tragisch.« Ein Kichern. »Nicht.«

»Ist es sicher?«, fragte Aimi.

»Du kannst reden. Ich habe die Leitung gesichert.«

»Was sagen die überlebenden Passagiere?«

»Sie waren alle von dem Druck ohnmächtig, als das Flugzeug landete.« Und diejenigen, die es nicht gewesen waren, hatten vermutlich einen ordentlichen Schlag gegen die Birne bekommen. »Als sie wieder zu sich kamen, versuchten sie, von Monstern und Drachen zu schwafeln. Seltsam, dass die Cousinen und ich Haie und Schlangen gesehen haben. Die Behörden tun unsere Erinnerung an die Ereignisse als Halluzinationen ab, die durch den Druckabfall in der Kabine verursacht wurden.«

»Und die Piloten?«

»Sie haben nichts gesehen.«

»Wie ist der Status der Vermissten? Wird nach Leichen gesucht?« Mit anderen Worten, waren sie sicher, dass die Wyvern gestorben waren? Sie wusste, dass die Drachin tot war, aber damit blieben immer noch ihre Komplizen übrig.

»Es ist zweifelhaft, dass einer von ihnen einen Sturz aus dieser Höhe überlebt hat. Da die Behörden nicht sicher sein können, wo die Leichen gelandet sind, geben sie nur einen allgemeinen Hinweis an die Strafverfolgungsbehörden heraus, entlang der Flugroute des Flugzeugs nach Fleischhaufen Ausschau zu halten.«

»Gibt es sonst noch etwas Neues?«

»Ja, eine Flugbegleiterin auf unserem Flug ist derzeit suspendiert, weil sie übersehen hat, dass zwei ihrer Passagiere vor dem Start verschwunden sind. Es ist wirklich inkompetent, dass unsere Flugbegleiterin nicht bemerkt hat, dass du und Speedy streitend das Flugzeug verlassen habt, bevor sie die Tür versiegelt hat.«

»Wir sind also aus dem Schneider?«

»So gut wie. Wir haben ein bisschen mit ihren Computern gespielt. Der Papierkram für die Anzahl der Personen fehlt, und das Personal der Fluggesellschaft ist völlig durcheinander. Wenn du da noch unsere Geschichte der Ereignisse dazuzählst, sollte alles in Ordnung sein. Hör zu, ich muss los. Da ist ein süßer Polizist, von dem ich will, dass er mich noch mal befragt.«

Das war keine Überraschung. Ihre Schwester hatte eine Schwäche für Handschellen.

»Dann sehen wir uns im Hotel?«, fragte Aimi.

»Unwahrscheinlich. Ich glaube nicht, dass irgendjemand von uns in nächster Zeit dort ankommt. Wir sind mitten in der Pampa gelandet. Hier gibt es den kleinsten Flughafen der Welt, der zurzeit geschlossen ist, weil er unter der Zuständigkeit der Bundesluftfahrtbehörde steht, während sie die Ursache für den Absturz des Flugzeugs untersuchen. Was bedeutet, kein Abflug.«

»Dann fahrt eben.«

»Meine Güte, ich wünschte, ich hätte daran gedacht.« Die Stimme ihrer Schwester triefte vor Sarkasmus. »In der Stadt gibt es so gut wie ... nichts. Weder einen Taxiservice noch eine Autovermietung. Wir sitzen in einem Gemeindezentrum und warten auf einen Shuttlebus. Aber das wird noch Stunden dauern.«

»Nicht so, wie Deka fährt. Sie soll den Fahrer bestechen. Ihr könntet es wahrscheinlich noch schaffen.«

»Das wird nicht passieren. Also genieße einen freien Abend und wir lassen uns etwas Neues einfallen, wenn wir dort sind.«

»So lange kann ich nicht warten.« Ungeduld war etwas, mit dem sie sich nicht gern auseinandersetzte.

»Wage es ja nicht, ohne uns zu dieser Party zu gehen.«

»Dann solltest du hoffen, dass dem Bus Flügel wachsen und er euch schnell hierherbringt, denn wir gehen so was von auf diese Party.« Je eher sie Brands kleine Schwester hatte, desto eher konnte sie ihn beanspruchen. Obwohl sie zugeben musste, dass das kleine bisschen Gefahr aufregend war. Würde die Paarung die Septs davon abhalten, hinter ihm her zu sein?

Hoffentlich nicht. Langeweile gehörte denjenigen, die nicht wirklich lebten.

Sie legte auf und gab ihrer Cousine das Handy zurück. »Wie weit könnt ihr uns bringen?«

»Wohin wollt ihr?«

»Beverly Hills.«

»Wir können zu einem Flugplatz fahren, den ich kenne, und uns eine Cessna leihen. Wir wären in etwas mehr als zwei Stunden da. Oder wir fahren den ganzen Weg, das sind etwa acht.«

Sie verzog das Gesicht. »Autsch. Ich denke, wir sollten —«

»Fahren«, sagte Brandon, dem eine Sekunde später auch Sam zustimmte.

»Aber das dauert so lange.« Es war möglich, dass sie schmollte, als sie das sagte.

»Es mag länger dauern, aber wie groß ist im Vergleich zum Himmel die Chance, dass wir auf der Straße angegriffen werden?«

»Die Sonne geht bald auf. Drachen fliegen tagsüber nicht.«

»Ich wette, sie sollten auch keine Flugzeuge angreifen, und sieh dir an, was passiert ist.«

Sam fuhr auf eine Schnellstraße und der Wagen wurde noch schneller. »Mit dem Wagen können wir ihnen besser entgehen. Sie wissen vielleicht, wohin wir unterwegs sind, aber nicht, wie wir dorthin kommen.«

»Es sei denn, sie haben wirklich gute Spione und spüren unsere Peilsignale auf.« Kaum hatte sie das ausgesprochen, sehnte Aimi sich nach ein wenig Alufolie. Außerdem hatte sie eine Offenbarung.

Kein Wunder, dass Tante Waida sagt, man solle Metallhöschen tragen, wenn man nicht beobachtet werden will. Störte es das Signal?

»Glaubst du wirklich, dass sie wieder hinter euch her sein werden? Ich meine, ihr seid im Silvercrest-Revier. Sie würden es nicht wagen.« Natty reckte stolz ihr Kinn in die Höhe. Es war süß, dass sie sich für ihre Familie einsetzte, aber dennoch stellte sich heraus, dass sie sich irrte.

Offenbar wagten es einige Familien, sobald sie die Silvercrest-Ländergrenze hinein ins Niemandsland überfahren hatten. Ihre Angreifer warteten bis zu einem trostlosen Bereich, als die Sonne vormittags hoch stand und bis auf Sam im Wagen alle schlummerten.

Das war auch gut so, denn als ein Fahrzeug aus dem Nichts auftauchte, riss er das Lenkrad heftig genug herum, um ihnen allein dadurch ein Schleudertrauma zu verpassen, aber einen Zusammenstoß zu vermeiden. Gummi quietschte und Kies flog in einer staubigen Wolke hinter ihnen auf, als die Reifen des Wagen versuchten, wieder Bodenhaftung zu bekommen. Er erreichte wieder den Asphalt und der Wagen schoss los wie ein Drache aus einem Vulkan – was laut einer ihrer Großtanten wesentlich schneller war als eine gesengte Sau.

»Was zum Teufel ist gerade passiert?« Natty richtete sich abrupt auf und schlug ihre Hände auf das Armaturenbrett, während sie die Dinge um sie herum betrachtete.

»Wir haben Gesellschaft.« Die Untertreibung des Jahres ging an Sam.

Von hinten verfolgte sie ein Fahrzeug. Vor ihnen konnten sie ein weiteres sehen, das direkt auf sie zusteuerte.

Aber der wirklich krönende Moment waren die beiden Schatten über ihnen.

Drachen. Bei Tageslicht. Heilige Scheiße. Selbst ihre Mutter wäre zu fassungslos, um sie jetzt mit Rizinusöl gurgeln zu lassen.

Brand spannte sich neben ihr an. »Wir werden wieder angegriffen.«

»Wir hätten Alufolie besorgen sollen«, murmelte sie und drehte sich um, um den Wagen zu betrachten, der ihnen am Heck klebte.

»Wie soll Alufolie helfen?«

»Es stört die Signale. Uns wurde gerade die Spionagefrage beantwortet. Jemand hat Zugang zu unserem GPS-Signal, und ich glaube, eine andere Familie hat uns gerade den Krieg erklärt.« Denn das waren Gelbe am Himmel.

»Wir sollten uns vielleicht ducken. Einer der Kerle im Wagen hinter uns hat eine Waffe.«

Ihre Bemerkung wurde einen Moment später durch das Knacken von Glas beantwortet, als ein Geschoss die Heckscheibe traf und sie reißen ließ.

»Mein Wagen. Er hat meinen Wagen getroffen.« Sams Stimme wurde schrill. Er trat auf die Bremse, und das abrupte Anhalten ließ das Fahrzeug hinter ihm auf der Straße ausweichen, da die Angreifer wohl nicht auf einen Zusammenstoß aus waren.

Sam griff unter seinen Sitz, bevor er seine Tür öffnete und ausstieg.

»Hat er eine Waffe?«, fragte Brand.

»Unter jedem Sitz«, gab Natty zu, als ihr Kopf zusammen mit der Mündung eines Gewehrs auftauchte. »Du glaubst gar nicht, wie viele er im Haus versteckt hat. Er ist ein großer Fan von *The Walking Dead*.«

Knall. Knall. Kugeln flogen durch die Gegend, als Sam seine AK-47 abstützte und damit auf den Wagen schoss, der hinter ihnen bremste, bevor er sich umdrehte, um das Fahrzeug in Schweizer Käse zu verwandeln, das umzudrehen versuchte.

Was die Schatten über ihnen anging, so neigte Natty sich nach hinten und zielte. Ein Schuss wurde mit einem Schmerzensschrei quittiert, aber die Drachen waren klug. Sobald sie die Waffen bemerkt hatten, stiegen sie höher in die Luft. In wenigen Augenblicken war der Angriff ohne Opfer ihrerseits – bis auf den Wagen – vereitelt worden.

Während sie an das Fahrzeug gelehnt standen, stattete Sam den anderen beiden Wagen einen Besuch ab und ließ sein Gewehr in einem davon zurück, nachdem er die Fingerabdrücke abgewischt hatte. Dann legte er eine identische Waffe bei dem anderen Schützen ab, um seine Spuren zu verwischen.

»Lasst uns fahren.« Sam schwang sich auf den Fahrersitz, so entspannt wie nur irgend möglich, und Natty sprang neben ihm hinein.

»Ich nehme an, es hat keinen Sinn, darauf zu bestehen, dass es zu gefährlich wird und ich allein weiterziehen sollte?« Brand musterte sie und die Wracks.

»Wenn du Aimis Gefährte sein wirst, dann gehörst du zur Familie.«

»Steig ein«, sagte Sam, dann setzte er in bester Terminator-Manier eine Sonnenbrille auf und fügte hinzu: »Sie kommen wieder.«

Schade, dass sie zu einer Party gehen mussten, sonst hätte Aimi auf sie gewartet.

So aber mussten sie für Alufolie anhalten. Sie wusste nicht, ob es sie davon abhielt, ein Signal auszusenden, aber sie hatte auf jeden Fall Freude daran, Brand dabei zu helfen, einen Schutz für seine Leiste zu basteln, auch wenn er ihr den Spaß verdarb, indem er ihr nicht erlaubte, ihn anatomisch korrekt zu gestalten.

KAPITEL DREIZEHN

Der Rest der Reise verlief ohne weitere Angriffe. Brand war sich nicht ganz sicher, ob sie das der Alufolie zu verdanken hatten oder eher der Tatsache, dass sie bald zivilisiertere Gegenden erreichten, in denen Leute zusahen.

Die Drachen hatten zwar einige dreiste Angriffe gestartet, aber bisher nur an abgelegenen Orten, wo eine Entdeckung unwahrscheinlich war.

Glaubte er auch nur einen Moment lang, in Sicherheit zu sein?

Nein, was bedeutete, dass auch Aimi nicht sicher war, denn die verdammte Frau würde ihn nicht im Stich lassen. Sie schien nicht zu begreifen, dass es gefährlich war, mit ihm zusammen zu sein. Eigentlich stimmte das nicht ganz. Sie verstand es, es schien ihr nur egal zu sein, und ein Teil von ihr schien darin aufzublühen. Er konnte es durch ihre Verbindung spüren, die Erregung und die kalte Entschlossenheit. Niedlich und damenhaft nach außen hin bedeutete einen Scheißdreck. In ihr lauerte jemand, der nicht zögern würde zu handeln.

So verdammt sexy. Brandon hätte sich nie für einen Kerl

gehalten, den eine Frau erregte, die durch nichts eingeschüchtert wurde, nicht einmal Gewalt, aber das war gewesen, bevor er seinen Mondstrahl getroffen hatte.

Meinen Mondstrahl. Und er hatte vor, es so zu belassen, obwohl er nicht wusste, wie es funktionieren sollte. Er war nach wie vor davon überzeugt, dass er nicht gut genug für sie war, bei Weitem nicht. Allerdings konnte er sich auch nicht dazu durchringen, sie zu verlassen. Die egoistischen Mercer-Gene waren im Spiel. Nicht nur Drachen horteten gern schöne Dinge, vor allem wertvolle Dinge, die sie nicht haben sollten.

Das Hotel, in dem sie untergebracht waren, war ein wunderschönes Marriott, das von den Septs als neutrale Zone für diese Region angesehen wurde. Diese neutralen Unterkünfte waren über die ganze Welt verstreut und Teil der Verträge, an die sich alle Drachen angeblich hielten, um sicherzustellen, dass sie Urlaub machen und sich um Geschäftsinteressen kümmern konnten. Wenn ein Drache in einem fremden Gebiet eintraf, wurde lediglich erwartet, dass er den örtlichen Familien-Sept über seine Ankunft informierte.

»Ist es nicht kontraproduktiv, dem Feind eine Kopie der Reiseroute zu geben?«, hatte er gefragt, als Aimi es ihm erklärt hatte.

»Drachen töten keine Drachen.« Als er eine Augenbraue hob, fügte sie hinzu: »Nicht oft. Wir müssen stark provoziert werden, um gegen unsere Art vorzugehen.«

»Provoziert im Sinne des Angriffs auf unser Flugzeug?«

»Ja. Ich habe noch nie von so etwas Dreistem gehört. Meistens gehen wir mit Problemen auf zivilisierte Art und Weise um.«

»Was nennst du zivilisiert?«

Ein breites Grinsen zeigte scharfe weiße Zähne – *Zähne, die eigentlich an meiner Haut knabbern sollten.* »Unternehmensübernahmen. Aktienaufkäufe. Boulevardgeschichten.«

»Aber macht das eure Feinde nicht noch wütender und noch mehr auf Rache aus?«

Sie blinzelte. »Nun, ja. Darum geht es ja gerade.«

Es war eine ganz andere Welt, die er betreten hatte. Im Bayou wurden Streitigkeiten meist mit ein paar Schlägen gelöst, und für die wirklich abscheulichen Dinge gab es im Bayou keine Beweise – genauso wenig wie bei seiner Tante mit ihrem kürzlich veröffentlichten Kochbuch *Fang sie und friss sie, der Sumpf-Ratgeber zum Kochen von Viechern, ohne Teile zu verschwenden.*

Es verkaufte sich zwar nicht gut genug, um auf die Bestsellerlisten zu kommen, aber Tante Tanya war unter den Mercers und anderen Sumpfbewohnern sofort zur Berühmtheit geworden.

Brandon fühlte sich schmutzig und unpassend angezogen, als Sam unter dem Vordach des Hotels anhielt. Bevor sie aus dem Wagen stiegen, drehte sich Natty auf ihrem Sitz um.

»Hier sind etwas Bargeld und eine Kreditkarte.« Eine silberne Karte, nicht schwarz, wie er erwartet hätte.

»Wo fahrt ihr hin?«, fragte Brandon.

»Nach Hause«, antwortete Natty. »Wenn die Roten sich für einen Angriff versammeln, müssen wir uns vorbereiten.«

»Ich glaube, ihr seid in Sicherheit«, verkündete Aimi und zog die Flipflops an, die sie an einer Tankstelle gekauft hatten. »Sie sind hinter Brand her. Aber sie kriegen ihn nicht.«

Meiner. Das Wort erklang förmlich zwischen ihnen und die Kälte in ihm erwärmte sich mit einer seltsamen Eiseskälte, die im Gegensatz zu der Emotion stand.

Die Schuhe waren nicht das Einzige, was sie sich an der

Tankstelle besorgt hatten. Ein Prepaidhandy, das keine Spuren hinterlassen würde, und ein T-Shirt für ihn mit einem Reptil, das sich auf der Vorderseite sonnte, sowie der Aufschrift: »Willst du meine Echse streicheln?«.

Er und Aimi stiegen aus dem Wagen, dessen Heckscheibe mit Pappe abgeklebt war, und sahen zu, wie er wegfuhr.

Die Mitarbeiter an der Rezeption zuckten nicht mit der Wimper angesichts ihrer seltsamen Aufmachung.

Aimi tat so, als trüge sie Designerklamotten und perfekt frisiertes Haar. »Eine Suite bitte, mit Balkon zur Vorderseite, oberste Etage.« Da sie bar bezahlte, konnte sie sich mit jedem beliebigen Namen eintragen. Sie wählte Mr. und Mrs. Silvergrace.

Er sagte nichts dazu, bis sie den Aufzug betreten hatten.

»Silvergrace? Dir ist schon klar, dass du, wenn es dir ernst damit ist, mich zu beanspruchen, meinen Namen wirst annehmen müssen. Mercer.«

»Wenn es mir ernst ist?« Ihre Lippen zuckten. »Du solltest mittlerweile wissen, dass ich meine, was ich sage.«

Er wusste es, und sie musste lernen, dass sie nicht alles bestimmen würde. »Ich finde, Mrs. Mercer hört sich gut an. Findest du nicht auch?«

»Das ist kein Drachenname.«

»Ich bin kein Drache.« Er pferchte sie mit den Armen förmlich ein und drückte sie mit der Masse seines Körpers an die Wand, während die Nummern der Stockwerke aufblinkten. »Ich sage, du nimmst den Namen an, den ich dir nenne.«

»Erteilst du mir etwa Befehle?« In ihrer Frage schwang ein Hauch von Ärger mit – aber sie konnte auch ihre Erregung nicht verbergen, als er endlich seine Wünsche durchsetzte.

»Ich sage dir, wie es sein wird, Mondstrahl.« Bevor sie

etwas erwidern konnte, hielt der Aufzug an und die Türen öffneten sich mit einem Klingeln.

Er stieg aus und ging zu einer der wenigen Türen auf dieser Etage. Die Schlüsselkarte schaltete das rote Licht auf Grün und er trat ein.

Verdammt, das nenne ich mal eine protzige Unterkunft.

Das Zimmer, das sie gemietet hatte, war verschwenderisch, so verschwenderisch, dass er sich fast wieder umdrehte, als er hineinging. Das war nicht die Art von Unterkunft, in der er normalerweise wohnte.

Ich bin definitiv nicht der Typ, der an einem solchen Ort übernachten sollte.

»Kinn hoch, Schultern zurück. Du gehörst hierher.«

»Habe ich wieder laut gedacht?« Er hatte versucht, sein geistiges Geschrei zu kontrollieren.

»Dein Gesichtsausdruck hat es verraten. Eigentlich warst du gut darin, deine Gedanken für dich zu behalten. Sehr schade, ich vermisse die schmutzigen.« Sie zwinkerte ihm zu, und er konnte nicht anders. Der schmutzigste Gedanke, der ihm durch den Kopf ging, beinhaltete sie auf den Knien, die Lippen um einen gewissen Teil von ihm gelegt, während sie mit sinnlicher Miene nach oben blickte.

Ihr Mund formte ein O und Erregung flackerte zwischen ihnen auf, ein Feuer, das zu verzehren bereit war. Er machte einen Schritt auf sie zu, aber sie wandte sich ab, als sie die Plastik-Flipflops abstreifte und ihre schmutzigen Zehen in den Teppich sinken ließ.

»Ich brauche eine Dusche«, erklärte sie.

Würde ein Zungenbad stattdessen funktionieren? Er war sich so sicher, dass er diese anzügliche Bemerkung für sich behalten hatte, und doch warf sie ihm ein anzügliches Grinsen über die Schulter zu. »Ich lasse die Tür offen, falls du mich brauchst. Was auch immer du tust, mach nicht die Tür auf. Wenn jemand klopft, ignoriere ihn.«

»Gibst du mir schon wieder Befehle?«

»Ich gebe dir nur die Chance, nicht zu gehorchen. Aber versuche, dich nicht umbringen zu lassen. Ich würde es vorziehen, über dich herzufallen, anstatt dich zu rächen.«

»Über mich herfallen, in Ordnung.« Sein aufreizender Mondstrahl entfernte ihren prallen Hintern aus seinem Blickfeld und er musterte die Tür, die aus der Suite hinausführte.

Er könnte jetzt sofort gehen. Diese Tür öffnen und einfach gehen. Es wäre das Beste. Sicherer für Aimi, ihre Familie und alle, die mit ihm in Kontakt kamen. Der Angriff auf der Straße bewies, dass die Invasion im Flugzeug keine einmalige Sache gewesen war.

Leute sind hinter mir her. Und es war ihnen egal, wen sie verletzten.

Alles nur, weil sie denken, dass ich ein Drache bin. Eine Art edler Golddrache. Als ob. Die einzigen Dinge, die durch seine Adern flossen, waren Sumpfschlamm und der Mercer-Fluch.

Er machte einen Schritt auf die Tür zu, dann noch einen. Er berührte den Knauf und hielt inne.

Kann ich sie wirklich so im Stich lassen? Ohne ein Wort? Es klang feige und doch wusste er, wenn er ihr von seinem Weggang erzählte, würde sie ihn überreden zu bleiben, weil sie ihn wollte.

Egal wie sehr er versuchte, sie vom Gegenteil zu überzeugen, die verdammte Frau wollte ihn beanspruchen.

Er drehte den Knauf und hörte durch ihre Verbindung äußerst deutlich: *Ich werde deinen Hintern verfolgen, wenn du durch diese Tür gehst, und es ist mir egal, dass ich dabei nackt und nass bin.*

Nackt und nass. Es war möglich, dass er eine Sekunde lang blind und dumm wurde, als sich sein Geist mit diesem Bild füllte.

Knall. *Klick.* Er verriegelte die Tür und bevor er zu Ende blinzeln konnte, stand er schon in der Tür zum Badezimmer.

Dampf umgab ihn, die warmen, feuchten Ranken umhüllten und reizten ihn, während sie Aimis nackten Körper hinter dem Mattglas der Tür noch mehr verbargen.

»Wie ich sehe, hast du dich entschieden zu bleiben.« Sie spähte um den Rand der Kabine herum. »Unser Familienanwalt dankt dir. Es wurde gerade erst die Sperre nach unserem letzten kleinen Vorfall aufgehoben.«

»Wage ich es zu fragen wofür?«

»Sagen wir einfach, dass manche Leute viel zu viel Fantasie und zu wenig Sinn für Humor haben, wenn es um Olivenöl, Ziegen und Gummihandschuhe geht.«

»Du weißt schon, dass es sicherer für dich wäre, mich gehen zu lassen. Ich weiß, wie man verschwindet.«

»Vor mir kannst du das nicht.« Wieder blickte sie ihn an, ihre Gesichtszüge feucht und ihr Haar nach hinten gestrichen. »Die Verbindung zwischen uns wird nicht so leicht zerbrechen und nur noch stärker werden, sobald ich dich vollständig beanspruche.«

»*Wenn* du mich beanspruchst. Ich bin nicht der Drache, nach dem du suchst.«

»Nein, das bist du nicht. Ich habe nach jemandem gesucht, der formbar und einfältig ist.« Sie stellte das Wasser ab und stieg aus der Dusche, ohne ihren Körper zu verstecken. Er zog seine Blicke jedes Mal auf sich. Die schönen schlanken Linien mit einem Hauch von Kurven an der Hüfte, mehr an der Brust, die straffe Länge ihrer Oberschenkel. »Ich dachte, was ich wollte, sei eine Marionette, die ich hervorholen und mit der ich nach Belieben spielen kann. Dann habe ich dich gefunden.«

»Also hast du dich mit einem niedriggeborenen, verzweifelten Mann begnügt, auf den ein Kopfgeld ausgesetzt ist, um deiner Mutter entgegenzuwirken und aus dem Haus rauszukommen.«

»Alles wahr, bis auf den Teil, in dem ich mich begnügt habe. Als ich dich traf, wurde mir klar, dass das, was ich will, und das, was ich brauche, nicht dasselbe ist. Ich muss mich lebendig fühlen. Ich will einen Partner. Mit dir bekomme ich das und noch so viel mehr.«

»Zum Beispiel, dass du möglicherweise aus deiner Familie vertrieben wirst, wenn sich herausstellt, dass ich kein Drache bin. Ich habe in den letzten zwei Tagen genug gehört, Mondstrahl, um zu wissen, dass Drachen ihre Blutlinie sehr ernst nehmen.«

»Das tun sie.« Sie trat näher an ihn heran, ohne nach dem Handtuch zu greifen. »Aber weißt du, was ich noch ernster nehme?« Sie kam noch näher. Flüsterte. »Mich. Denn«, sie griff nach seinem Hemd und stellte sich auf Zehenspitzen, um zu knurren, »die Welt dreht sich um mich, und in meiner Welt verdiene ich Glück. Also nimm dich nicht so wichtig und mach mit.« Sie knabberte an seinem Kinn. Fast wäre er auf den Boden gefallen, um sie anzubeten.

Dann fand er seine Eier wieder. Hübsche Worte würden nichts daran ändern, wer er war.

Bumm. Bumm. Bumm. »Zimmerservice.«

»Ich habe nichts bestellt.« Sie runzelte die Stirn.

»Ich auch nicht. Ich komme«, brüllte er.

Er ignorierte ihr Zischen: »Ich habe dir doch gesagt, dass du die Tür nicht öffnen sollst«, und ging auf die Tür zu. Ein Blick durch den Spion zeigte einen Hotelangestellten mit einem Tablett auf Rädern an seiner Seite.

»Ich glaube, Sie haben das falsche Zimmer«, sagte er.

Der Mann, der ein Kragenhemd mit daran fixiertem Namensschild trug, zuckte mit den Schultern und antwortete: »Herzliche Grüße der Geschäftsführung und eine

Aufmerksamkeit, die all unseren geschätzten hochrangigen Gästen angeboten wird.«

Das war also die Art von Service, die mit einem Haufen Geld einherging. Cool. Besonders, da er hungrig war.

Die Badezimmertür schloss sich hinter Aimi und verbarg ihre herrliche Figur. Brand entriegelte die Zimmertür, öffnete sie und gab dem Mann ein Zeichen hereinzukommen. Kaum war der Kerl vorbeigegangen, kribbelten seine Sinne.

Gefahr. Er ließ die Tür los und nahm den Kerl in den Schwitzkasten, wobei er ihn mit dem Fuß an den Knöcheln packte und zu Boden brachte. Er fixierte den Mann mit einem Arm an der Kehle und beugte sich dicht zu ihm hinunter, während die Kälte in ihm drängte.

»Wer schickt dich?«

»Hotel. Essen.« Finger krallten sich in seinen Arm und große Augen flehten um Gnade. Aber die Kälte in ihm ignorierte es.

Er lügt.

Brand drückte fester auf seine Luftröhre. »Wer. Schickt. Dich?« Der entschlossene Tonfall seiner Worte ließ den Mann erstarren. Er hörte auf, sich zu wehren, und seine Gesichtszüge wurden leer. »Ich bin nur ein Rädchen in der Maschine, die der Orden des Goldenen ist.«

»Was ist der Orden des Goldenen?«

»Das ist eine alberne Sekte, die glaubt, dass unsere Freiheit wiederkehrt und wir wieder über die Welt herrschen werden, wenn ein goldener Drache zurückkehrt.« Aimi war diejenige, die antwortete, als sie aus dem Bad kam. Ein Hauch von Feuchtigkeit klebte noch immer an ihrer Haut, und das meiste von ihr war – leider – unter einem Bademantel versteckt.

Wie schade, dass er sie vor meinen Blicken verbirgt. Ande-

rerseits sollte niemand außer mir sie ansehen. Sie war sein glänzendes Ding und das von niemandem sonst.

»Sag's mir nicht. Ich soll dieser Drache sein?« Er schnaubte und nahm seinen Arm von dem Typen. »Ihr seid alle so verdammt verrückt und liegt falsch.«

»Als letzter goldener Drache müsst Ihr mit mir kommen«, beharrte der Kerl und setzte sich auf, völlig unbeeindruckt davon, wie nahe er dem Tod gekommen war. »Wir sind bereit, in der kommenden Schlacht an Eurer Seite zu fliegen.«

Jemand musste ein paar Medikamente schlucken. »Verschwinde und sag denjenigen, mit denen du zusammenarbeitest, dass sie ihre Versuche abbrechen sollen. Ich bin kein goldener Drache. Ich bin überhaupt kein Drache.«

»Die Vorzeichen sagen alle, dass die Rückkehr des Königs unmittelbar bevorsteht. Der Orden des Goldenen will Euch nur beschützen.«

»Mich beschützen, indem ihr angreift?«

»Ich wurde nicht geschickt, um anzugreifen, sondern um zurückzuholen.«

»Allein?« Aimi runzelte die Stirn. »Warum sollten sie nur einen Lakaien schicken? Und dann auch noch einen mickrigen?«

»Wer sagt, dass ich allein bin?« Nachdem er gesprochen hatte, gab es eine Pause. »Jederzeit!«, brüllte Brandons Gefangener.

Wieder geschah nichts.

Aimi kicherte. »Dachtest du, wir hätten das Hotel zufällig ausgewählt?«

»Ich dachte, du hast es ausgewählt, weil es eine Art neutrale Zone ist«, antwortete Brand.

»Das ist es auch, aber die Sicherheitsvorkehrungen wurden vor Kurzem mit Hightech-Material aufgerüstet. Da ich den Namen Silvergrace benutzt habe, kannst du darauf wetten, dass das in ihrem System sofort einen Alarm ausgelöst und sie in höchste Bereitschaft versetzt hat. Das heißt, sie haben Maßnahmen ergriffen, um sicherzustellen, dass ihre Gäste, in diesem Fall ich, nicht gestört werden. Ich wette, dass wen auch immer sie sonst noch geschickt haben vom Sicherheitsdienst geschnappt wurde.«

»Ich bin alles andere als beeindruckt.« Brand packte den Mann am Hemd und zog ihn auf die Beine, bevor er ihn ein wenig schüttelte. »Ich glaube, sie haben einen ziemlich offensichtlichen Eindringling übersehen.«

»Sie haben ihn wohl eher durchgelassen, damit wir ihn befragen können.«

»Jetzt, da er geantwortet hat, was sollen wir mit ihm machen?«

»Ich bin ein wenig hungrig.« Sie musterte den Mann mit einem wilden Lächeln.

Der einzige Mann, den sie frisst, bin ich. »Ich bin mehr daran interessiert, das zu essen, was unter diesen Deckeln ist, als seinen sehnigen Kadaver.«

»Spielverderber. Andererseits habe ich gerade geduscht. Ich schätze, wir müssen ihn einfach für den Sicherheitsdienst festhalten.«

»Was ist mit der Verstärkung, die er erwartet hat?«

»Wahrscheinlich ist sie schon in Gewahrsam. Die Septs werden nicht glücklich darüber sein, dass diese Gruppe das neutrale Abkommen brechen wollte. Ich gehe davon aus, dass sie, und welcher Sept auch immer hinter ihnen steht, bestraft werden.«

»Ich würde meine Brüder und Schwestern niemals verraten! Ehre dem Gold.« Mit diesem Schrei löste sich der Mann aus Brands Griff und lief zu den Balkontüren. Es dauerte nur einen Moment, bis er sie aufgerissen hatte. Brand stürzte ihm hinterher und kam gerade noch rechtzeitig, um zu sehen, wie der Eindringling mit ausgebreiteten Armen vom Balkon sprang.

Er fiel nicht weit, da er auf eine Art unsichtbare Barriere traf, die ihn verdampfen ließ.

Puff. Staub tanzte nach unten.

Brand starrte mit offenem Mund. »Was zum Teufel ist gerade passiert?«

»Ich sagte doch, das Hotel hat ein gutes Sicherheitssystem.«

»Das Sicherheitssystem kann nicht einfach Leute innerhalb einer Sekunde beseitigen. Diese Art von Technologie gibt es nicht.« Er drehte sich um und sah sie durch die offene Balkontür an.

Sie prustete. »Es gibt sie schon seit Jahren. Sie wird nur nicht dort eingesetzt, wo die Öffentlichkeit davon weiß.«

»Du weißt davon.«

»Weil ich etwas Besonderes bin. Willst du jetzt den ganzen Tag in diesen dreckigen Klamotten herumstehen oder wirst du die Dusche benutzen?«

»Ich mache mir im Moment mehr Sorgen darüber, dass wir Feinde haben, die wissen, wo wir sind, und uns immer wieder verfolgen.«

»Aufregend, nicht wahr? Aber wenn man bedenkt, wie katastrophal sie gerade gescheitert sind, bezweifle ich, dass wir noch mehr Action sehen werden, solange wir im Hotel sind. Warum duschst du nicht, während ich sehe, ob ich uns ein paar Klamotten und Informationen besorgen kann?«

»Wir haben Essen.« Er deutete auf das Tablett.

»Das mehr als wahrscheinlich mit Drogen versetzt ist. Ich werde uns etwas Frisches bestellen. Es sei denn, du willst *zu Hause* essen.« Der nicht gerade subtile Finger fuhr über das V, das der Bademantel offenbarte.

Scheiße ja, ich würde sie gern verschlingen. Es war nur

nicht das Klügste, was er im Moment tun konnte. Zu viele ungelöste Probleme bedeuteten, dass er sich entscheiden musste, worauf er sich zuerst konzentrieren sollte. So aufregend es auch wäre, mit Aimi zu schlafen, er durfte sich nicht von seinem Hauptgrund ablenken lassen, warum er hier war.

Seine Schwester. Der Gedanke an sie wirkte wie ein Dämpfer auf seinen Feuereifer und so ging er unter die Dusche, aber egal, wie kalt das Wasser war, sein Blut lief heiß.

So heiß.

Und es pulsierte, er durfte das Pulsieren nicht vergessen.

Es war schon so lange her, dass er ein Mann gewesen war, ein richtiger Mann mit weichem Fleisch, nicht mit Schuppen, dass es sich jetzt seltsam anfühlte, sich selbst zu berühren. Seine geschwollene Länge zu spüren. Er konnte die Schwielen an seinen Händen spüren – Arbeitshände, wie die Mädchen sie nannten –, als er über seinen Schaft strich.

Das Wasser in der Dusche und die Seife machten es ihm leicht, an seinem Penis rauf und runter zu gleiten. Zu drücken. Zu ziehen.

Während sein Atem zu stocken begann, liefen in seinem Kopf lebhafte Fantasien wie ein Film ab: Aimi lag für ihn auf dem Rücken, ihre Schenkel gespreizt, sodass sie die rosafarbenen Schamlippen ihrer Muschi offenbarte.

Er konnte sich immer noch an den erregenden Geschmack ihrer Brustwarzen in seinem Mund erinnern. An das leise Seufzen und Stöhnen, das sie von sich gab, während er sie fingerte.

Er erinnerte sich daran, wie sie zum Höhepunkt gekommen war, mit gekrümmtem Rücken und weit geöffnetem Mund in einem stummen Schrei, während die

Muskeln ihres Kanals ihn so fest umklammerten. Er stieß mit den Hüften nach vorn, während er sich mit der Hand streichelte. Gefangen in seiner Fantasie konnte er sich fast vorstellen, dass sie bei ihm war, ihn ermutigte – *schneller* –, ihn in sich aufnahm – *tiefer*.

Mit ihm kam. *Markiere mich.*

Wie enttäuschend, die Augen zu öffnen und festzustellen, dass er allein war.

Aber es war besser so. Er hatte seine Meinung immer noch nicht geändert. Aimi verdiente etwas Besseres als ihn. So viel Besseres. Was konnte er ihr schon bieten? Er hatte weder einen Job noch ein Zuhause. Zum Teufel, er hatte nicht einmal mehr Kleidung, die er sein Eigen nennen konnte.

Was steuerte er bei?

Sich selbst? *Da sprich mal einer davon, über den Tisch gezogen zu werden.*

KAPITEL VIERZEHN

Ich fühle mich so über den Tisch gezogen. Er versuchte nicht einmal, sie zu überreden, mit ihm zu duschen. Andererseits hätte sie Nein sagen müssen. Sie hatte Dinge zu erledigen.

Sobald Brand die Tür geschlossen und verriegelt hatte – wie niedlich, zumal sie die Tür jederzeit aus den Angeln reißen könnte, wenn sie es wollte –, griff sie nach ihrem vorübergehenden Handy.

Nachdem sie schnell gewählt hatte, ertönte nüchtern: »Was ist passiert? Unsere Buchhaltungsfirma hat mich gerade angepingt, um uns mitzuteilen, dass wir eine Rechnung für einen Vorfall im Hotel in Beverly Hills erhalten haben.«

»Was ist denn mit der Liebe passiert, Mutter? Zum Beispiel hallo Aimi, geht es dir gut?«

»Dir geht es offensichtlich gut, du hast mich angerufen. Und was die Liebe angeht, du weißt, dass ich nicht an Verhätscheln glaube.« Nein, das tat Mutter nicht. Doch trotz ihres Gemeckers wusste Aimi, dass ihre Mutter sich sorgte. Wäre Aimi oder ihrer Schwester etwas zugestoßen, wäre nichts und niemand vor dem Zorn ihrer Mutter sicher gewesen.

Tiger- und Fußballmütter konnten Drachenmüttern nicht das Wasser reichen.

»Im Hotel sind unerwartete Gäste aufgetaucht, von dieser Religion, von der du mir erzählt hast. Diejenigen, die an einen goldenen Retter glauben. Sie sind hinter Brand her.«

»Woher wussten sie von ihm?« Sofort folgte ein knappes: »Wir haben eine undichte Stelle.« Aimi konnte den kalten Dampf, der von ihrer Mutter aufstieg, sogar durch das Telefon sehen.

»Oder einen Hacker.« Adi ließ sich ständig darüber aus, dass nichts mehr sicher war. Verschlüsselung war nur ein schickes Wort für ein schwieriges Rätsel. Aber alle Rätsel hatten eine Lösung; bei manchen dauerte es nur länger, sie zu knacken.

»Ich werde mich um denjenigen kümmern, der unsere Geheimnisse ausplaudert. Aufgrund der Sicherheitslücke wirst du mit dem möglichen Goldenen im Hotelzimmer bleiben, bis deine Schwester und Cousinen ankommen.«

»Und wann ist das?«

»Morgen.«

»Zu spät. Die Party ist heute Abend.«

»Dann wirst du es verschieben müssen.«

»Und die Chance verpassen, in Parkers Haus zu kommen? Unwahrscheinlich.«

»Bist du ungehorsam, *Kind*?« In einem Tonfall gesprochen, der Aimi in die Schranken weisen sollte.

»So oft ich kann, Mutter.«

Ihre Antwort wurde mit Gelächter quittiert. »So eigensinnig. Erinnert mich an jemanden, den ich kenne, und ist genau das, was ich von meiner Tochter erwarten würde. Nun gut, wenn du darauf bestehst, das zu tun, dann sei klug. Ich werde von meiner Seite aus tun, was ich kann, um sicherzustellen, dass du Unterstützung bekommst, aber du wirst sie nicht unbedingt erkennen. Verdächtige jeden und fange nur dann einen Krieg an, wenn du musst.«

»Wer, ich?« Sie sprach es mit genau dem richtigen Hauch von Unschuld aus.

»Ich meine es ernst, Aimi.« Die Stimme ihrer Mutter wurde entschlossen. »Wir befinden uns an einer gefährlichen Schwelle unserer Existenz. In letzter Zeit gab es zu viele Berichte über große Vögel am Himmel. Spekulationen sind eine Sache, aber wenn die Menschen merken, dass wir unter ihnen sind, können wir viel verlieren.«

»Das sagst du immer wieder, aber irgendwann werden wir uns nicht mehr verstecken können. Dafür hat die Welt sich zu sehr verändert.«

»Dann müssen wir sie vielleicht einfach zurückverändern.«

Ohne einen massiven elektromagnetischen Impuls und die Zerstörung der Fabriken auf der Welt war die Technologie nicht mehr zu stoppen. »Viel Glück dabei, diese Katze wieder in den Sack zu stecken.«

»Es ist einfacher, als du denkst, wenn du ihr den Hals umdrehst. Sei vorsichtig.«

Das kam einem *Ich hab dich lieb* vermutlich am nächsten, was Aimi überhaupt nicht gefiel, da es offenbarte, wie besorgt ihre Mutter war. Sie mochte vielleicht kalt und gleichgültig mit der Situation umgehen, aber der Leichtsinn des Blutroten Septs, die Tatsache, dass einige Fanatiker hinter Brand her waren, und sie nicht wussten, was sie auf dieser Party heute Abend erwarten würde, bedeutete, dass Aimi ein umwerfendes Kleid brauchte – und noch schönere Schuhe.

Sie verbrachte die nächsten Minuten damit, sie auszusuchen, während Brand eine lange Dusche nahm – eine schmutzige, die er durch ihre Verbindung nicht ganz vor ihr verbergen konnte. Beinahe wäre sie zu ihm hineinmarschiert, als sie merkte, was er da drin tat – ungezogener Junge –, aber sie tat es nicht, aus zwei Gründen. Erstens dachte er an sie, um sich selbst zu befriedigen, und zweitens hätte er, wenn er etwas Druck abbaute, mehr Ausdauer für die echte Sache. Eine Sache, die sie mehr denn je brauchte.

Zuvor hatte sie ihn beanspruchen wollen, um ihrer Misere mit ihrem Sept zu entkommen, sobald sie achtundzwanzig wurde – eine künstliche Befruchtung, die willkürlich aus dem gespendeten Sperma eines erwachsenen männlichen Drachens ausgewählt wurde, war nichts, was sie anstrebte.

Dann wollte sie ihn aufgrund dessen beanspruchen, wer er war, und bevor jemand anderes es tun konnte. *Ein Goldschatz für meinen Hort.*

Jetzt wollte sie ihn nur beanspruchen, weil sie ihn mochte. *Er gehört mir. Ganz mir, und ich bin es leid zu warten.*

Als er aus der Dusche gekommen war, fand er sie auf dem Bett ausgestreckt vor.

»Hallo«, sagte sie in ihrem heisersten Tonfall.

»Ist das Essen schon da?«

»Es ist auf dem Weg, zusammen mit unseren Klamotten für den Abend, aber es wird noch etwa eine Stunde dauern. Genügend Zeit, um sich anderen Dingen zu widmen.« Sie fuhr mit den Fingern über den Saum ihres Bademantel und zog ihn auseinander. Scheiß auf Raffinesse.

Er wandte eine Sekunde lang den Blick ab, aber dann starrte er wieder auf das freigelegte Dekolleté. »Wir sollten das nicht tun.«

»Warum nicht? Ich habe dir doch gesagt, dass wir durch das Hotel sicher sind, und sofern du nicht wirklich schlecht bist, werden wir nicht die ganze Stunde brauchen. Zumindest ich nicht.« Sie leckte sich über die Lippen.

Und dennoch wies er sie zurück. »Ich bin kein Lustknabe, den du herumkommandieren kannst. Ich habe es dir schon einmal gesagt, und ich sage es dir noch mal: Wir gehören nicht zusammen.«

Sie drückte sich in eine sitzende Position hoch und fixierte ihn mit hartem Blick. »Wir gehören sehr wohl zusammen. Also akzeptiere es.«

»Oder was? Du wirst mich mit Gewalt beanspruchen? Du weißt, dass das nicht gut ginge, wenn du es versuchst.«

»Warum musst du es mir so schwer machen?«

»Warum kannst du nicht zuhören? Ich bin nicht als dein Gefährte geeignet. Weder als deiner noch als der eines anderen. Noch vor ein paar Tagen war ich ein gejagtes Monster, eine Missgeburt der Wissenschaft. Jetzt sehe ich vielleicht wie ein Mann aus, aber innerlich bin ich ein verdammtes Wrack. Mein Alligator ist zu jemandem mutiert, den ich nicht wiedererkenne. Die Hälfte der Zeit erkenne ich mich selbst nicht wieder. Meine Gedanken, meine Sichtweise, alles an mir hat sich verändert. Und es verändert sich immer noch.«

»Weil du dich weiterhin weigerst zu akzeptieren, was du bist. Sobald du aufsteigst –«

»Verstehst du es denn nicht, verdammt? Hör mir zu, um Himmels willen. Ich bin kein gottverdammter Drache. Ich werde niemals aufsteigen, also wird dein stures Beharren darauf, dass ich ein lange verschollener Golddrache und dein perfekter Gefährte bin, bei mir nicht ziehen. Ich bin ein Sumpf-Alligator. Ein Nichts, das es nicht verdient hat, mit dir in einem Raum zu sein, geschweige denn dich zu berühren.«

Das Traurigste an seiner Rede? Durch ihre Verbindung konnte sie spüren, dass er das wirklich glaubte. Er erachtete sich ihrer wirklich als unwürdig. Genau dieser Edelmut ließ ihr Verlangen nach ihm nur noch größer werden.

Sie stand vom Bett auf und ließ dabei ihren Bademantel fallen, um sich ihm auf die einzige Art und Weise zu offenbaren, die ihr möglich war.

»Ich bin nicht unerreichbar. Ich bin aus Fleisch und Blut, genau wie du.« Sie ergriff seine Hand und legte sie über ihr Herz. »Ich werde nicht lügen und sagen, dass ich genau weiß, was du bist, aber ich kann mit Sicherheit sagen, dass ich dich will. Jetzt. Es ist mir egal, ob du ein Drache bist. Oder ein Bettler. Oder sogar ein Krimineller. Es ist der Mann, in den ich mich verliebe. Der Mann, den ich begehre.« Sie ließ seine Hand an ihrem Körper hinuntergleiten, drückte sie gegen ihren Schamhügel und bemerkte das leichte Zucken in seinem Gesicht, als er die Hitze ihres Pulsierens spürte. »Wir wissen nicht, was heute Nacht passieren wird.« Ein Sieg, wenn es nach ihr ginge. »Wir wissen nicht, was morgen passieren wird.« Eine Siegesfeier, hallo. »Aber wir haben das Jetzt. Diesen Moment. Und der ist jetzt weniger als eine Stunde, weil du ständig über deine Gefühle redest, obwohl du mittlerweile eigentlich wissen müsstest –«

»Dass die Welt sich um dich dreht.« Ein Lachen brach aus ihm heraus, aber er zog seine Hand nicht weg. »Du bist anders als alle Frauen, die ich kenne. Und noch sturer.«

»Da bin ich mir nicht so sicher. Mir scheint, ich habe es mit jemandem zu tun, der noch dickköpfiger ist als ich, wenn man bedenkt, dass ich hier immer noch stehe, ohne überfallen zu werden.«

»Du willst, dass ich dich ficke?« Er sprach die vulgären Worte aus, als er sie packte und eng an sich zog.

»Ich will dich in mir spüren.« Die Wahrheit, und er hörte sie. Sie sorgte dafür, dass er es durch ihre Verbindung tat.

»Gott hilf mir, ich möchte in dir versinken. Aber ich kann nicht. Ich kann nicht zulassen, dass du mich beanspruchst, oder irgendwelche Versprechen machen, solange die Situation mit meiner Schwester und meinem Onkel nicht geklärt ist.«

»Also werden wir einfach nur Sex haben.«

»Nur?«

»Unglaublich fantastischen Sex.« Sie schlang ihre Arme um seinen Hals und zog ihn zu einem Kuss herunter. »Lass mich nicht betteln.«

»Oder was?«

»Sag nicht, ich hätte dich nicht gewarnt.« Sie ließ sich auf die Knie sinken und löste das Handtuch um seine Hüften.

Sein harter Schaft war nicht zu verbergen. Er ragte sofort hervor, stolz, lang und dick. So dick.

Sie legte eine Hand um seinen Ansatz, als er ein ersticktes »Was machst du da?« ausstieß.

»Ich lasse dich betteln.« Sie nahm seine Spitze in den Mund und saugte daran.

Seine Antwort war ein Stöhnen und ein Zittern. Sie lehnte sich zurück und führte eine offene Begutachtung seines Körpers durch, die schlanken Muskeln, die breit in den Schultern begannen, dick in den Armen waren und sich an der Taille verjüngten. Die Waschbrettbauchmuskeln flossen in ein V, das zum Preis führte. Er hatte nur wenige Haare um seinen Schwanz, aber das war nicht der Grund, warum er so groß wirkte. Er war einfach nur groß.

»Warum starrst du?«, fragte er flüsternd.

»Weil ich dich gern ansehe.« Das tat sie. Er faszinierte sie mehr als alle Kunstwerke, die sie bisher in ihrem Leben angesammelt hatte.

Ihre Worte ließen seinen Schwanz wachsen und eine

Ader in ihm pulsierte. Sie passte ihren Griff an und streichelte ihn auf und ab.

Die geschwollene Spitze nahm einen tiefen Rosaton an. Lecker. Aimi beugte sich vor und schnellte mit der Zunge über die geschwollene Spitze, wirbelte um sie herum und kostete einen Tropfen seiner Essenz.

Er stieß ein lautes Stöhnen aus. Ein guter Anfang, aber der ultimative Plan beinhaltete seine vollständige Unterwerfung.

Ihre Zungenspitze umspielte seinen Schwanz, leckte über ihn und machte ihn feucht, bevor sie ihn in den Mund nahm. Sie öffnete ihn weit, wirklich weit, da sein Umfang Platz erforderte und es eine enge Angelegenheit war. Er schnappte nach Luft, als die Kanten ihrer Zähne seine Haut streiften.

Durch ihre Verbindung konnte sie seine Lust spüren. Es reizte sie. Jetzt konnte sie verstehen, wie er vorhin die Kontrolle verloren hatte. Indem sie ihn berührte, ihn befriedigte, bekam sie im Gegenzug etwas davon durch ihre Verbindung zurück. Ihre Erregung wurde verstärkt.

Kein Wunder, dass er es so sehr genossen hat. Würde sie auch kommen, wenn er es tat? Es gab nur einen Weg, das herauszufinden. Mit einer Hand am Ansatz seines Schwanzes bearbeitete sie ihn, hoch und runter, ließ ihre Lippen und Zähne über ihn gleiten und zog die Wangen ein, als sie saugte.

Mit der freien Hand umfasste sie seine schweren Hoden, streichelte und knetete sie und verursachte einen Ausbruch übersinnlicher Lust.

»Aimi.« Er flüsterte ihren Namen, ob laut oder in ihrem Kopf, das spielte keine Rolle. Wichtig war nur, dass sie ihn befriedigte. Sie drückte seine Eier und saugte hart, woraufhin er mit den Hüften nach vorn stieß.

Schneller und schneller bearbeitete Aimi seinen Schaft.

»Hör auf.« Er sagte es, aber dennoch stieß er sie nicht weg. Sie wusste, was er wollte: seinen Schwanz in ihr vergraben. Und sie wollte es auch.

Durch ihre Verbindung zeigte sie ihm, was sie wollte. Während sie weiter saugte, schickte sie ihm ein Bild von sich, wie sie über ihm positioniert war und die geschwollene Spitze an sich rieb.

»Aimi.« Das Wort war ein Flehen und sie verschlang ihn noch hungriger, als sie sich vorstellte, wie sie auf seine Länge hinabsank und ihn tief in sich aufnahm. Er würde sie so eng ausfüllen. So perfekt. So …

Er drehte den Spieß um und begann, seine eigenen Gedanken zu projizieren. Er baute ihre Fantasie aus, indem er ihr seine Hände auf ihren Hüften zeigte und sie auf sich zog. Er drückte sie nach unten, damit er sie noch tiefer ausfüllen konnte.

In seiner Fantasie fand sein Daumen ihre Klitoris und rieb daran, während er sie nach vorn zog, damit er mit dem Mund die Spitze einer Brust umschließen konnte.

Sie stand kurz vor einem Orgasmus. Aber sie hielt sich zurück. Sie hielt sich zurück, weil sie verdammt noch mal wollte, was er ihr bot.

Er zog sie auf die Beine, ihre Lippen waren geschwollen und sie pochte am ganzen Körper.

»Nimm mich«, flehte sie. Komisch, wie sie vorgehabt hatte, ihm eine Lektion zu erteilen, er aber nun stattdessen ihr eine solche erteilen musste.

»Beug dich für mich vor.«

Er knurrte die Worte, und sie widersprach nicht. Sie wirbelte einfach herum, beugte sich vor und präsentierte sich ihm. Er legte grob einen Arm um sie und zog sie mit dem Rücken an sich, sodass sein Schwanz an ihrem Hintern gefangen war. Sie wand sich an ihm und gab ein wimmerndes Geräusch von sich, das in einen spitzen Schrei überging, als er ihre Klitoris fand und rieb.

»Brand.« Sie schluchzte seinen Namen, während er sie streichelte.

Dann schrie sie: »Geh weg!«, als jemand zu klopfen wagte.

Sie war so kurz davor zu kommen. So kurz vor dem ersehnten Höhepunkt. Wie konnte jemand es wagen zu stören!

Ich werde denjenigen für seine Frechheit fressen. Ich werde ihn zertreten, bis er nur noch Staub ist.

Empört marschierte sie zur Hotelzimmertür, aber Brand legte seine Arme um ihre Taille und hob sie vom Boden hoch. »Du kannst nicht nackt an die Tür gehen.«

»Doch, kann ich.«

»Nein, das kannst du nicht, denn dann müsste ich jemanden umbringen. Zieh deinen Bademantel an und benimm dich«, knurrte er, bevor er sie hinter sich absetzte und ihr einen Klaps auf den Hintern gab.

Er hat mir den Hintern versohlt!

Während sie ihn mit offenem Mund anstarrte, rief er: »Wer ist da?«

»Zimmerservice«, lautete die leise Antwort.

»Essen?« Er drehte sich um und schenkte ihr ein vernichtendes Grinsen. »Ausgezeichnet, denn ich habe *Hunger*.«

KAPITEL FÜNFZEHN

Ja, es war unglaublich ungezogen von ihm, sie hängen zu lassen und tatsächlich das richtige Essen zu genießen anstelle dessen, was er eigentlich wollte: sie.

Aber Mondstrahl musste verstehen, dass er sich nicht dazu zwingen oder verführen lassen würde, das zu tun, was sie wollte, auch wenn er es selbst auch wollte.

Er hatte fast all seine Versprechen und Schwüre vergessen, als sie ihm einen blies – *bin ich verrückt, Nein zu der Frau zu sagen, die vor mir auf die Knie fällt und mir solche Lust bereitet?* In diesem Moment drehte sich die Welt, zum Teufel, das ganze Universum, um Aimi. Wenn sie ihn in diesem Moment gefragt hätte, hätte er ihren Forderungen möglicherweise nachgegeben.

Selbst jetzt, da sie ihm mit finsterer Miene gegenübersaß, wollte ein Teil von ihm ihr immer noch geben, was sie wollte. *Sie ist mein Ein und Alles.* Aber sie zum Mittelpunkt seines Universums zu machen bedeutete, sie zu beschützen, manchmal auch vor sich selbst.

Solange die Situation mit seiner Familie nicht geklärt war, konnte er nicht zulassen, dass sie etwas Unwiderrufliches tat, wie zum Beispiel ihn dauerhaft zu beanspruchen. So wie er auch nicht zulassen konnte, dass sie heute Abend mit ihm auf die Party kam.

Ich habe sie schon genug in Gefahr gebracht. Er würde sie nicht in noch mehr hineinziehen. Als sie auf die Toilette ging, um sich untenherum mit kaltem Wasser zu waschen – *weil jemand ein grausamer Mistkerl ist, der darum bittet, dass ich ihm die Eier abreiße* –, mischte er etwas von dem vermeintlich mit Drogen vermischten Essen von zuvor unter die aktuelle Auswahl.

Da er nicht sicher sein konnte, was versetzt war und was nicht, vertauschte er den Eistee, der auf dem ersten Wagen war, und tauschte die Obstteller aus.

Als Aimi das Schlafzimmer verließ, aß er bereits die makellose Version.

Er ignorierte ihren funkelnden Blick. Noch schwerer zu ignorieren war, dass sie ihm nur mit einem Bademantel bekleidet gegenübersaß. Es half auch nicht, dass er sich jetzt vorstellen konnte, was sich darunter verbarg. Ihr Körper war wesentlich appetitlicher als das mit Butter beträufelte Filet Mignon, das er gerade genoss.

»Ich kann nicht glauben, dass ich dieses Mal für Essen abserviert wurde«, grummelte sie.

»Ich muss bei Kräften bleiben«, neckte er.

»Du bist gemein.«

»Armer Mondstrahl. Soll ich es besser küssen?«

»Ja.«

»Später. Wenn diese Mission erfolgreich ist.« Eine falsche Hoffnung für sie beide, denn auch wenn er seine Schwester gerettet hatte, blieb die Wahrheit: *Ich bin immer noch ein Mercer.*

»Du bist schrecklich engstirnig«, bemerkte sie zwischen zwei Bissen.

»Ich lerne gerade, meine Gedanken zu kontrollieren. Das könnte sich heute Abend als nützlich erweisen.«

»Ich habe dir schon gesagt, dass es unsere besondere Verbindung ist, die es mir erlaubt, dich zu lesen.«

»Was ich nicht verstehe. Wie kann es sein, dass wir verbunden sind, wenn du mich noch nicht beansprucht hast?« Anscheinend bildete sich das Band vollständig, sobald sie Bisse austauschten. Eine primitive Methode, die ihn jedoch nicht überraschte. Der Austausch von Ringen und anderen Schmuckstücken entstammte der menschlichen Tradition.

Sie zuckte mit den Schultern. »Ich weiß nicht, warum du und ich bereits verbunden sind. Vielleicht ist es Schicksal. Ich habe gehört, dass das bei manchen Gefährten vorkommt, aber nicht oft. Keiner weiß, warum es bei manchen Paaren passiert und bei anderen nicht. Ich habe etwas Ähnliches mit meiner Zwillingsschwester, obwohl wir nicht so deutlich reden können. Bei anderen in meinem Familien-Sept kann ich starke Gefühle spüren, wenn ich nahe genug dran bin, aber bei dir ist es, als wären wir verbunden.«

»Es ist verrückt.« Auf der einen Seite genoss er die Verbindung zwischen ihnen. Er spürte, was sie tat, wenn sie ihre Schutzmauern fallen ließ. Eine unglaubliche Erfahrung, wenn sie ihn lutschte, aber außerhalb des Sex ... konnte er sich nicht verstecken. *Und ich habe so viel Dunkelheit, die sie nicht sehen soll.*

»Hast du Angst, dass ich all deine Geheimnisse kenne?«, stichelte sie.

»Das tust du doch schon.« Bis auf das eine, das er immer wieder zu leugnen versuchte: *Ich glaube, ich bin in sie verliebt.*

Allein die Vorstellung machte ihm Angst. Er liebte seine Familie, und das war gegen ihn verwendet worden. Er konnte sie nicht beschützen. Zum Teufel, er konnte nicht einmal sich selbst retten.

Aimi zu lieben machte ihm eine Heidenangst, denn es bedeutete, dass er alles tun musste, um sie zu beschützen, selbst wenn er sich dafür selbst opfern musste.

Das war der Grund, warum er seine Gedanken verschloss und sie nicht hereinließ, denn wenn sie wüsste, was er vorhatte, würde sie ihm vermutlich den Schwanz abreißen.

Ihre Lider wurden schwer. Sie blinzelte. Ihr Kopf sackte nach unten. Ihre Augen wurden schmal. »Waa-as hast du mit mir gemacht?«, lallte sie.

»Ich beschütze meinen Schatz.«

»Arrrsch-« Sie sackte nach vorn und er fing sie auf, bevor sie mit dem Gesicht voran fiel.

Er rieb sein Gesicht an ihrem Haar und flüsterte: »Es tut mir leid. Aber ich muss das allein tun.« Er trug sie ins Schlafzimmer, wo er sie auf das Bett legte.

Sie sah so friedlich aus, wenn sie schlief. Aber Junge, sie würde stinksauer sein, wenn sie aufwachte. Er plante, weit weg zu sein, wenn die Wirkung der Drogen nachließ und sie wutentbrannt aufwachte. Er hoffte nur, dass sie so lange schlief, bis er seine Schwester gerettet hatte, sonst würde sie, so wie er sie kannte, erscheinen – bereit, ihn auszuweiden.

Die Kleidung, die sie bestellt hatte, kam wenige Minuten, nachdem er sie ins Bett gebracht hatte. Der Hotelpage, ein junger Mann, der sich stotternd bedankte, als Brand ihm einen Zwanziger zusteckte, legte zwei Kleidersäcke auf das Sofa. Der Hotelangestellte lieferte außerdem zwei Kartons mit Schuhen und einen Beutel mit Unterwäsche mit dem Logo einer bestimmten berühmten Marke auf der Außenseite. Nichts als das Beste für seinen Mondstrahl.

Alles passte wie angegossen, sogar die Unterwäsche. Er

konnte nicht anders, als das Stück Stoff, das sie für sich selbst bestellt hatte, in die Hand zu nehmen, einen kleinen Spitzentanga, den er einen Moment lang in seiner Faust zerdrückte. Wie gern hätte er ihr das ausgezogen.

Lass dich nicht ablenken. Er ließ das spitzenbesetzte Teil fallen und machte sich fertig. Kaum hatte er seinen Smoking angezogen – ein Novum für ihn, da er den Abschlussball in der Highschool geschwänzt hatte, weil er ihn für langweilig hielt –, klingelte das Telefon im Zimmer, um ihm mitzuteilen, dass sein Fahrzeug angekommen war.

Bei einem letzten Kontrollblick, um sich davon zu überzeugen, dass er präsentabel aussah, verzog er im Spiegel das Gesicht, da er sich selbst nicht wiedererkannte. Nicht nur, weil er sein menschliches Gesicht trug – wenn auch älter und schlanker, als er es in Erinnerung hatte –, sondern weil er einfach nicht umhinkonnte, sich anders zu sehen: größer, aufrechter und selbstbewusster als in seiner Erinnerung.

Er gab Aimi die Schuld. Sie hatte einen gebrochenen Mann, der fast bereit gewesen war aufzugeben, aufgenommen und etwas in ihm gesehen, das in ihrer Gegenwart aufblühte.

Das nennt man Stolz. Er reagierte nicht mehr und ließ nicht mehr zu, dass jemand ihn kontrollierte. Brandon war sein eigener Mann – in einem verdammten Smoking, komplett mit Kummerbund und Schuhen. Aimi war durchaus beschäftigt gewesen, während er geduscht hatte. Er hatte vor, noch beschäftigter zu sein, während sie ein Nickerchen machte.

Bevor er gehen konnte, schaute er noch einmal nach ihr, zog ihr die Decke wieder zurecht und stellte sicher, dass ihr Kopf auf ein Kissen gebettet war. Er drückte ihr sogar einen sanften Kuss auf die Lippen. Sie reagierte nicht. Er spürte nichts durch ihre Verbindung, da ihr durch das Betäubungsmittel ausgelöster Schlaf sie außer Kraft setzte.

»Leb wohl, Mondstrahl.« Wenn sie das nächste Mal aufwachte, wäre er nicht mehr in ihrem Leben.

Er blickte nicht zurück, als er ging. Das konnte er nicht, da er es sich sonst möglicherweise anders überlegt hätte.

Als er in der Eingangshalle ankam, wies die Empfangsmitarbeiterin auf den Wagen vor dem Gebäude, der gekommen war, um ihn zur Party zu fahren. Nur war es kein normaler Wagen. Nein, nicht für seinen Mondstrahl. Sie hatte eine verdammte Limousine mit Fahrer und allem Drum und Dran bestellt.

Seufz. Er war bei ihr völlig fehl am Platz. Als er das Hotel verließ, neigte der Fahrer – der einen schwarzen Anzug samt Hut trug – den Kopf und hielt ihm die hintere Tür auf. Er versuchte abzulehnen. Offenbar war das keine Option.

»Firmenpolitik, Sir«, erklärte der Fahrer. »Alle Kunden müssen hinten sitzen.«

Da er keine Wahl hatte, saß der Hochstapler in seinem neuen Outfit auf dem Rücksitz der Limousine, ohne das Gefühl zu haben, dorthin zu gehören.

Es ist nichts falsch daran, sich schick anzuziehen. Schick beinhaltete saubere Jeans und ein Hemd. Dieses Smoking-Ding engte ein und würgte ihn.

Der Fahrer wusste anscheinend, wohin er fahren musste, und so konnte Brand sich zurücklehnen und warten, bis er dem Teufel serviert wurde. Es gab ihm Zeit, über sein weiteres Vorgehen nachzudenken. Sein aktueller Plan sah vor, an der Haustür aufzutauchen und sich den Weg hineinzubahnen.

Wer hat jetzt die größten Eier, Onkel?

Dreister Stolz sollte jedoch nicht an die Stelle der Intelligenz treten. Hätte er sich für eine List entscheiden sollen?

Er hätte es tun können. Er hatte einen Ort. Brandon konnte unbemerkt ankommen und möglicherweise auch auf demselben Weg wieder verschwinden.

Aber warum sollte er sich noch verstecken? War Brandon nach allem, was sein Onkel getan hatte, nicht damit an der Reihe, im Rampenlicht zu stehen? Brandon musste sich nicht länger verstecken. Er war kein Monster – äußerlich. In seinem Inneren brodelte es vor kalter Wut und dem Hunger nach Rache.

Seine Knochen brechen. Ihn zermalmen.

Sollte sein Onkel doch versuchen, seine Spielchen mit Brandon von Angesicht zu Angesicht zu spielen. Er würde sich um ihn kümmern. Aimi und ihre Familie hatten jedoch gute Argumente, als sie behaupteten, dass Onkel Theo sich bei einer öffentlichen Veranstaltung wie dieser von seiner besten Seite zeigen würde. Die Öffentlichkeit würde zusehen und wie immer im heutigen Zeitalter der aufdringlichen Medien würden die Leute urteilen. Wenn Brand sich zeigte, könnte sein Onkel nichts tun, um ihn aufzuhalten, nicht ohne Fragen aufzuwerfen.

Nichts hindert mich daran, meine Schwester zu sehen und mit ihr zu sprechen. Was könnte Onkel Theo tun, wenn sie sich entscheiden sollten, gemeinsam zu gehen? Nichts, ohne eine Szene zu machen.

Apropos Szene: Brand hätte fast wie ein Mädchen geschrien, als sich an einer Ampel die Beifahrertür öffnete und ein silberhaariger Derwisch einstieg. Der Wagen setzte sich in Bewegung, während er mit offenem Mund starrte. Schließlich schaffte er es, »Tante Waida?« zu sagen. Wer sonst würde ein leuchtend pinkfarbenes Ballkleid tragen, das mit Quasten behängt war?

»Ich bin es höchstpersönlich, Junge. Schau nicht so überrascht. Du hast doch nicht ernsthaft geglaubt, dass wir dich allein in die Höhle des Wolfes gehen lassen, oder?«

»Warum solltet ihr das nicht? Ich gehöre nicht zur Familie.«

Zack. Die Ohrfeige erschütterte ihn kaum und Waida machte ein abfälliges Geräusch. »Du bist mit meiner Nichte zusammen. Damit gehörst du durch sie zur Familie.«

»Ich bin nicht mit ihr zusammen.«

Das brachte ihm eine weitere Ohrfeige ein. »Idiot. Zu deinem Glück habe ich etwas, das dein Leiden heilen könnte.«

»Welches Leiden?«

»Das, das dich dumm macht. Ich weiß, was du getan hast, und muss zugeben, dass ich deine Eier bewundere, und das nicht nur, weil sie mutig sind.« Sie musterte ihn auf eine Art, die in ihm den Wunsch auslöste, er hätte mehr Kleidungsschichten getragen. »Du bist ein recht interessanter Bursche. Schade, dass du nicht mehr lange leben wirst. Meine Nichte betäuben.« Die Tante kicherte. »Dafür wird sie dich büßen lassen.«

»Ich habe es getan, um sie zu schützen.«

»Sie wird das nicht so sehen.«

Er rechnete schon damit, dass Aimi wütend werden würde. Das hielt ihn jedoch nicht davon ab zu tun, was er tun musste. »Was machst du hier?«

»Ich bin gegangen, kurz nachdem ich dich getroffen hatte. Meine Hellseherin –«

»Du nimmst Ratschläge von einer Hellseherin an?« Es war möglich, dass die Verachtung förmlich aus seiner Erwiderung triefte.

»Sag das noch einmal so und du wirst sehen, warum ich nicht die nette Schwester bin.«

»Du meinst, es gibt eine nette von euch?« Er war nicht ganz sarkastisch.

»Undankbar, und das nach all der Arbeit, die ich mir gemacht habe. Was glaubst du, wer die Limousine und alles

DIE GESCHICHTE DES DRACHEN

andere organisiert hat? Heutzutage kann man denen, die nicht zur Familie gehören, nicht mehr trauen. Sie haben immer irgendwelche Hintergedanken.«

»Und was sind deine Beweggründe?«

»Der Ruhm der Familie natürlich. Ein bisschen Spaß, vielleicht ein bisschen Chaos, das ist auch gut. Obwohl ich es leugnen werde, wenn Zahra fragt.«

Die leichtfertige Antwort ärgerte ihn. »Das ist kein Spiel.«

»Alles im Leben ist ein Spiel. Es ist am besten, wenn du es jetzt lernst. Vor allem weil du eine der Spielfiguren bist.«

»Schön zu wissen, dass ich als Bauer etwas tauge.«

»Hör auf, dich herabzusetzen. Es ist nervig. Selbst mit deinem dicken Schädel solltest du inzwischen wissen, dass du ein wichtiger Akteur bist, oder willst du weiterhin die Ereignisse um dich herum leugnen?«

»Ich habe nicht darum gebeten, dass irgendetwas davon passiert. Ich war ein Opfer der Wissenschaft. Mehr nicht. Ich bin kein Drache.«

Zack. Der Schlag auf die Seite seines Kopfes überraschte ihn zwar nicht völlig, aber darauf vorbereitet zu sein verhinderte das Brennen nicht ganz.

»Was zum Teufel?«

»Nicht solche Worte«, schnauzte die Tante. »Dort, wo wir hingehen, werden die Leute zuhören, und sie werden dich nicht respektieren oder unterstützen, wenn du wie ein hinterwäldlerischer Landei-Jammerlappen mit Selbstmitleid rüberkommst.«

»Aber ich bin ein hinterwäldlerisches Landei.« Was den Rest anging ... Jammern schien besser zu sein, als dem Zorn nachzugeben und zu randalieren.

Randalieren macht mehr Spaß. Manchmal werden Dinge zermalmt.

»Manierlich ist der, der gute Manieren hat. Reichtum

hat damit nichts zu tun. Glaubst du wirklich, dass alle, die du heute Abend treffen wirst, von blauem Blut sind? Die meisten von ihnen werden einfache Leute sein. Unter mir. Unter dir. Zieh die Schultern zurück, halte dein Kinn hoch und tu so, als wärst du die wichtigste Person im Raum. Denn wenn die Tests meiner Schwester richtig sind, bist du es.«

»Und wenn ich es nicht bin?«

»Dann täusche es vor, aber hör verdammt noch mal auf, darüber zu jammern.«

»Oder was?« Ja, er hatte den Drachen absichtlich geärgert.

Geschlitzte Augen, die grünes Feuer spuckten, fixierten ihn. »Du willst es nicht wissen.«

Die Limousine hielt an einer weiteren Ampel und genauso schnell, wie sie gekommen war, glitt Waida aus dem Wagen, nur damit eine andere silberhaarige Frau ihren Platz einnehmen konnte.

Aimi, die wunderbar roch und noch köstlicher aussah, nahm den Sitz ihm gegenüber ein. Er gab dem Anblick ihres Oberschenkels, der durch den hohen Schlitz ihres Kleides hervorlugte, die Schuld daran, dass er sie nicht hinauswarf und dem Fahrer sagte, er solle Gas geben.

Leider war er schwach. So schwach vor ihr. Er stöhnte auf. »Was machst du denn hier? Ich habe dich sicher im Hotel zurückgelassen.«

»Du weißt, dass es Gesetze gegen das Betäuben von Frauen gibt.«

»Ich habe es getan, um dich zu schützen.«

»Nein, du hast es getan, weil du galant bist.«

Er zuckte zusammen. »Bin ich nicht.«

»Nicht ganz, da du mich betäubt hast. Gut, dass ich es erwartet habe.«

»Wenn du es wusstest, warum hast du dann das Essen gegessen?«

Sie rollte eine nackte Schulter – die noch eine Sache brauchte, um sie perfekt zu machen. Eine Bissmarkierung. Seine, um genau zu sein.

»Ich habe es gegessen, weil ich hungrig war. Außerdem brauchte ich ein Nickerchen, und angesichts meines erregten Zustands, weil jemand etwas nicht zu Ende gebracht hat«, ein funkelnder Blick, »habe ich ein wenig Hilfe gebraucht.«

»Das erklärt aber nicht, wie du hierhergekommen bist. Ich bin vor fast einer Stunde gegangen.«

»Das bist du. Die Limousine ist in der Nähe des Hotels durch die Straßen der Stadt gefahren. Lange genug für mich, um ein Nickerchen zu halten und mich fertig zu machen.«

»Du meinst, du hast das die ganze Zeit geplant?«

»Mit ein wenig Hilfe. Tante Waida wollte sehen, ob jemand den Wagen angreift, wenn nur du drinsitzt. Sie war sehr enttäuscht, als nichts passierte.«

»Vielleicht haben sie aufgegeben.«

»Das bezweifle ich. Es ist wahrscheinlicher, dass sie von der Überwachung wussten und einen Überfall für später planen.«

»Wie kommt es, dass deine Tante auf den Rat einer Hellseherin hin hier ist, aber sonst niemand?«

»Meine Mutter setzt nie alle ihre Ressourcen an einem Ort ein. Aber in diesem Fall wette ich, dass Waida als Unabhängige gehandelt hat. Sie ist eine eigenständige Matriarchin, auch wenn ihr Sept nur aus ihrem Mann und ihrem einen Sohn besteht.«

»Aber wie ist sie hierhergekommen? So wie es sich anhört, war sie vor uns hier, aber wir waren allein auf dem Flug.«

»Als würde sie einer kommerziellen Fluggesellschaft trauen. Sie ist selbst geflogen.«

»Sie ist als Drache geflogen?« Er achtete darauf, die Worte leise auszusprechen, falls der Fahrer zuhörte. Die Zwischenwand trennte ihn von der Vorderseite, aber seine Paranoia war in voller Alarmbereitschaft. »Ist das nicht allerheiligst?«

»Sie ist mit einer zweimotorigen Turboprop geflogen. Sie mag es nicht, mit dem Auto zu reisen, und sagt, wenn sie ihre eigenen Flügel nicht benutzen kann, dann kontrolliert sie die, die sie benutzen kann.«

»Deine Familie ist sehr entschlossen.«

»Genau wie du. Wir werden herrlich eigensinnige Kinder bekommen.«

Er seufzte. »Du gibst nicht auf, oder?«

»Nein. Das solltest du auch nicht, denn ich bin der ultimative Preis.«

Eher ein unmöglicher Traum, aber er unterdrückte diesen Gedanken, damit sie ihn nicht ohrfeigte.

Die Limousine fuhr auf ihr Ziel zu, zumindest nahm er das an, und er wusste nicht, was er denken sollte. Aimi an seiner Seite zu haben lenkte ihn ab, aber noch schlimmer war, dass er die Tatsache nicht verbergen konnte, dass er in feindliches Gebiet unterwegs war. Mehr denn je stellte er infrage, ob es klug war, einfach hineinzuplatzen.

Sie ließen die Lichter der Stadt hinter sich, als sie in die Vororte fuhren. Breite Straßen, hoch aufragende Bäume, richtige Bürgersteige und strategisch beleuchtete Rasenflächen, um Bäume und Sträucher in Szene zu setzen, die bis aufs Äußerste gepflegt waren.

Sie hielten an einem Tor an, dessen breiter Torbogen die Ein- und Ausfahrt überspannte. Es gab ein verziertes Willkommensschild und sogar ein Wachhaus, in dem jemand mit einem Tablet kurz mit dem Fahrer sprach, bevor er sie einließ. Es sah so aus, als würden sie eine geschlossene Wohnanlage für die Wohlhabenden betreten, einen Ort, an dem die Reichen lebten und von den Massen getrennt blieben.

Hier wohnte Parker also? Selbst für seinen Onkel schien es zu verschwenderisch zu sein. »Sind wir hier richtig?«, fragte er.

»So stand es auf der Einladung.«

Der Ort mochte richtig sein. Aber es wirkte falsch, denn wenn Brand an eine Geburtstagsparty dachte, kamen ihm die Feiern seiner Jugend in den Sinn. Der Garten mit der Weihnachtsbeleuchtung, die zwischen den Bäumen aufgehängt war, und die bunten Glühbirnen, die bei Einbruch der Dunkelheit in der Luft zu schweben schienen. Die verschiedenen Picknicktische – das Holz schwammig vom Alter und schimmelig von der Zeit – waren mit Plastikplanen abgedeckt, auf denen Luftballons mit *Happy Birthday* prangten. Als zusätzliche Dekoration waren ein paar bunte Luftballons an Schnüren an das Haus und die Äste geklebt. Die schlichte Dekoration passte gut zu dem Menü aus gegrillten Burgern, Hot Dogs und Makkaronisalat, gefolgt vom Nachtisch, einem von seiner Mutter selbst gebackenen Kuchen, der mit Zuckerguss bestrichen war und in dem unterschiedlich hohe Kerzen steckten. In ihrem Haus wurden sogar Dinge wie Kerzenstummel wiederverwendet, um Geld zu sparen.

Das knappe Budget bedeutete auch, dass nur die engste Familie und die allerbesten Freunde eingeladen wurden, denn, wie seine Mutter oft sagte: »Wir füttern nicht die ganze verdammte Nachbarschaft.« Das mochte hart und gefühllos geklungen haben, aber das war die Realität, wenn man mit einem kleinen Budget lebte. Trotz der Einschränkungen fühlte sich kein Mercer je vergessen, auch wenn einige der Geschenke noch immer in einer Plastiktüte mit

Etiketten und möglicherweise gestohlen statt gekauft ankamen.

Aber es war der Gedanke, der zählte.

War es also verwunderlich, dass Brand, als er hörte, dass die Feier zum Geburtstag seiner Schwester war, irgendwie etwas Intimes und Familiäres erwartete? Die protzigen Häuser in der Gegend mit ihren hohen Toren und steinernen Zäunen sagten etwas anderes.

Der Smoking und die Limousine hätten das vermuten lassen müssen. Der Anzug, in den Aimi ihn gesteckt hatte, war alles andere als einfach, aber er nahm an, dass sie ihn bestellt hatte, weil reiche Mädchen das eben so machten.

Er zerrte am Kragen des Hemdes. »Das verdammte Ding erwürgt mich.«

»Spiel nicht daran. Es ist perfekt.«

Nein, sie war perfekt in dem schimmernden malvenfarbenen Kleid, das mit Silber durchzogen war. Aimis Haare fielen in einem seidigen Vorhang, der ihr fast bis zum Hintern reichte.

Meinem Hintern. Komisch, dass er sich angewöhnt hatte, sie als sein Eigentum zu betrachten.

Wie um alles in der Welt sollte er sie verlassen, wenn diese sicherlich gescheiterte Mission beendet war?

»Warum das grimmige Gesicht? Heute Abend holen wir deine Schwester zurück.«

»Oder alles geht zum Teufel.«

»Wenn Parker mir auch nur ein Haar krümmt, isst meine Mutter seine Eier zum Frühstück, mit einer Prise Salz und in einer Sauce béarnaise.«

»Wenn noch etwas übrig ist, nachdem ich mit ihm fertig bin.« Allein die Vorstellung, dass Aimi verletzt werden könnte, ließ ihm das Blut in den Adern gefrieren, aber das störte ihn nicht. Mehr und mehr merkte er, wie die Grenze zwischen ihm und seinem anderen Ich schwand.

DIE GESCHICHTE DES DRACHEN

Was sage ich da? Ich glaube, es gibt nicht einmal mehr eine Trennung. Seine Gedanken, Gefühle, alles schien von ihm zu kommen, mit einer neuen Wendung.

»Du würdest jemanden für mich töten?«, fragte sie.

»Ohne zu zögern.«

»Du sagst die süßesten Dinge.«

Er ignorierte die vorbeiziehenden Villen und drehte sich zu ihr um. »Kann ich dich etwas fragen? Wenn ich kein goldener Drache bin, zum Teufel, oder wenn sich herausstellt, dass du dich irrst und ich gar kein Drache bin, würdest du mich dann immer noch wollen?«

»Du vergisst, dass ich dich schon beansprucht habe, bevor wir wussten, dass du ein Goldener sein könntest.«

»Weil du dachtest, ich sei ein Drache. Was ist, wenn ich keiner bin?«

Sie beugte sich vor, ihr Duft war ein berauschendes Parfüm, das seine Sinne einhüllte. »Meine Mutter könnte mich enterben, aber es ist mir egal, was du bist. Alligator, Drache oder einfach nur ein Mann. Ich denke, es ist an der Zeit, dass wir uns mit dem paaren, für den wir bestimmt sind, und nicht nur, weil unsere Gene perfekt zusammenpassen.«

»Du denkst, wir passen perfekt zusammen?« Allein der Gedanke war schon unglaubwürdig.

»Glaubst du das nicht?«

Er wollte sagen: »Nein, verdammt, nein«, aber er konnte nicht, denn er wollte verdammt noch mal ihr perfekter Gefährte sein. Er wollte, dass ihre Anmut seine rauen Kanten milderte, dass seine Stärke ihr Schutzschild war, dass ihre sanften Worte die Bestie in ihm besänftigten.

Komm her.

Er sprach die Worte nicht laut aus, aber sie hörte ihn und rührte sich nicht. »Nicht jetzt. Später.«

»Scheiß drauf.« Wer wusste schon, ob es ein Später

geben würde? Er griff nach ihr und zog sie auf seinen Schoß.

Sie schnappte schockiert nach Luft und sie wehrte sich nur leicht. »Brand, wir sollten nicht, mein Make-up.«

Ihr Make-up war ihm egal. Sie sah ohne genauso gut aus, und ihm persönlich gefiel es sogar besser. Außerdem wollte er diese perfekten rosafarbenen Lippen kosten. »Er hat keinen Kirschgeschmack«, murmelte er, als er seinen Mund über ihre Lippen gleiten ließ und den faden Geschmack bemerkte.

»Dann werde ich für das nächste Mal welchen für dich kaufen.«

Denn es würde ein nächstes Mal geben. Viele davon. Er nahm ihr Haar in eine Faust und genoss das seidige Gefühl. Sie stöhnte gegen seinen Mund und öffnete die Verbindung zwischen ihnen so weit, dass er ihre Erregung über seine leicht grobe Behandlung spüren konnte. Sein Mondstrahl mochte äußerlich fein und zierlich wirken, aber innerlich war sie ein wildes Ding, das sich gern schmutzig machte.

Mit mir. Und nur mit mir.

Der Schlitz im Rock ihres Kleides ermöglichte es seiner Hand, die Haut ihres Oberschenkels zu streicheln und dann nach oben zu wandern, bis er auf die Spitzenbarriere ihres Slips stieß.

Reiß.

»Brand!«

»Den brauchst du nicht.«

»Ich kann nicht ohne Unterhose in die Öffentlichkeit gehen. Das geht nicht.« Ihre Aussage war ein Schnauben, und doch konnte er den Hauch von Erregung bei dem Gedanken spüren.

»Ich will nicht, dass mir etwas im Weg ist, wenn ich dich später nehme.« Denn er würde sich ein Beispiel an ihr nehmen und davon ausgehen, dass ihre Beziehung hielt.

Sein Glück veränderte sich. Er war nicht länger ein Opfer. Die Zeit war gekommen, dass er der Held war.

Und Helden bekamen immer das Mädchen.

Ein Schauer durchlief ihren Körper. »Du bist gemein.«

»Warum? Weil ich gern das hier mache?« Er fingerte sie, spürte den Honig an seinem Finger und wünschte, es wäre seine Zunge.

»Weil ich weiß, dass wir jetzt keine Zeit dafür haben.«

»Du hast recht. Wir haben keine.« Aber er wollte es. Er zog seine Hand zurück und leckte den Finger ab. Als würde er diese Ambrosia verkommen lassen.

Sie knurrte. »Ich schwöre dir, wenn du mich weiter reizt, werde ich dich vor allen Leuten beanspruchen, zum Teufel mit den Medien.« Ihre violetten Augen wurden zu Schlitzen und blitzten mit Feuer, ein Zeichen, an dem er mittlerweile erkannte, dass sie von starken Gefühlen getrieben wurde.

»Ich bin fast so weit, dass ich dich vielleicht genau das machen lasse, Mondstrahl.« Denn sie war nicht die Einzige, die dieses Spiel leid war, das sie spielten.

»Magst du mich, Brand?«, fragte sie mit ernster Miene.

»Mehr als ich sollte, Mondstrahl.«

Die Limousine wurde langsamer, als sie abbogen, und Aimi rutschte von seinem Schoß, wobei sie murrte, dass sie ihren Lippenstift und ihre Haare richten müsse. Aber ihre Verbindung ließ ihn wissen, dass das Murren nur eine Fassade war; innerlich platzte sie fast vor Glück.

Das habe ich getan. Er hatte sie glücklich gemacht. Brandon war sich nicht sicher, ob er das schon einmal für jemand anderen als seine Mutter getan hatte, aber er wusste, dass es ihm verdammt gut gefiel. Nachdem er seine Schwester gerettet hatte, sollte er vielleicht seine Entscheidung zu gehen noch einmal überdenken.

Er schaute aus dem Fenster, während Aimi einen

Schmollmund machte, um ihren Lipgloss neu aufzutragen. Sie fuhren an einem langen, eingezäunten Stück Land vorbei, da zu jedem der Häuser in dieser Gegend ein großes Grundstück gehörte. Angst packte ihn. Er zerrte an dem verdammten Würgehalsband. »Meine Schwester wird mich in diesem Frack nicht erkennen.«

»Hör auf zu jammern. Wir können nicht einfach in Straßenkleidung auftauchen. Sie würden uns nicht einmal durch das Tor lassen.«

»Tore, Wachen und Zäune. Was ist das hier, Fort Knox?«

»Eher die Höhle des Wolfes.«

Und das meinte sie recht wörtlich. Es waren einige Nachforschungen nötig gewesen, aber laut Aimi hatte ihre Schwester Adi herausgefunden, dass Parker das Anwesen gehörte, zu dem sie heute Abend fuhren. Versteckt unter mehreren Strohfirmen hatten sie drei Orte gefunden, die direkt mit Parker in Verbindung standen. Heute Abend würden sie die Villa an der Westküste besuchen, aber sein Onkel besaß noch zwei weitere Immobilien. Die eine war ein einfaches Stadthaus an der Ostküste in New York, die andere befand sich unten in Texas und war ein mehrere Hundert Hektar großes Anwesen, das nicht nur ein Haus beherbergte, in das ein Großteil der Mercer-Familie hätte passen können, sondern auch eine Reihe von Nebengebäuden, da das Anwesen auch als Ranch diente.

»Mein Onkel Parker ist Farmer?« Das schien nicht richtig.

»Auf dem Papier ist er das. Allerdings scheint er nicht viel Vieh zu verkaufen. Das ist sein Unterhaltungshaus, in das wir heute Abend gehen. Das Haus, das er benutzt, um sich bei Regierungsvertretern einzuschleimen.«

»Und du bist dir sicher, dass Sue-Ellen dort sein wird?«

»Wo sonst sollte das Geburtstagskind bei seiner Party sein?«

In diesem Moment wurde ihm klar, dass er zwar viel gemeckert und gejammert hatte – natürlich auf männliche Art und Weise – über alles, was passiert war, aber eine wirklich wichtige Sache hatte er noch nicht getan. »Danke.«

»Wofür?«

»Dass du das alles gemacht hast. Dass du herausgefunden hast, wo meine Schwester ist.«

»Ich kann mir den Verdienst nicht allein anrechnen. Meine Schwester hat ein bisschen geholfen.« Als er eine Augenbraue hochzog, lachte sie. »Okay, eine Menge. Aber du solltest mir nicht dafür danken. Was dein Onkel deiner Schwester angetan hat ist falsch, und jetzt werden wir es in Ordnung bringen.«

»Ich weiß nicht, womit ich das verdient habe, aber danke.«

»Danke mir nicht.« Sie beugte sich vor, berührte sein Knie und sagte leise: »Von jetzt an sind wir eins, auch wenn du es noch nicht glaubst. Was dich betrifft, betrifft auch mich. Diejenigen, die dir wichtig sind, stehen jetzt auch unter meiner Verantwortung und meinem Schutz.«

Allein der Gedanke an eine solche Partnerschaft raubte ihm fast den Atem. Ihr Anblick, ihre platinblonde Perfektion und ihre schlanke Eleganz standen im Gegensatz zu seinem dunklen Aussehen und seinem noch dunkleren, kälteren Blut. Immer wieder sah er Gründe, warum sie etwas Besseres als ihn verdiente. Ein einfacher Mercer, der dachte, er könne mit dieser umwerfenden Schönheit zusammen sein? Aber sie sah genau richtig an seiner Seite aus, ihr silbernes Haar passte zu seinem dunklen, ihre schlanke und anmutige Schönheit betonte seine Masse.

Und er würde sie in eine mögliche Gefahr bringen?

Nicht zum ersten Mal versuchte er, es ihr auszureden. »Ich glaube nicht –« Sie war nicht an seinen Argumenten interessiert und dämpfte seinen Protest mit einem Kuss. Was in ihm die Frage aufwarf, ob er mit Absicht protestiert hatte.

Was denn sonst? Hatte er oder seine andere Hälfte gesprochen? Er konnte es nicht mehr sagen.

Die Limousine hielt an und er blickte auf die riesige Villa mit ihren steinernen Säulen und riesigen Fensterreihen. Aus allen drangen Lichter und er konnte fast hören, wie seine Mutter schrie: »Mach das verdammte Licht aus. Du verbrennst nur Geld.«

Der Fahrer öffnete ihnen die Tür und stellte sich an die Seite. In diesem Moment bemerkte Brandon, dass er das Gesicht nicht kannte, aber ein paar silberne Haarsträhnen unter der Mütze hervorlugten. Noch mehr Verstärkung.

Er rutschte aus dem Wagen und streckte dann eine Hand aus, wie er es bei den Schauspielern gesehen hatte, wenn sie über den roten Teppich schritten – und er und seine Kumpels sich bei ein paar Bier über sie lustig machten. Sie sahen es sich nur an, um die heißen Schauspielerinnen in ihren freizügigen Kleidern zu sehen.

Aimi stieg aus, ein Strahl des Mondlichts, der ihm alle Argumente und den Atem raubte.

»Bist du bereit?«, fragte sie, als sie ihre Hand durch seine Armbeuge schob und auf seinem Bizeps ruhen ließ.

»Nein.«

Ihr trällerndes Lachen rieselte auf ihn herab und beruhigte einen Teil seiner Nervosität. »Lass uns deine Schwester holen, damit wir das Hotelzimmer heute Abend besser nutzen können.«

»So zuversichtlich bist du also?«

»Verlieren ist nie eine Option.«

Das war noch nie so wahr gewesen wie heute Abend.

Trotzdem konnte er nicht umhin, sich zu fragen, worauf er sich eingelassen hatte, da er sich völlig fehl am Platz fühlte. Sicher, er trug den verdammten Anzug mit der würgenden Krawatte und wirkte auch glaubwürdig, aber er war überzeugt, dass jeder um ihn herum sehen konnte, dass er aus dem Sumpf stammte.

Es kommt auf die Einstellung an, zumindest laut der Drachendamen. Also täuschte er es vor. Er hielt seinen Kopf hoch, zog die Schultern zurück und warf jedem, der es wagte, ihn anzuschauen, einen finsteren Blick zu – und für jeden, der seinen Mondstrahl anstarrte, hielt er einen tödlichen Blick bereit.

In seinem Inneren sagte seine kalte Hälfte kein Wort, vielleicht weil sie es nicht mehr tun musste. Hatte Aimi recht? Waren er und seine Bestie in all dem Aufruhr irgendwie zu einer Einheit geworden?

Heute Abend war nicht der richtige Zeitpunkt, um darüber nachzudenken. Er musste sich auf seine Mission konzentrieren: Sue-Ellen zu retten und sie und Aimi lebend hinauszubringen. Das gleiche Versprechen würde er für seinen Onkel nicht geben. Was ihn betraf, so wäre die Welt ohne Theo ein besserer Ort.

Das Gute daran, an einer öffentlichen Veranstaltung teilzunehmen, war, wie Aimi vor ihrem ersten gescheiterten Flug erklärt hatte, dass Parker nichts Offenkundiges versuchen konnte. Es würden Leute anwesend sein, Menschen und Würdenträger sowie auch einige Medienvertreter. Überall würden Kameras sein, die Augen der Welt wären auf sie gerichtet, während Parker den Massen vorspielte, dass Gestaltwandler normal waren, dass er normal war. Wenn unter *normal* auch Psychopathen fielen.

Als ihre Limousine wegfuhr, blickte er zurück und bemerkte eine Reihe von Fahrzeugen, sowohl Luxusmarken als auch weitere Limousinen, die die Auffahrt hinaufkrochen und an der Eingangstreppe Gäste ausspuckten.

Er zupfte erneut an seinem Kragen und stellte fest, dass alle Männer Anzüge trugen, während die Damen in ihren regenbogenfarbenen Kleidern und auf wackeligen hohen Schuhen glänzten und begeisterten.

»Denk dran, dein Onkel wird nicht geschlagen«, ermahnte sie ihn, kurz bevor sie die Eingangstür erreichten, wo Leute die Gäste mit Listen auf ihren Tablets abglichen.

Aber er hat es verdient. Ein Gedanke, den er lieber verdrängte, anstatt ihn dort laut auszusprechen, wo die Sicherheitsleute ihn hören und hinausbegleiten konnten. Onkel Theo hatte mehr verdient als eine ordentliche Faust ins Gesicht. Jeder Atemzug des Mannes war eine Verschwendung, und Brandon beabsichtigte, derjenige zu sein, der dem ein Ende setzte.

Der Mann im dunklen Anzug, der am Eingang postiert war, tippte auf seinen Bildschirm. »Willkommen, Miss Silvergrace. Darf ich fragen, wer Ihr Gast ist?«

Brandon rechnete mit vielem, aber nicht mit ihrer Antwort: »Das ist Brandon Mercer, Mr. Parkers vermisster Neffe und der Bruder des Geburtstagskindes. Aber ich hoffe, Sie werden die Überraschung wahren.«

Das war höchst unwahrscheinlich, und er musste sich fragen, warum sie es angekündigt hatte, als sie ins Haus gewunken wurden. Sofort zog er sie zur Seite, um zu zischen: »Hast du den verdammten Verstand verloren? Willst du dieses Unterfangen scheitern lassen, bevor wir angefangen haben?«

»Im Gegenteil, wir haben es Parker gerade schwerer gemacht, uns reinzulegen. Wir haben gerade öffentlich bekannt gegeben, wer wir sind, und es dir damit schwerer gemacht, einfach zu verschwinden, oder hast du nicht bemerkt, wie die Leute hinter uns gelauscht haben?«

Ein Blick nach hinten zeigte ihm ein Pärchen, das aufgeregt flüsterte.

»Also weiß jeder, dass wir hier sind. Großartig. Wir haben meinem Onkel gerade eine Warnung gegeben, dass er meine Schwester wieder verstecken muss.«

»Hab etwas Vertrauen, lieber Verlobter. Dein Onkel ist viel zu eingebildet, um sich von so etwas wie deinem Wiederauftauchen dazu bringen zu lassen, etwas zu tun, was die Medien bemerken könnten, wie zum Beispiel das Geburtstagskind zu verstecken.«

»Ich hoffe, du hast recht«, murmelte er, als sie ihn weiter in die Villa führte. Vor nicht allzu langer Zeit hätten ihn die polierten Fliesenböden und die detaillierten Stuckleisten vielleicht mehr beeindruckt. Allerdings hatte er schon einige Zeit im Domizil der Silvergraces verbracht und musste sagen, dass er ihren Geschmack als wesentlich stilvoller und eindeutig weniger protzig empfand.

Aimi verzog verächtlich die Lippen. »Meine Güte, hat er ernsthaft den Impressionismus des neunzehnten Jahrhunderts mit postmoderner Kunst vermischt?« Aimi stieß ein Geräusch höflichen Abscheus aus. »Möchtegern.«

»Für mich sieht beides beschissen aus. Ich wüsste nicht, warum irgendjemand für irgendetwas davon Geld ausgibt.« Er deutete mit einer Hand auf die Wand aus Kunst mit ihren gekritzelten und abstrakten Bildern.

»Mischen ist eine Sache. Das heißt aber nicht, dass die Kunst selbst schlecht ist. Siehst du nicht das Talent? Schau genauer hin. Schau noch einmal mit den Augen einer Person, die Schätze begehrt«, fügte sie hinzu.

Was meinte sie? Für ihn sah alles nach verschmierter Farbe aus, aber als er genauer hinsah, fiel ihm auf, dass die Pinselstriche der Gemälde, die auf den ersten Blick grob und ungleichmäßig gewirkt hatten, in Wirklichkeit eine Momentaufnahme darstellten, wohingegen der andere Stil, bei dem dieselben kräftigen Pinselstriche ausgeführt worden waren, nichts zeigte.

Aber obwohl er diese Unterschiede feststellte, konnte er leicht sagen: »Ich sehe immer noch nicht den Reiz darin.«

»Ich muss dir die Sachen zeigen, die ich in meinem Hort versteckt habe. Ich verspreche dir, du wirst den Wert erkennen.«

War das Zeigen ihrer Schätze für Aimi gleichbedeutend damit, ihm einen Schlüssel zu geben? Wo war eine aufdringliche Silvergrace, wenn er eine Frage hatte?

Schritt für Schritt geriet er tiefer in das Haus hinein, und je weiter er ging, desto mehr kribbelte es in seinem Nacken. Gefahr. Aber wo?

Als er sich umsah, bemerkte er alle in ihren Smokings und aufwendigen Kleidern. Einige schenkten ihm und Aimi Aufmerksamkeit, vor allem Aimi, aber das schien angesichts ihrer extremen Schönheit normal zu sein. Weitere Blicke zeigten eine Menge Sicherheitskräfte – ein kurzes Schnuppern verriet, dass es sich um Gestaltwandler-Sicherheitskräfte handelte, zusammen mit einigen Männern, die überhaupt nicht rochen. Weder Mensch noch Gestaltwandler. Es erinnerte ihn an das Flugzeug.

»Sind das noch mehr von diesen Wyvern?«, murmelte er ihr unter dem Deckmantel zu, sie an sich zu ziehen, um einen Kellner mit Getränken vorbeizulassen.

»Ja, das sind sie, und sie machen keine Anstalten, ihre Anwesenheit zu verbergen. Das wird Mutter nicht gefallen.«

»Warum? Bedeutet das, dass Parker mit denen zusammengearbeitet hat, die das Flugzeug und dann unseren Wagen angegriffen haben?«

»Möglicherweise. Obwohl es mir schwerfällt zu glauben, dass einer der Septs mit ihm gemeinsame Sache machen würde. Aber andererseits hat dein Onkel in letzter Zeit viele Dinge getan, die als unmöglich galten.«

»Apropos mein Onkel, da ist er.« Auf der anderen Seite des Raumes stand sein Onkel Theo, der für einen räudigen Wolf so gepflegt aussah wie immer. Er trug einen schwarzen Smoking wie alle anderen, hatte ihn aber mit einem hellblauen Hemd kombiniert, das zu dem Blau des Kleides seiner Frau passte. Brandon ballte die Fäuste an seinen Seiten, da er dem Mistkerl liebend gern das selbstgefällige Lächeln aus dem Gesicht gewischt hätte, aber er konnte nicht. Er musste sich benehmen, denn an Parkers Seite stand seine Schwester Sue-Ellen in einem butterblumengelben Kleid. Einen Moment lang starrte er einfach nur. Wie könnte er auch nicht? Seine Schwester strahlte und lächelte freundlich, während sie Gratulanten die Hand schüttelte und für die Massen ein falsches Lächeln aufsetzte.

Nicht mehr lange. Zeit, ihren Albtraum zu beenden.

»Das ist meine Schwester. Ich werde mit ihr reden.«

»Warte, bis ich deinen Onkel abgelenkt habe, und schnapp sie dir dann.«

Er wollte es wahrscheinlich nicht wissen, aber ... »Wie willst du ihn ablenken?«

»Das wirst du schon sehen.« Aimi schenkte ihm ein Lächeln, das möglicherweise an Wildheit grenzte. Es machte sie nur noch schöner – *aber vergiss nicht, dass sie tödlich ist.*

Sie schritt mit schwingenden Hüften von dannen, was den violetten Schimmer ihres Kleides glänzen ließ. Sie schnappte sich ein Glas von einem Tablett und er hörte, wie sie ausrief: »Dieses Gesöff nennen Sie Champagner? Das gebe ich nicht mal meinen Angestellten zu Weihnachten.«

Die hohe Kunst des Snobismus in Aktion. Während Aimi mit ihren Reiche-Mädchen-Allüren für Aufregung sorgte, schlich Brandon am Rande des Raumes entlang und beobachtete seinen Onkel und seine Schwester. Als Parker sich in Aimis Richtung bewegte, schlängelte Brandon sich durch die verbleibende Menge, bis er hinter seiner Schwester stand, deren wahre Essenz von irgendeinem blumigen Parfüm überdeckt wurde.

Er wirbelte sie herum und zog sie in eine Umarmung. »Ich bin so froh, dich zu sehen.«

»Lass mich sofort los«, kreischte sie. »Sicherheitsdienst!«

»Sue-Ellen, ich bin's«, rief er und setzte sie ab. »Mein wahres Ich. Ich bin kein Monster mehr.« Und nein, es war ihm egal, wer ihn hörte. Wegen Parker wusste jeder, dass Brandon ein Gestaltwandler war. Sie wussten nur nichts von den Extras, die ihm angetan worden waren.

Seine Freude darüber, seine Schwester zu finden, schien angesichts Sue-Ellens funkelndem Blick nicht erwidert zu werden.

»Was machst du denn hier?«

»Ich rette dich, endlich.«

Sie zog die Stirn in Falten. »Mich wovor retten? Mich muss niemand retten, und du wirst alles ruinieren, wenn du nicht gehst.«

»Gehen? Bist du auf Drogen? Ich versuche schon seit Monaten, zu dir zu gelangen, seit der Bittech-Explosion. Es tut mir leid, dass es so lange gedauert hat, aber es war schwer, Parker aufzuspüren. Aber jetzt, da ich hier bin, kannst du gehen. Er wird es nicht wagen, uns aufzuhalten, wenn all diese Leute zusehen.« Er hoffte, dass Aimi damit recht hatte. Er griff nach der Hand seiner Schwester und wollte sie mit sich ziehen, aber sie riss sich los.

»Was machst du da?«, fragte seine Schwester.

»Ich gehe und du kommst mit mir.«

»Warum?«

»Weil Onkel Theo ein psychopathischer Entführer ist. Aber du musst dir keine Sorgen mehr machen. Sobald wir von hier verschwunden sind, werde ich dafür sorgen, dass er dich nie wieder findet.« Er wusste noch nicht genau, wie er das anstellen würde, aber sicher könnten ihm seine Mutter und seine Brüder helfen, sie zu verstecken.

»Das scheint ein Missverständnis zu sein. Ich will nicht gehen.«

Er blinzelte, als er ihre Worte verdaute. »Ich verstehe nicht.«

»Was gibt es da nicht zu verstehen? Ich will nicht mit dir gehen.«

»Aber warum? Du kannst doch nicht bleiben wollen? Onkel Theo ist böse.«

»Das sagst du. Ich bin da anderer Meinung.«

»Er hat dir eine Gehirnwäsche verpasst.«

»Hältst du mich für so dumm? Benutze deinen Kopf mal für etwas anderes als eine Hutablage«, fauchte seine Schwester. »Glaubst du wirklich, er hätte mich die ganze Zeit festhalten können, wenn ich es nicht so gewollt hätte? Hältst du mich wirklich für so hilflos?«

»Warum bist du dann nicht geflohen?«

»Weil ich bleiben wollte.« Sie reckte ihr Kinn. »Onkel Theo hat mich aus dem Bayou geholt, aus diesem Schweinestall, den wir unser Zuhause nannten. Er hat mir schöne Kleider gekauft. Er hat dafür gesorgt, dass ich eine richtige Schulbildung bekomme.«

»Er hat an mir und den anderen experimentiert. Er hat dich als Geisel gehalten. Er hat der Welt unser Geheimnis verraten.«

Ein spöttisches Lächeln umspielte die Lippen seiner Schwester. »Ein Geheimnis, das sowieso schon überall durchgesickert war, oder bist du so weit von der modernen Welt entfernt, dass du dir nie eines der YouTube-Videos angesehen hast? Er hat nur bestätigt, was viele auf der Welt schon wussten.«

»Und was ist mit dem, was er mir angetan hat? Den anderen?«

»Er hat ein paar Fehler gemacht, aber was er mit der Bittech-Forschung gemacht hat und immer noch macht, ist für das Allgemeinwohl. Er will, dass die Gestaltwandler bedeutsam werden.«

»Er hat mich zu einem Monster gemacht«, knurrte er. »Er hat mir meine Freiheit genommen und mich dazu gezwungen, Dinge zu tun, die ich nie getan hätte.«

»Er hat etwas riskiert und wie viele andere auf dem Weg zur Größe auch Rückschläge erlitten.«

Zu hören, wie seine Schwester den Mann verteidigte, den er so lange gehasst hatte, war schlimmer als jede Kugel oder Ohrfeige. Die Tatsache, dass sie die Dinge, die Brandon angetan worden waren, rechtfertigte, tat weh, aber noch mehr schmerzte die Erkenntnis, dass er Sue-Ellens Meinung nicht ändern konnte. Sie glaubte wirklich, dass Theo keine Verbrechen begangen hatte. Seiner eigenen Schwester war es egal, was ihm widerfahren war.

Ich bin so ein verdammter Idiot. Schlimmer als ein Idiot. Er fühlte sich verraten.

»Ich hoffe bei Gott, dass du dich an dieses Gespräch erinnerst, wenn er sich eines Tages gegen dich wendet«, war seine bittere Antwort, als er sich von seiner Schwester abwandte.

»Wo willst du hin?«, fragte seine Schwester. »Ich weiß, dass er mit dir wird reden wollen. Er hat nach dir gesucht.«

»Sag ihm, er soll zur Hölle fahren.«

Er war hier fertig. *Ich hätte nie herkommen sollen.* Es war Zeit, Aimi zu finden und zu gehen.

KAPITEL SECHZEHN

Es bedurfte nicht der Verbindung zwischen ihnen, damit Aimi merkte, dass das Gespräch zwischen Brand und seiner Schwester nicht gut lief. Brand war zuerst überglücklich, sie zu sehen, dann schockiert und schließlich wütend.

Es war Zeit, ihn zu retten, bevor er etwas tat, das er bereuen würde. Aber wenigstens hatte er mit eigenen Augen gesehen, was Adi entdeckt hatte.

»Das Mädchen ist keine Gefangene«, hatte ihre Zwillingsschwester während ihres Telefonats gesagt, als er im Hotel geduscht hatte.

»Natürlich nicht offensichtlich. Brand sagt, der Onkel hält sie für gutes Benehmen als Geisel. Sie hat wahrscheinlich zu viel Angst, um zu gehen.«

»So viel Angst, dass sie in ganz Beverly Hills einkaufen war.«

»Das hat nichts zu bedeuten.«

Aber je mehr Adi offenbarte – Sue-Ellens Wagen, ein schickes rotes Cabrio, mit dem sie den Strafzetteln nach zu urteilen gern schnell fuhr, und die Klubs, in denen sie bis in die frühen Morgenstunden feierte –, desto weniger überraschte es Aimi, als Sue-Ellen sich von ihrem Bruder löste und ihm den Rücken zukehrte.

Durch ihre Verbindung spürte sie den Verrat, und sie wollte ihn trösten. Sie wusste, dass er selbst von dem Übertritt seiner Schwester auf Parkers Seite würde erfahren müssen. Sonst hätte er es nie geglaubt.

Mission erfüllt. Zeit zu gehen und auf das Goldei oder den Drachen, den Parker möglicherweise hatte, zu scheißen. Im Moment war Brand wichtiger. Sollten die anderen den möglichen Goldenen auskundschaften. Sie hatte ihren bereits.

Sie schlängelte sich durch die Menge, um zu ihm zu gelangen, als ihr Arm von einem eisernen Griff erfasst wurde.

Sie drehte den Kopf und sah, dass ein Mann mit silbernen Schläfen sie festhielt. »Wenn das nicht Onkel Theo ist.«

»Und du musst Aimi sein, Zahras Tochter. Mir wurde gesagt, dass du anwesend bist, und das mit meinem Neffen. Ich freue mich sehr, dich kennenzulernen, vor allem, weil du den vermissten Jungen gefunden hast.«

»Das habe ich nicht dir zu verdanken. Ich weiß, was du getan hast.«

»Was ich getan habe? Du tust so, als hätte ich etwas Falsches getan, dabei habe ich immer nur versucht, das Leben meiner Familie zu verbessern, und was macht mein undankbarer Neffe? Er wendet sich gegen mich und tut sich mit einem Drachen zusammen.«

»Pssst.« Seine unverhohlenen Worte lösten eine Panik aus, die durch jahrelanges Verstecken entstanden war. »Was glaubst du, was du da tust?« Wusste er nicht, wie das Spiel in der Öffentlichkeit gespielt wurde?

»Wir führen ein Gespräch. Wäre es dir lieber, wenn wir das an einem etwas privateren Ort tun?«

Ja, denn dann könnte sie das tun, wovor sie Brand gewarnt hatte: Parker ins Gesicht zu schlagen. Sie erlaubte Parker, sie aus dem belebten Ballsaal in einen ruhigen Teil des Hauses zu führen. Der Raum, den sie betraten, musste sein Arbeitszimmer sein, wie der riesige Schreibtisch vermuten ließ.

Außerhalb der Sichtweite neugieriger Blicke riss sie sich von Parker los und brachte ein wenig Abstand zwischen sie. »Ich weiß nicht, was du glaubst zu tun, aber es wird aufhören. Wir wissen, dass du einen Goldenen als Gefangenen hältst.«

»Nicht nur einen Goldenen«, erwiderte Parker mit einem Grinsen.

»Du hast noch mehr Drachen?« Allein der Gedanke daran verwirrte sie. Was sollte sie erwidern, zumal er nicht den Eindruck machte, dass er es bereute oder sich Sorgen machte, es ihr gesagt zu haben.

»Ich habe viele Dinge in meinen Laboren.« In der Aussage lag ein Hauch von Selbstgefälligkeit.

»Lass sie sofort frei. Wir werden nicht zulassen, dass du Spielchen mit unserer Art spielst.«

»Forderungen? Du bist nicht in der Position, Forderungen an mich zu stellen, kleines Mädchen. Ich halte alle Karten in der Hand. Du scheinst zu vergessen, dass ich dein Geheimnis kenne.«

»Ein Geheimnis, das du besser nicht preisgibst. Sonst ...« Sie kniff die Augen in eindeutiger Drohung zusammen.

»Sonst was? Du scheinst zu glauben, dass du mir drohen kannst, und doch bin ich in dieser Hinsicht sehr zwiegespalten. Ich habe gelernt, dass zwar viele Drohungen aussprechen, aber nur wenige die Eier haben, sie auch durchzuziehen. Du kannst sagen, was du willst. Es ist mir wirklich egal.« Parker fuhr mit den Fingern über den Schreibtisch, als er diesen umrundete. Er ließ sich in den

Ledersessel dahinter fallen und verschränkte die Hände vor dem Bauch.

Wenn ihre Mutter ihr als Kind eines beigebracht hatte, dann war es, niemals zuzugeben, dass jemand Einfluss auf einen hatte. In dem Moment, in dem eine Person das tat, verlor sie ihre Verhandlungsmacht. »Du solltest dir Sorgen machen, denn wenn ich Mutter erzähle, dass du unsere Art gefangen hältst, stehen die Chancen gut, dass keine Überreste bleiben werden.« Eigentlich sollte Aimi auf der Stelle die Gestalt wechseln und ihn selbst verbrennen. Bei diesem Szenario gab es jedoch zwei Probleme. An erster Stelle stand die mögliche Entdeckung durch umherwandernde Gäste oder Angestellte, ganz zu schweigen von Aufnahmegeräten. Zweitens war sie sich nicht sicher, ob ihre Gabe sich schon genug erholt hatte, um zu funktionieren.

»Es wird keine Vergeltungsmaßnahmen oder Angriffe auf mich oder eine meiner Einrichtungen geben, denn wenn ihr das tut, kommt euer Geheimnis ans Licht.«

»Willst du mir drohen?«

»Dir. Deiner Familie. Eigentlich allen Drachen-Septs. Jeder, der kein Mensch ist, sollte auf mich hören. Die Rechte, für die ich kämpfe, werden uns allen zugutekommen. Deshalb ist es nur fair, dass ihr die Sache unterstützt, ob willentlich oder nicht.«

»Du hast die Entscheidung getroffen, die Gestaltwandler zu offenbaren.«

»Drachen sind auch Gestaltwandler.«

»Wir wollen nichts mit deiner Rebellion zu tun haben.« Es war richtig, das zu sagen, aber ein kleiner Teil von ihr konnte nicht anders, als die Fähigkeit der Kryptozoiden zu bewundern, den Schatten zu entkommen. *Ich begehre ihre Freiheit.* Auch wenn sie mit Blut bezahlt wurde. Es sollte angemerkt werden, dass es nur wenige Momente in der Geschichte gab, in denen große Veränderungen stattfanden, die nicht mit ein wenig Krieg und Chaos verbunden waren.

War Parkers Vision wirklich so schlecht? Zum ersten Mal seit ihrer schändlichen Niederlage konnten die Drachen daran denken, wieder auf die Weltbühne zu treten, und das alles nur, weil Parker den Weg dafür geebnet hatte.

Aber das war nur ihre Meinung. Die Septs sollten die Entscheidung treffen, nicht Aimi, und ganz bestimmt nicht Parker.

Ein spöttisches Grinsen verzog seine Lippen. »Ihr denkt, dass ihr mit eurer Macht und eurem Geld so hochmächtig seid. Aber ihr seid Feiglinge. Eine aussterbende Rasse. Ihr habt nicht verdient, was ihr habt. Nur weil ihr nicht wisst, wie ihr eure Macht voll ausnutzen könnt, heißt das nicht, dass andere das nicht können. Du hast gesehen, was ich tun kann.«

»Du meinst, was die Wissenschaft tun kann.«

Daraufhin wurde sein Blick verschlagen. »Du sprichst von meinem Neffen. Ich bin mir sicher, dass meine Wissenschaftler sehr daran interessiert sein werden zu erfahren, wie Brandon es geschafft hat, seine Gestalt zu wechseln. Er ist der Erste, weißt du. Er ist ein leuchtendes Beispiel für die soliden Gene der Mercers, würden manche sagen.«

»Du hast an ihm experimentiert. An deiner eigenen Familie. Du hast ihn mit einem Drachen gekreuzt.«

»Und wenn ich das getan habe? Die Wissenschaft muss manchmal einige wenige für das Wohl der Allgemeinheit opfern. Aber solltest du mir in diesem Fall nicht danken? Ich habe gehört, dass ihr zusammen zur Party gekommen seid. Eine Drachin, die kurz vor ihrer Blüte steht, und ein noch unbeanspruchter Mann. Hast du die Möglichkeiten noch nicht erkannt? Mir ist bewusst, wie wenige Männchen ihr in jeder Generation hervorbringt. Es ist ein Kampf, die Familienlinien aufrechtzuerhalten, und ich weiß, dass ihr euch in den letzten Jahrzehnten auf die Wissenschaft verlassen musstet, damit ihr nicht völlig aussterbt. Was wäre, wenn plötzlich ein neuer Vorrat an Männern auftauchen würde?«

Künstliche Befruchtung und Fruchtbarkeitsbehandlungen waren ein Segen für die Drachen. Aber es hatte auch die Achtundzwanziger-Regel mit sich gebracht. »Willst du mir etwa sagen, dass du uns männliche Drachen verkaufen willst?«

»Wenn der Preis stimmt, schon, aber ich glaube, man kann mehr Profit machen, wenn man die Männchen aus meinen Laboren als Zuchttiere verwendet.«

»Wir sind kein Vieh.«

»Und doch haben eure eigenen Regeln euch zu Zuchtstuten gemacht. Wie lange wird es dauern, bis auch du einen x-beliebigen Fötus austrägst, ein oder zwei Babys, um eure Linie fortzusetzen?« Denn auch die Frauen, die keinen Gefährten finden konnten, mussten einen Erben zeugen. Das war die Regel der Septs.

»Ich habe einen Gefährten.«

»Für den Moment. Hat Brandon dir erzählt, was mit den anderen Patienten passiert ist, die dieselbe DNA-Spleißung erhalten haben?« Das breite Lächeln ähnelte sehr dem des Wolfes, bevor er das kleine Mädchen im roten Umhang fraß. »Die anderen sind alle ein wenig durchgedreht. Es war nicht schön. So viele Leichen, die zu verstecken waren.«

»Du bist krank. Du sitzt hier und prahlst mit deinen Heldentaten, bist stolz darauf, dass du an Leuten gegen ihren Willen experimentiert hast. Sogar an deiner eigenen Familie. Das ist falsch. Du kannst keine Kryptozoiden als Versuchspersonen benutzen und du wirst ganz sicher nicht damit durchkommen, Drachen für deine Experimente gefangen zu halten.«

»Das bin ich aber schon.« Er zog eine Augenbraue hoch. »Und ich bin noch nicht fertig mit dem Sammeln. Das ist wie bei *Pokémon Go*. Kann ich sie alle sammeln? Wie viele Sept-Farben gibt es? Es gibt silberne Drachen wie dich, dann die roten, von denen es viele Schattierungen gibt, die blauen und die grünen. Vergiss auch nicht die schwarzen und die weißen mit den Grautönen. Oh, und gold.«

»Du gibst also zu, dass du einen Golddrachen hast.«

»Ich habe es nie geleugnet. Willst du ihn kennenlernen?«

Das Maul der Falle zeichnete sich um sie herum ab und Aimi wurde klar, wie sehr sie sich verkalkuliert hatte. Aus irgendeinem Grund hatte sie erwartet, dass Parker sich an ein Regelwerk halten würde, zivilisierte Richtlinien, aber die Kreatur vor ihr hatte nichts Zivilisiertes an sich. Er war böse, durch und durch. Sein Zweck heiligte nicht die Mittel.

Er muss sterben.

Sie stürzte sich auf ihn, wohl wissend, dass sie sich nicht vollständig verwandeln konnte, aber sie hatte genügend Kraft, um die schimmernden Klauen mit ihren rasiermesserscharfen Spitzen auszufahren.

Parker erwies sich als schnell, wesentlich schneller als erwartet. Die Waffe kam aus seinem Versteck unter dem Schreibtisch hervor und er schoss aus nächster Nähe auf sie.

Sie hatte nur noch Zeit für einen mentalen Schrei: »Es ist eine Falle. Lauf!«, bevor alles dunkel wurde.

KAPITEL SIEBZEHN

Der Schrei schlug mit der Wucht einer Bombe in seinem Kopf ein und Brandon streckte eine Hand aus, um sich an einer Wand abzufangen, damit er nicht stürzte.

Aimi. Die Warnung kam von seinem Mondstrahl. Was war passiert? Wo war sie? Er tastete nach der Ranke, die ihn mit ihr verband, aber sie war weg.

Weg?

Unmöglich. Sie konnte nicht weg sein. Er würde nicht zulassen, dass sie starb. Nur glaubte er nicht, dass sie tot war, sondern dass sie nur schlief. Sie schlief tief und fest, und er wusste, wer daran Schuld hatte.

Parker.

Der verdammte Parker. Er spielte wieder seine Spielchen, und diesmal mit seinem Mondstrahl.

Einen Teufel wird er tun.

Ich komme dich holen, Mondstrahl, und wehe dem, der sich ihm in den Weg stellte. Er suchte den nächsten Wachmann und packte ihn am Revers, riss ihn von den Füßen und knurrte: »Wo ist mein Onkel?«

»Sir, Sie müssen mich herunterlassen und sich beruhigen.«

»Ich werde dir den Kopf abreißen, wenn du mir nicht sofort sagst, wo er ist.«

Der Wachmann sprach stattdessen in sein Mikrofon. »Wir haben einen Code Rauswurf im Hauptgeschoss.« Wichtiger als die Warnung war jedoch, dass der Mann Brands Drohung völlig ignorierte.

»Du wirst aus einem Strohhalm trinken müssen, wenn du mir nicht sagst, wo mein Onkel ist.«

»Sir, ich werde Sie noch einmal bitten, mich abzusetzen und das Gelände zu verlassen.«

»Einen Teufel werde ich tun.« Als sich mehrere Augenpaare in seine Richtung drehten, ließ er den Wachmann fallen und hakte einen Fuß an den Knöcheln des Kerls ein, sodass dieser zu Boden stürzte, woraufhin er ihm zur Sicherheit noch einen Tritt verpasste. Unter den staunenden Blicken einiger Gäste zuckte er mit den Schultern. »Er hat meiner Freundin ohne ihre Erlaubnis an den Hintern gefasst.«

Das schien ein paar von ihnen zufriedenzustellen, aber er hielt sich nicht lange auf. Brandon konnte bereits sehen, wie sich weitere Wachen auf ihn zubewegten, also ging er tiefer ins Haus. Wenn Parker Aimi geschnappt hatte, dann hätte er das nicht in der Öffentlichkeit getan.

Er muss ein Arbeitszimmer oder so etwas in diesem verdammten Haus haben.

Aber wo?

Wie wäre es, wenn ich meine Nase mal für etwas anderes benutze, als nach frischen Keksen zu schnüffeln?

Abseits des großen Gedränges auf der Party – und einer Schwester, die ihn in vielerlei Hinsicht enttäuschte –, fiel es ihm leichter, die Gerüche in der Luft zu überprüfen. So viele

Aromen, aber keines davon gehörte zu Aimi. Sie war wirklich einzigartig, was in ihm die Frage aufwarf, wie seine Art so lange nicht erkannt hatte, dass Drachen unter ihnen lebten. Sicherlich war er nicht der Erste, der ihren unverwechselbaren Duft wahrnahm?

Kannst du Aimi und ihre Familie wirklich im Bayou sehen? Nicht wirklich, und allein die Tatsache ihrer Existenz erinnerte ihn daran, dass es vieles auf der Welt gab, das er nicht kannte. Vieles, das er nicht geglaubt hatte, bis ihn die Wahrheit mit ihren Drachenklauen packte.

Bedeutet das, dass es auch andere Legendenwesen gibt? Der Gedanke ließ seinen Verstand davor zurückscheuen, darüber zu grübeln.

Weiter umherzuwandern bedeutete, auf ein paar Wachmänner zu treffen, die kurz darauf den Boden aus nächster Nähe betrachteten. Er nahm an, dass ein Alarm ausgelöst worden war, aber das war ihm egal. Nur eine Sache war wichtig. Aimi zu finden.

Ihr Geruch traf ihn an einer Kreuzung in den Fluren. Da er eine klare Spur hatte, die er verfolgen konnte, begann er zu laufen. Der Wachmann, der sich ihm in den Weg stellte, bekam einen Arm an die Kehle, durch den er in die Luft gehievt wurde. Der Typ schlug hart auf dem Boden auf und wurde zertrampelt. Der zweite Idiot, der ihm den Weg versperrte, hob eine Waffe.

»Das würde ich an deiner Stelle nicht tun«, knurrte Brandon, dessen kalte Wut mittlerweile an einem dünnen Faden hing. Er konnte den Zorn jedoch nicht völlig unterdrücken. Seine Zähne wurden länger und blitzten auf, während seine Augen schmal wurden. Plötzlich war er sehr hungrig.

Lass uns ein paar Knochen knacken.

Man musste dem Wachmann lassen, dass er sich nicht rührte, obwohl Brand sich verwandelte. Er schaffte es sogar, einen Schuss abzufeuern, dem Brand auswich, indem er sich tief duckte. Er sprang nach vorn, um den Schützen an den Knien zu Boden zu reißen.

Uff. Der Wachmann landete auf dem Boden, mit Brand auf ihm.

Ein schnelles Drehen und ein Knacken waren alles, was nötig war, bevor er wieder loszog, aber kurz darauf wurde er von der dicken Tür aufgehalten, deren Klinke arretiert war.

Mehr von ihm verwandelte sich, Muskeln traten hervor und wurden größer – ein Mann, der nicht zum Monster wurde, sondern alle Fähigkeiten nutzte, die er hatte. Er riss erneut an der Klinke und brach sie ab. Die Tür gab immer noch nicht ganz nach, aber der verbliebene Riegel konnte seinem harten Tritt nicht standhalten.

Die Tür flog auf und schlug mit einem Knall gegen die Innenwand, aber er war bereits hindurchgetreten und in einem Arbeitszimmer mit großem Schreibtisch gelandet.

Aimis Duft hing in diesem Raum und endete auch dort.

Der Mann, der hinter Brandons Erregung steckte, stand hinter seinem Schreibtisch, die Hände hinter dem Rücken verschränkt und mit dem bekannten Grinsen auf den Lippen.

»Neffe, wie nett von dir, dass du dich blicken lässt.«

Nett wäre es, dein Blut auf diesem teuren Teppich zu verteilen.

»Wo ist sie?« Brand zögerte nicht, über den Schreibtisch zu springen und seinen Onkel am Revers zu packen, um ihn gegen eine Wand zu knallen.

Es erschütterte Parkers entspanntes Selbstvertrauen nicht im Geringsten. »Kein Hallo? Du magst vielleicht zivilisierte Kleidung tragen, aber wie ich sehe, fehlt es dir immer noch an Manieren.«

»Hör verdammt noch mal auf zu quatschen und sag mir, wo Aimi ist.«

»Was kümmert dich das?«

»Sie gehört mir.« Brand wusste, dass es falsch war, das zu knurren, sobald es über seine verhärteten Lippen kam, aber er konnte sich nicht zurückhalten.

»Wie faszinierend. Du hast sie also beansprucht.«

Er hätte es tun sollen, aber wie ein Idiot hatte er sich von anderen Dingen vom Wichtigsten ablenken lassen.

»Sag mir, wo sie ist.« Eine Aufforderung, die damit unterstrichen wurde, dass er seinen Onkel wiederholt gegen die Wand schlug.

»Sie wollte einen Gast von mir sehen, also habe ich ihrem Wunsch nachgegeben.«

»Wenn du ihr etwas angetan hast ...«, warnte er leise, während die Kälte in ihm vor Wut kochte.

»Ihr etwas antun? Ganz im Gegenteil, ich habe Pläne für sie. Sie ist ein gesundes Weibchen im besten Alter für die Zucht, und ich habe Hengste, die sie sehr gern schwängern würden.«

Knall. Knall. Knall. Die grobe Behandlung stoppte das Lachen seines Onkels nicht.

»Das kannssst du nicht machen«, schnaubte er, während er spürte, wie ihm die Kontrolle entglitt.

»Ich kann und werde es tun. Und du kannst mich nicht aufhalten. Aber du kannst helfen. Da du an dem Mädchen zu hängen scheinst, wie wäre es, wenn ich dir den Vortritt dabei lasse, sie zu vögeln? Vielleicht hast du ja Glück und pflanzt deinen Samen bei deinem ersten Versuch in ihren Bauch.«

Daraufhin konnte er seine Wut nicht mehr zurückhalten. Er warf seinen Onkel und schleuderte ihn quer durch den Raum.

Und trotzdem lachte der Mistkerl.

Brandon stürmte auf Parker zu, schäumend vor Zorn und ohne Rücksicht auf den reißenden Stoff, als der Rest von ihm zum Vorschein kam. Er behielt nur seine Hose und zog die einengenden Schuhe aus. Das Hemd wurde zerfetzt, doch die Fliege blieb.

»Du kannst dich also nach Belieben verwandeln.« Sein Onkel stand auf und wischte sich das Blut von der Lippe. »Ausgezeichnet. Ganz ausgezeichnet. Vielleicht war dein kleiner Ausflug ja doch nicht umsonst. Jetzt sei ein guter Junge und leg dir das an.«

Aus einer Tasche zog sein Onkel ein Halsband hervor. Nicht nur irgendein Halsband. Brandons Halsband.

»Das lege ich nicht wieder an.«

»Oh, das wirst du, oder Sue-Ellen –«

»Sue-Ellen hat ihre Wahl getroffen. Ich werde mich nicht noch einmal für sie versklaven.«

»Wenn nicht für sie, was ist dann mit deiner Frau? Deine betäubte Geliebte wird gerade in einen Hubschrauber gesetzt, der sie zu meiner neuen Einrichtung bringt. Ich nenne es Bittech vier Punkt null.«

Einen Moment lang fragte Brandon sich, was mit Nummer drei passiert war. Aber dann drang die Drohung wirklich durch.

Dachte sein Onkel ernsthaft daran, Aimi gegen ihn einzusetzen? Brandon wusste, was passieren würde, wenn er das Halsband wieder anlegte. Er wusste auch, was sein Onkel mit Aimi machen würde, wenn er es nicht tat.

Er fiel auf die Knie und senkte den Kopf, eine Bestie vor dem Verrückten, der ihn geschaffen hatte.

Das Halsband baumelte vor ihm. »Leg es an.«

Das hatte er vor. Brandon schnappte sich das Halsband aus den Händen seines Onkels, sprang auf die Beine und legte es Theo um den Hals, bevor er ihn an den Haaren packte und sein Gesicht ein paarmal gegen die Wand schlug. Dann brach er ihm zur Sicherheit das Genick, bevor er die Leiche fallen ließ.

Jetzt fressen wir das Fleisch des Feindes.

Oder vielleicht auch nicht.

In der Ferne konnte er Rotorblätter hören, das Geräusch eines Hubschraubers, der warmlief, was bedeutete, dass Aimi noch nicht weg war.

Ich komme, Mondstrahl. Er würde sie nicht im Stich lassen. Das konnte er nicht tun und weiter mit sich selbst leben.

Er stürmte durch die Doppeltür in einen Innenhof, der nur schwach von den Lichtern aus den Fenstern des Hauses beleuchtet wurde. Über ihm hörte er das Surren des Hubschraubers, konnte aber keinen Zugang zum Dach entdecken.

Dafür sind Flügel da, du Trottel.

Der Tadel katapultierte ihn mit flatternden Flügeln in die Luft, wobei er mit seinem zerfetzten Hemd und der doch intakten Fliege vermutlich ein recht unpassendes Bild abgab. Ein elegant aussehendes Monster.

Nein, kein Monster. Ein Hybrid. Alle sagten ihm immer wieder, dass diese Gestalt etwas Besonderes sei; es wurde Zeit, dass er es glaubte.

Mit angestrengt schlagenden Flügeln stieg er auf, bis er sich auf Höhe des Daches befand. Der Hubschrauber, ein luxuriöses Ding mit getönten Fenstern, erhob sich von seinem Platz. Er schoss auf ihn zu, entschlossen, ihn zu erreichen, bevor er zu weit weg war.

Die Wachen auf dem Dach drehten sich mit ihren Gewehren um, einige hoben sie sogar, aber keiner von ihnen schoss. Ein Befehl wurde gebrüllt: »Es ist der Neffe. Fangt ihn lebend.«

Wie wollten sie das tun, wenn sie ihn nicht einmal erreichen konnten? Idioten.

Er wandte sich dem aufsteigenden Hubschrauber zu, doch seine Aufmerksamkeit wurde abgelenkt.

Was zum Teufel?

Der Teufel war ein kleiner Drache oder, wie Aimi sie spöttisch nannte, ein Wyvern. Er erhob sich vom Dach, und er war nicht allein. Natürlich. Die verdammten Wachen waren nicht menschlich.

Nicht gut. Brandon war stolz darauf, ein harter Kerl zu sein. Aber auch er hatte seine Grenzen, und er würde sagen, dass ein halbes Dutzend fliegender Plagegeister diese vielleicht sein könnten.

Aufgeben? Das kam nicht infrage, nicht wenn Aimi in diesem Hubschrauber gefangen gehalten wurde. Er würde nicht zulassen, dass sie ihm weggenommen wurde. Auf keinen Fall würde er zulassen, dass jemand sie folterte.

Er musste die Chancen ausgleichen. Aber wie? Er hatte keine Waffe. Er hatte überhaupt keine Waffe, außer sich selbst. Mit seinen mickrigen Klauen war er gegen ein halbes Dutzend Angreifer auf einmal machtlos.

Dann wechsle deine Gestalt.

Das habe ich.

Nicht diese Gestalt. Die andere.

Meine menschliche Gestalt? Die, die mit der Schwerkraft nicht zurechtkam? Wie sollte das helfen?

Sei nicht dumm. Ein Tadel, der von ... ihm selbst kam?

Es ist an der Zeit, nicht länger zu leugnen, was ich bin. Wer ich bin.

Und was war er?

Ein Drache.

Er musste es einfach nur akzeptieren.

In der Theorie klang das einfach, aber wie funktionierte das? So wie es immer funktionierte, indem er es wurde.

Einen Moment lang hing er mit ausgebreiteten Flügeln in der Luft, ein dunkler, ledriger Engel am Himmel, der mit geschlossenen Augen auf ein göttliches Wunder wartete.

Wenn wirklich ein Drache in mir ist, dann brauche ich dich. Anders als bei der Verwandlung in einen Hybrid, und sogar als er noch ein Alligator gewesen war, tat die Verwandlung in einen Drachen überhaupt nicht weh. Vielmehr erfüllte sie ihn mit Euphorie.

Das ist es, was ich bin!

Er stieß ein Brüllen aus, als er explodierte. Sein Körper dehnte sich aus, sein Schwanz wurde zu einer schlangenartigen, schlagenden Waffe und seine Flügel waren größer und mächtiger als je zuvor.

Seine Pracht verblüffte alle, die sich zum Angriff bereit machten. Er schwebte über ihnen, ein riesiges Ungeheuer, erfüllt von immenser Kraft und einem Brennen in seiner Lunge.

Atme ein. Die Worte wurden ihm zugeflüstert und er vertraute auf seinen Instinkt. Er atmete tief ein.

Und jetzt ausatmen. Es war fast so, als würde eine Stimme zu ihm sprechen, die ihn in seiner neuen Gestalt anleitete, und so hörte er zu, stieß seinen Atem aus und sah zu, wie ein grüner Nebel mit golden glitzernden Partikeln in Richtung der sich nähernden Wyvern schoss.

Sie versuchten, dem Nebel auszuweichen; einer drehte scharf ab, ein anderer stieg schnell auf, während die anderen fielen. Es half ihnen nicht zu entkommen, denn es brauchte nur eine Berührung, einen einfachen Partikel, der bei Kontakt zischte. Zumindest nahm er das an, da seine Angreifer schrien und sich dann verwandelten, wobei sich ihre Wyvern-Gestalt in ihre Körper zurückzog, bis nur noch der Mensch übrig war. Menschen ohne Flügel, die zu Boden fielen, als die Schwerkraft sie packte.

Platsch.

Das musste wehtun, aber er scherte sich wenig um ihre Misere, nicht wenn der Metallkäfig, in dem seine Frau gefangen war, sich weiter bewegte.

Wie kann er es wagen, sich mir zu widersetzen?

Mit einem kräftigen Flügelschlag jagte er ihm hinterher und beschleunigte sein Tempo, als er spürte, wie die Verbindung zwischen ihm und Aimi wiedererwachte.

Was auch immer sie verdeckt hatte, war nun verschwunden, und er brüllte, ein trompetendes Geräusch, das durch die Luft hallte.

Brand?

Ihre Frage traf ihn, und er hätte lachen können. Warte, bis sie ihn sah.

Er griff nach den Kufen des Helikopters und riss die Tür mit der Leichtigkeit eines Mannes auf, der eine Banane schälte. Jemand richtete sofort für ungefähr zwei Sekunden eine Waffe auf sein Gesicht, bevor Aimi ihn aus der Öffnung stieß. Der Schrei verstummte abrupt, als der Körper auf dem Boden aufschlug.

Das schönste Gesicht der Welt blickte ihn an. »Heilige Scheiße, meine Mutter wird verdammte Zustände kriegen. Du bist aufgestiegen.«

Verdammt richtig, das bin ich.

»Und du bist zweifarbig. Gold und grün, aber nicht das normale Grün des Smaragdgrünen Sept. Sie werden wahrscheinlich auch Zustände kriegen.«

Ich bin ich.

»Ja, das bist du, und ein gut aussehender Drache bist du auch. Sehr gut sogar. Meine Cousinen werden so neidisch sein.«

Du redest ganz schön viel.

»Entschuldige, du warst doch hier, um mich zu retten, oder? Dann lass es uns für die Kameras interessant machen.«

Mit einem Lächeln auf den Lippen sprang seine Mondstrahlgöttin aus dem Hubschrauber, und Brandon musste sich nach hinten werfen, um sie aufzufangen.

Und das war das Bild, das es am nächsten Tag in die Zeitungen schaffte.

KAPITEL ACHTZEHN

»Von all den verantwortungslosen Sachen!«, zeterte Aimis Mutter immer noch. Und wer hätte es gedacht? Es änderte nichts.

»Komm wieder runter. Es musste passieren. Wenigstens wurden wir nicht offenbart, weil Tante Joella Hunger hatte und wieder ein paar Dorfbewohner gefressen hat.«

»Ich glaube, das wäre mir lieber gewesen.« Ihre Mutter betrachtete finster den Zeitungsartikel und dessen Überschrift auf ihrem Schreibtisch.

Ein Drache kommt aus seinem Versteck, um eine Prinzessin zu retten.

Das dazugehörige Bild zeigte Brand in seiner Drachenpracht, wie er Aimi zärtlich in seinen Klauen hielt.

Die Nachrichtenquellen waren natürlich begeistert. Es schien, als hätten mehr als ein paar Fotografen am Boden einen Teil des Geschehens am Himmel eingefangen, und der Hubschrauber, der das Ereignis aus der Luft überwachte, hatte hervorragende Videoaufnahmen von der ganzen Sache gemacht.

Einschließlich Brands Superkraft. *Er kann Leute in ihre*

wahre Gestalt zurückverwandeln. Was die Frage aufwarf, ob es auch umgekehrt funktionierte. Aimi konnte bereits die Probleme vorhersehen, die entstehen würden, wenn die Wissenschaft und die Regierungen versuchten, ihn in ihre gierigen Finger zu bekommen.

Nicht mit mir. Brand gehörte ihr, und sie würde alles tun, um ihn zu beschützen. Genauso wie er sein Möglichstes tun würde, damit sie in Sicherheit war. Er war ihr zu Hilfe gekommen, wie ein strahlender Ritter aus alten Zeiten. Er wusste nicht, dass Aimi keine Rettung gebraucht hatte. Aber sie konnte nicht leugnen, dass es süß war, dass er es getan hatte.

Das Gesprächsthema trommelte gerade mit den Fingern auf die Armlehne des Sessels in ihrem Hotelzimmer. Ein Hotelzimmer, das ein wenig überfüllt war, da Tante Waida anwesend war, ebenso wie Aimis fehlende Cousinen und ihre Schwester. Was ihre liebe Mutter anging, so war diese über den Laptop live zugeschaltet, was bedeutete, dass es ein Leichtes war, den Deckel zuzuklappen und ihrer Tirade ein Ende zu setzen.

Das hielt das Geplapper jedoch nicht auf, dessen Kernpunkt war, dass Parker nicht tot war, wie Brandon gehofft hatte.

»Bist du sicher, dass du ihm den Hals umgedreht hast? Ich habe noch nie von jemandem gehört, der das überlebt hat«, sagte Cousine Babette.

»Es ist schwierig, aber nicht unmöglich«, erwiderte Tante Waida. »Aber ich füge hinzu, dass es ein starkes Heilungsgen braucht, um sich davon zu erholen.«

Sich nicht nur zu erholen, sondern eine verdammte Pressekonferenz abzuhalten, als die ersten Tweets über die Drachen am Himmel die Runde machten.

»Liebe Menschen auf der Welt, ich habe versucht, ihr Geheimnis zu bewahren, da sie anonym bleiben wollten, aber wie ihr sehen könnt, ist das nicht länger möglich. Ihr dachtet, Gestaltwandler wären das Einzige, das sich unter euch versteckt. Falsch gedacht. Die Drachen sind nur die Spitze des Eisbergs, und ich kann ihr Geheimnis nicht länger in gutem Glauben wahren.«

So warf Parker alle Kryptozoiden in die Öffentlichkeit, angefangen bei den Meerjungfrauen tief in den Ozeanen über den Sasquatch in den Rocky Mountains und die Dschinns – die gänzlich anders waren, als die Leute dachten – bis hin zu den Yetis, die bereits fast ausgestorben waren. Selbst das letzte Einhorn war nicht sicher, da Parker es anscheinend in einem Wildreservat gefangen hielt. Um es »zu beschützen«, wie er mit einem schmierigen Grinsen behauptete.

Vielleicht war es aber auch gar nicht gefangen. Vielleicht feierte es, wie Brands Schwester auch, dass es sich nicht mehr verstecken musste.

Aimi konnte nicht anders, als sich zu fragen, ob Parker die Dinge so geplant hatte, um die Drachen dazu zu zwingen, sich selbst zu offenbaren. Aber sicherlich hätte er die Geschehnisse des Abends nicht vorhersagen können? *Es sei denn, er hat seine eigene Hellseherin.*

Trotz allem, was passiert war, konnte Aimi nicht leugnen, dass ein gewisser Teil von ihr erleichtert war, sich nicht mehr wirklich verstecken zu müssen, auch wenn sie das Gesicht verzog, als ihre Cousine Deka fragte: »Glaubt ihr, dass Drachen die nächste *Twilight*-Romanze sein werden?«

»Wenn ja, sollte sie uns besser glitzern lassen. Ich mag alles, was funkelt.«

»Vielleicht bekommen wir unsere eigene Realityshow. Die Drachinnen von Dragon Point.« Dragon Point war weniger ein fester Ort als dort, wo sich die Septs versammelten, um große Themen zu besprechen.

»Raus.« Das erste Mal sagte Brand das Wort leise, aber als niemand zuhörte, schrie er es – in ihren Köpfen.

RAUS!

Das brachte ihm mehr als nur ein paar blinzelnde Blicke ein.

»Hat er gerade ...«

Alle nickten. »Oh.«

»Kommt, wir sollten den Goldenen seiner Gefährtin überlassen. Euer Gnaden.« Tante Waida machte eine sehr kurze Verbeugung vor Brand, aber das war mehr, als Aimi je von ihr gesehen hatte, bevor sie ihre Familie aus dem Hotelzimmer führte, um sie in herrlicher Einsamkeit zurückzulassen.

»Seit wann kannst du in den Köpfen der Leute herumschreien?«

»Seit dem hier.« Er zog eine Grimasse, als er sich mit der Hand durch die Haare fuhr und dabei die dichte goldene Strähne in der Mitte hervorhob.

»Das liegt daran, dass du aufgestiegen bist.«

»Ich sehe aus wie ein Stinktier.«

»Aber du riechst nach *mein*.« Sie rieb sich an seiner Wange, woraufhin ein leises Grummeln von ihm ertönte. »Und schuldest du mir nicht etwas Vergnügen?«

»Ich habe meine Schwester nicht zurückbekommen.«

»Nicht meine Schuld, dass sie nicht mitkommen wollte. Versuchst du, dich aus deinem Versprechen mir gegenüber herauszuwinden?«

»Niemals. Du gehörst mir, Mondstrahl. Vergiss das nie.« Ohne Vorwarnung biss er sie in die Schulter, da das Kleid, das sie immer noch trug, einen großen Teil ihres Oberkörpers frei ließ. Er biss sie fest genug, dass die Haut verletzt wurde und er eine Markierung hinterließ.

»Du hast mich markiert.« Sie stand von seinem Schoß auf und stemmte die Hände in die Hüften.

»Ich habe dich beansprucht«, korrigierte er.

»Aber ich sollte dich beanspruchen.«

Er zuckte mit den Schultern. »Ich bin altmodisch, das heißt, der Mann fängt an.«

»Wenn du altmodisch bist, dann hättest du es beim Sex tun sollen.«

»Beschwerst du dich über meine Methoden?«

»Ja.«

Er stand auf und ragte über ihr auf, groß und bedrohlich ... und *ihrer*. »Beweg deinen Arsch ins Schlafzimmer und auf das Bett.«

»Oder?«

Er packte sie um die Taille und warf sie nach ein paar Schritten auf die Matratze. Sie lachte, als sie darauf prallte und hüpfte. Es war nur ein Hüpfen, da er auf ihr landete, ihre Hände mit den seinen packte und ihre Finger miteinander verschränkte, als er ihr die Arme über den Kopf zog. Die Position streckte sie, während sie gleichzeitig hilflos unter ihm lag.

»Was hast du jetzt vor?«, fragte sie, wobei ihre Worte sanft seine Lippen streiften.

»Ich habe vor, den Mittelpunkt meiner Welt zu verehren.«

»Bist du sicher, dass du das willst?«

Er drückte seine offensichtliche Erektion gegen sie. »Ich würde sagen, das ist ein Ja.«

Aus irgendeinem Grund hatte nun sie Zweifel. »Du weißt schon, dass du jede Frau haben kannst, die du willst, auch wenn du nur teilweise ein Goldener bist. Die Septs würden dafür töten, dass du in ihre Familie einheiratest.«

»Aber ich habe die Familie gefunden, die ich will. Die einzige Frau, die ich will.«

»Gut. Denn hättest du etwas anderes geantwortet, hätte ich dich verstümmelt.«

Er lachte. »Du bist so verdammt unglaublich.«

»Ich weiß. Das macht mich zu dem besten Schatz.«

»Der einzige Schatz, den ich brauche.« Er presste seine Lippen auf ihre und beanspruchte sie mit einer wilden Besitzgier, die ihr Blut in Wallung brachte.

So viel war passiert, und so viel blieb unbekannt. Aber hier und jetzt war es ihr egal. Seine Welt mochte sich um sie drehen, aber wer hätte es gedacht, ihre Welt drehte sich jetzt um ihn.

Er gehört mir.

Seine Lippen brannten einen Pfad über ihren Kiefer und dann ihren Ausschnitt hinunter. Sie schnappte nach Luft und wölbte den Rücken, als er die Wölbung ihrer Brüste reizte.

Er ließ ihre Hände nicht los, um ihr das Kleid herunterzuziehen. Der Barbar zerriss es mit seinen Zähnen und seiner rohen Kraft.

»Du weißt schon, dass das Kleid ein Einzelstück war, eine Sonderanfertigung?«

»Es war mir im Weg.«

Die pure Männlichkeit seiner Antwort steigerte ihre Erregung nur noch mehr, ebenso wie das Wirbeln seiner Zunge, mit dem er ihre Brust neckte. Mit den flachen Kanten seiner Zähne knabberte er an ihrer Brustwarze, und sie schrie auf und schrie erneut, als er ihre Brust in seinen Mund saugte. Wie sehr sie es genoss, wie er an ihrem Fleisch zog. Liebend gern hätte sie ihn fest gepackt. Doch er hielt ihre Hände immer noch gefangen, genauso wie sein Körper sie weiterhin fixierte.

Er richtete seine Aufmerksamkeit auf die andere Brust, reizte sie genauso und wechselte dann wieder zurück. Er schien entschlossen, sie zu quälen.

Als er schließlich ihre Hände losließ, konnte sie nur noch nach seinen Haaren greifen, während er sich einen

Weg nach unten bahnte und sie mit seinen Händen von den Fetzen ihres Kleides befreite, sodass sie nackt zurückblieb.

Er richtete sich über ihr auf, wobei in seinen geschlitzten Augen grünes Feuer brannte – zu guter Letzt ein wahrer Drache. Er bewunderte sie und strich mit einem Finger an ihrem Körper entlang.

Mein. Seine Beanspruchung. Ihrer. Es spielte keine Rolle. Sie waren jetzt vereint. Er tauchte ab, um seine Lippen auf ihre Haut zu pressen, sanfte, federleichte Küsse, während er zu ihrem Schamhügel hinabwanderte.

Ihre Beine waren zusammengepresst, aber sie öffnete sie sofort, als er flüsterte: »Öffne dich für mich.«

Sie zog ihre Beine an und entblößte sich vor ihm, bevor sie sich bei der ersten Berührung mit dem Rücken beinahe vom Bett wölbte.

Er stöhnte sein Vergnügen, als er über ihre Muschi leckte. Seine Erregung berührte sie durch ihre Verbindung und ihre Erregung streichelte ihn sofort zurück.

Als er schließlich in sie eindrang, gab es für sie fast kein Zurück mehr. Ihre Muschi bebte, hungrig nach seinem Schwanz, und er gab ihn ihr, indem er seinen breiten Schaft in ihren Kanal gleiten ließ, sein Körper angespannt, da er versuchte, sich zurückzuhalten.

»Fick mich.« Sie ließ die schmutzigen Worte über ihre Lippen kommen. »Fick mich hart.«

Es war das geheime Wort, das seine Kontrolle brach. Er stieß in sie hinein und sie schrie auf, verlor ihren Griff an ihm und krallte sich stattdessen in die Bettdecke, während sie ihre Beine um seine Hüften legte.

»Noch mal«, schrie sie.

Er zog sich zurück und stieß wieder zu, hart. Tief. Oh ...

Immer und immer wieder drang er in sie ein, jeder Stoß ein Ruck gegen ihren G-Punkt. Jede Bewegung ließ sie enger werden. Sie ließ ihr Fleisch zittern. Ihre Kontrolle ins Wanken geraten.

Sie krallte sich in ihn, um ihn zu drängen, schneller zu werden, und er gehorchte, während er ihre Handgelenke mit seinen Händen fesselte und sie erneut über ihren Kopf zog. Er streckte ihren Körper und hielt sie fest, während er in sie glitt. Rein. Raus. Wieder und wieder. Harte, tiefe Stöße, die sie zum Stöhnen und zum Höhepunkt brachten.

Oh ja, sie kam, ihre Muschi krampfte sich in orgastischen Wellen zusammen, die seine Erektion umklammerten. Und immer noch stieß er in sie, so groß und hart. Obwohl er ihre Hände festhielt, konnte sie sich dennoch ein wenig bewegen, weshalb sie ihre Hüften nach oben drückte, um ihn tief in sich aufzunehmen, während sie ihn innerlich fest zusammendrückte.

Sie würde wieder kommen, sie konnte es spüren, den sich aufbauenden Druck, und dieses Mal brauchte sie ihn bei sich.

Ich muss ihn beanspruchen.

Sie riss ihre Hände los, umklammerte ihn und zog ihn zu sich herunter, während er weiter stieß. Sie küsste ihn, eine heiße Umarmung mit reichlich Zunge. Ihre Muschi zog sich um ihn herum zusammen und er pochte in ihr, pulsierend vor Hitze. Sie rieb ihr Gesicht an seiner Wange, dann an seinem Kiefer, um ihn mit ihrem Duft zu markieren, bevor sie sich an der weichen Haut seines Halses vergrub.

Da ist die Stelle. Genau wie er gab sie keine Vorwarnung, sondern spannte sich im Moment des Höhepunkts einfach innerlich an. Er brüllte ihren Namen, als er kam, ein letztes Mal mit den Hüften stieß und sein Samen ihren Bauch in Hitze tauchte.

Es war vollbracht. Er war ihr Gefährte geworden.

Willkommen im Hort.

EPILOG

»Was meinst du damit, es ist nicht groß genug?« Brand betrachtete das letzte Haus, das sie besichtigt hatten, ein Haus von ordentlicher Größe mit fünf Zimmern, in einem Vorort und mit ein paar Hektar Land. Nicht gerade eine weitläufige Ranch in den Bergen, vor allem weil es davon nicht viele gab und auch keine zum Verkauf stand.

»Mein Hort braucht Platz, genau wie deiner.«

»Ich werde mich nicht in einen Sammler irgendwelcher Scheiße verwandeln, nur weil ich ein Drache bin.« Es wurde jeden Tag leichter, es zu sagen. Seit der schicksalhaften Nacht, in der er aufgestiegen war, hatte sich so viel verändert.

Allem voran: *Ich bin ein verdammter Drache.* Eine seltsame Mischung aus Grün und Gold, aber anscheinend nicht die richtige Art von Grün. Seines war ein neues Grün, und es kam mit einer neuen Macht – der Macht, eine Verwandlung zu erzwingen.

Sehr cool, was auch der Grund war, warum er seinen eigenen Familiennamen bekommen hatte, anstatt Aimis Namen übernehmen zu müssen. Wenn sich zwei Drachen paarten, genoss offenbar die stärkere Farbe Vorrang. Sie verkraftete die Veränderung recht gut – und er genoss ihre oral ausgeführten Versuche, ihn dazu zu bringen, den Namen zu Silvermercgrace zu ändern. Sie gewann nicht. Genauso wenig fügte er Gold oder Grün hinzu. Mercer war gut genug für seinen Vater und seinen Vater vor ihm gewesen, also war es auch gut genug für ihn. Vielleicht konnte er jetzt, da er aufgestiegen war, etwas dafür tun, dass der Name Mercer mit mehr Respekt ausgesprochen wurde.

Ich mag zwar aus dem Sumpf stammen, aber wenigstens bin ich rechtschaffen.

Außerdem hatte er die heißeste Frau der Welt. Er hatte sich mit Aimi Silvergrace gepaart. Er hatte sie auch geheiratet, in einer aufwendigen Zeremonie, die von ihrer Mutter geplant wurde, die ihn widerwillig akzeptierte – und nicht tot umfiel, als er sie Ma nannte und ihr einen Klaps auf den Hintern gab.

Die gesamte Silvergrace-Familie empfing ihn mit offenen Armen – und im Fall von Tante Matilda auch mit der Zunge. Das Einzige, was die Feierlichkeiten zu seiner Paarung mit Aimi trübte, war Sue-Ellen. Während die meisten Mercers kamen – und einige mit kostbaren Wertgegenständen wieder gingen –, hatte seine Schwester nicht einmal auf die Einladung geantwortet, die Aimi geschickt hatte.

Das hatte er erwartet, aber dennoch tat es weh. Ein Teil von ihm konnte immer noch nicht glauben, dass sie ihn abgewiesen hatte, und das auch noch so kaltblütig. Was war aus dem süßen Mädchen geworden, das er kannte?

Ich weiß, was passiert ist. Onkel Theo. Der Mistkerl, der immer noch herumlief und Unheil anrichtete. Brandon hatte Aimi vielleicht vor seinen Machenschaften gerettet, aber der Mann streifte immer noch durch die Welt, anstatt unter der Erde zu ruhen.

DIE GESCHICHTE DES DRACHEN

Oder in unserem Bauch. Knack.

Die dunklen Gedanken störten Brandon nicht länger, genau wie er keinen Unterschied mehr zwischen ihm und seinem Drachen sah. Ein Teil von ihm vermisste gelegentlich seinen einfachen Alligator, aber hin und wieder tauchten immer noch Spuren von dem auf, der er einst gewesen war, so wie jetzt.

Es war schwer, seine Sumpfwurzeln zu vermissen, wenn er sich in etwas so viel Größeres verwandelt hatte. Vielleicht trug er nur einen Hauch von Gold in sich, aber das akzeptierte er, genau wie er akzeptierte, ein Drache geworden zu sein, da es ihm das größte Geschenk von allen beschert hatte.

Aimi. Liebe. Einen Hort, den er sein Eigen nennen konnte.

Einen Hort, der größer werden würde, genau wie Aimi selbst.

»Das habe ich gehört«, schnauzte sie, aber sie sprach es ohne Heftigkeit aus, da er ihren Bauch umfasste. Im Schoß seiner Gefährtin schlummerte Leben, sein Kind. Sein Schatz.

Und er würde beides mit seinem Leben beschützen – und jedem die Knochen brechen, der daran dachte, sie anzurühren.

Einen halben Kontinent entfernt ...

Sie konnte den Ausdruck auf seinem Gesicht nicht vergessen. Den Verrat. Den Schmerz. Die Wut.

Ich hatte keine Wahl.

Es hatte Sue-Ellen fast das Herz gebrochen, Brandon wegzuschicken, aber ihm die Wahrheit zu sagen und sein Angebot zur Flucht anzunehmen wäre noch schlimmer gewesen. Dafür hatte Onkel Theo gesorgt. Außerdem konnte sie *ihn* nicht zurücklassen. Irgendwie musste es einen Weg geben, ihn zu befreien. Aber bis es so weit war, würde sie bei den kranken Plänen ihres Onkels mitspielen. Heucheln und diejenigen verletzen, die sie liebten. Hoffentlich würden sie es eines Tages verstehen.

EIN PAAR TAGE später kam ein Mann – alias ein Mensch –, der für ein Unternehmen namens Lytropia Institut arbeitete, nach Hause und fand Adrianne auf seinem Bett liegend vor, wo sie seine Comicsammlung durchstöberte.

»Wer bist du? Was machst du in meinem Zimmer?«, fragte er, wobei er hinter seiner Brille einfach bezaubernd nervös aussah.

»Ich bin die Frau, die deine Welt auf den Kopf stellen wird.« Denn sie liebte Computerfreaks einfach.

Besonders die mit Geheimnissen.

DER ANSPRUCH DER DRACHIN - DAS GEHEIMNIS VON DRAGON POINT, BUCH 2

DIE GESCHICHTE DES DRACHEN

www.ingramcontent.com/pod-product-compliance
Lightning Source LLC
LaVergne TN
LVHW031537060526
838200LV00056B/4542